KB267425

공룡군수

공룡군수

초판인쇄   2005년 11월 1일
초판발행   2005년 11월 5일

지은이   이학렬
펴낸이   이방원
펴낸곳   세창미디어
          서울특별시 종로구 교남동 47-2
          전화 723-8660   팩스 720-4579
          e-mail : sc1992@empal.com
          http://www.scpc.co.kr
          등록 1998. 1. 12. 제1-2272호(윤)

값 10,000원

잘못 만들어진 책은 바꾸어 드립니다.

ISBN 89-5586-053-6 03800

공룡 군수

이학렬

세창미디어

추천의 글

심형래(영구아트 대표) _

한국 축구가 세계4강의 신화를 이루어 내었을 때 우리 국민들은 외쳤다.

"꿈★은 이루어진다."

그러나 나는 외치고 싶다.

"꿈은 '포기하지 않을 때' 이루어진다."

우리 나라에서 처음으로 SF영화 "용가리"를 만든 후, 얼마나 오랜 세월을 "포기하지 않고" 인내해 왔던가. 이제 외국기술보다 앞선 실력으로 영화 D-War 촬영 및 제작을 마치고 마지막 마무리를 하고 있다. D-War가 세계 영화시장을 석권할 순간을 기대하니 벌써 가슴이 설렌다.

그러던 중 공룡을 테마로 세계엑스포를 준비하고 있는 이학렬 군수님을 만나게 되었다. 작은 농촌군에서 세계 행사를 준비하고 있는 이학렬 군수님도 "포기하지 않고" 힘든 시간들을 인내해 왔을 것이다.

이 책에는 한 작은 농촌군의 지도자가 겪어야 했던 고독, 의지, 그리고 고향사랑이 가득 담겨 있다.

문화시대를 선도해 나가는 이학렬 군수님께 경의를 표하면서 이 책을 자신있게 권하고 싶다.

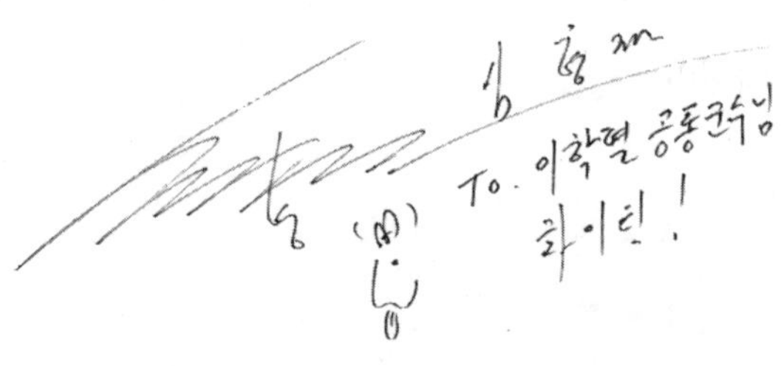

이 책을 바친다

"우리 군수는 공룡밖에 모른다. 공룡에 미쳐 있다. 공룡엑스포 때문에 다른 아무 일도 할 수 없다."

이렇게 나를 비난했거나 지금도 비난하고 있는 일부 군민들께 이 책을 바친다. 이 책을 읽고 왜 내가 공룡에 미치고 공룡엑스포에 미쳐야 했는지를 이해할 수 있었으면 한다.

그런 군민들께 "지방자치단체의 경쟁력은 차별화되고 차등화된 그 지방의 문화에 있다"는 사실을 깊이 이해해 줄 것을 당부 드리고 싶다. 고성이 차별화될 수 있는 대표적이고 경쟁력 있는 문화는 공룡이며 그것을 차등화시키는 방법은 엑스포 개최임을 헤아려 주기 바란다. 고성을 발전시키고 변화시킬 수 있는 유일한 테마가 공룡이고 가장 효율적인 방법이 엑스포 개최임을 이해해 주기 바란다.

"옛날에는 서울에 가서 고성을 이야기하면 강원도 고성만 알고 있더라. 그런데 최근 서울에 가서 고성을 이야기했더니 공룡엑스포가 열리는 곳이 아니냐고 하더라. 얼마나 기분이 좋았는지 모른다."

이렇게 이야기하면서 나를 격려해 주는 군민들께 이 책을 바친다. 공룡엑스포는 고성을 알리고 고성을 명품화시키는 훌륭한 역할을 할 것이라고 하는 확신을 가져 주기를 바란다.
고성을 공룡 아닌 다른 무엇으로 전국에, 전 세계에 알리겠는가?
공룡엑스포가 준비되는 그 긴 과정에서 겪어야 했던 많은 어려움을 인내해 준 고성군민 모두에게 이 책을 바친다.

"군수님, 반드시 성공하는 엑스포로 만들어 주십시오. 지방자치단체가 성공시키는 모델엑스포로 만들어 주십시오. 군수님을 믿고 갑니다."

엑스포 현장 방문을 끝내고 서울로 출발하면서 문화관광부 간부 공무원이 내게 남긴 말이다. 공룡엑스포 개최를 위해 애써준 문화관광부 공무원 여러분들께 이 책을 바친다.

"공룡엑스포가 고성군에 의해 치러지긴 하지만 우리 경남도의 가

장 중요한 행사 중의 하나다. 공룡엑스포가 성공적으로 치러질 수
있도록 최선을 다하자.”

차별화된 지방문화의 중요성과 경쟁력을 깊이 이해하고 있는 경
남도지사의 말이다. 공룡세계엑스포는 고성인의 자존심이 되고 경
남인의 긍지가 될 것이다. 김혁규 전 경남도지사, 김태호 경남도지
사를 비롯한 도청 직원 여러분께 이 책을 바친다. 특히 문화관광국
직원 여러분께 이 책을 바친다.

“고성군수와 엑스포 직원들의 열정에 감동되었다. 저렇게 열심히
일하는데 우리가 어떻게 도와 주지 않을 수 있겠는가?”

문화에 대해 그리고 공룡의 중요성에 대해 깊이 이해하면서, 또한
나와 우리 엑스포 사무국 직원들의 일에 대한 열정을 높이 평가하면
서, 엑스포 예산을 기꺼이 지원해 준 권민호 경제환경문화분과위원
장을 비롯한 경남도의회 의원 여러분께 이 책을 바친다.

“공룡은 어린이에게 무한한 상상력을 키워 준다. 공룡세계엑스포
는 어린이에게 꿈과 희망을 주는 엑스포가 될 것이다.”

공룡세계엑스포 명예위원장직을 맡는 자리에서 경남도교육감이
한 말이다. 고영진 교육감을 비롯한 교육계 여러분들께 이 책을 바
친다.

엑스포 세계행사의 정부 승인을 위해 약속된 공식일정까지 취소하면서 노력해준 정해주 전 진주산업대 총장께, 그 외 적극적으로 엑스포를 도와준 모든 분들께 감사한 마음으로 이 책을 바친다.

프로공무원이 되어 달라고, 일에 혼을 바쳐 달라고, 적극적이고 공격적인 자세로 일해 달라고, 뜨거운 가슴으로 일해 달라고, 채찍질하는 나를 이해해 주고 따라 준 우리 고성군 직원 여러분들께 이 책을 바친다.

내가 정치인으로 들어설 수 있도록 인도해 준 김동욱 전 국회의원께 이 책을 바친다.

나를 위해, 그리고 고성발전을 위해 늘 기도해주는 고성제일교회 김종철 목사님을 비록한 신도 여러분들께 이 책을 바친다.

사랑하는 아내, 아들 한별, 딸 미지에게 이 책을 바친다. 아내의 헌신적인 내조가 없었던들 아마 나는 엑스포 준비 과정의 힘든 고비 어딘가에서 포기하고 말았을지도 모른다.

2005년 8월

고성군수 이 학 렬

1 해군공학도의 삶

2 정치가의 길목에서

3 후보자와 군수

4 안타까운 고성의 현실

7 가장 성공적인 세계엑스포를 위하여

8 왜 엑스포를 유치하여 생고생을 합니까

9 왜 공룡엑스포인가

1

해군공학도의 삶

동남아 순방중 동기생들과 함께

아! 해군사관학교

나는 해군사관학교 입학시험에 우수한 성적으로 합격했다.
중학교 진학할 가정 형편도 못되었는데
대학 진학을 하게 되었으니 그 감회는 말로 다할 수 없었다.
해군사관학교가 어떤 곳인지 구체적으로는 잘 몰랐지만,
홍보 책자에 나온 해군사관생도의 모습은 아주 멋있어 보였다.

고등학교 시절 내 목표는 서울대학교에 입학하여 고등학교 재단으로부터 대학 입학금과 등록금을 지원받는 것이었다. 당시 우리 집이 대학 입학금과 등록금을 마련할 형편이 못 되었기 때문에 그것이 내가 대학에 진학할 수 있는 유일한 방법이었다. 그러나 그것은 그렇게 쉬운 일이 아니었다.

나는 서울대학 진학이라는 목표를 달성하기 위해 여름방학이 되기 전 당시 담임 선생님이셨던 문정길 선생님의 지도와 도움을 받아 서울 종로에 있는 EMI 학원에 갔다. 고성을 벗어나 보지 못했던 촌뜨기가 학원 공부하기 위해 서울로 갔던 것이다. 그렇다고 충분한 돈을 가져간 것도 아니었다.

얼마나 고생을 했는지 말로 표현할 수 없다. 종로 2가에 있는 낙원도서관에서 공부하면서 밤에는 의자 위에서 새우잠을 잤다. 식사는 20원짜리 수제비로 때웠다. 나중에는 청량리에 있는 조선일보 보급소에서 신문을 돌렸다.

지금도 청량리를 지나면 그 신문보급소가 있었던 곳으로 눈이 향한다. 새벽 4시에 일어나 잉크 냄새가 풀풀 나는 신문을 분류한 다음, 대문에 붙여놓은 "신문사절"이라는 쪽지에 아랑곳하지 않고 신문을 대문 안으로 집어넣던 생각이 난다.

여름방학이 지나 2학기에 접어든 후 고성으로 내려와 내가 내린 결론은 서울대학 입학시험 포기였다. 당시 서울대학 입학시험은 전과목 시험이었다. 우리 학교에서는 전과목을 다 소화할 수 있는 교사진도 갖추어지지 않았던 형편이었다. 그래서 나는 서울대학 진학이 불가능하다는 판단을 내렸다.

담임선생님이셨던 문정길 선생님께서 집으로 찾아오셨다. 실의에 빠져 있는 나를 보고 말씀하셨다.

"학렬아, 서울대학에 합격할 자신이 없으면 해군사관학교가 어떠니? 해군사관학교 입학시험은 네가 잘 하는 영어, 수학, 국어 3과목이구나. 그리고 학비도 전혀 들지 않으니 네게 아주 안성맞춤이구나."

솔직히 나는 해군사관학교에 대해서 아무 것도 몰랐다. 해군장교를 양성하기 위한 학교라는 것 정도가 해군사관학교에 대해 내가 아는 모든 것이었다.

선생님의 권유를 받아들여 해군사관학교 입학시험에 응시하기로 했다. 해군사관학교 시험에는 전국 각지에서 수많은 학생들이 응시했다. 그 중에는 나처럼 촌뜨기도 있었고 경기고, 서울고, 경남고 등 일류고등학교 학생들도 많았다. 140명 모집에 3000명 정도 응시했던 것으로 기억이 된다. 경쟁이 20대 1을 넘은 셈이다.

나는 해군사관학교 입학시험에 우수한 성적으로 합격했다. 중학교 진학할 가정 형편도 못되었는데 대학 진학을 하게 되었으니 그 감회는 말로 다할 수 없었다.

해군사관학교가 어떤 곳인지 구체적으로는 잘 몰랐지만, 홍보 책자에 나온 해군사관생도의 모습은 아주 멋있어 보였다. 그래서 나는 해군사관학교 입학 일자를 손꼽아 기다리게 되었다.

1971년 1월 24일, 고성 촌뜨기였던 나는 해군사관학교가 소재하고 있는 군항도시 진해로 갔다. 정식 입학이 아니고 가입교(假入校) 교육을 받기 위해서였다. 가입교 교육이란 정식 사관생도가 되기 위한 기본 교육이라고 안내서에 설명되어 있었다.

해군사관학교에 도착한 우리 일행은 사복을 벗고 훈련복으로 갈아입었다. 우리는 4개 소대로 나누어졌으며 나는 1소대에 소속되었다. 3학년생도 4명이 소대장으로서 각 소대 훈련 책임을 맡았으며, 4학년생도 1명이 중대장을 맡았다. 처음에는 소대장과 중대장이 형님처럼 보였지만 날짜가 지날수록 얼마나 무서웠는지 모른다. 당시에는 주먹으로 복부를 치고 방망이를 엉덩이에 내리치는 체벌이 아무 제제 없이 행해졌다. 우리는 그런 체벌을 날마다 당해야 했다.

내가 생각한 해군사관생도와는 너무나 딴판이라는 생각이 들었

다. 흰 제복을 입고 멋있게 걸어가는 해군사관생도의 모습 뒤에 숨
겨져 있는 이 몸서리쳐지는 고통을 전혀 몰랐던 것이다. 온 몸은 체
벌로 멍들었고, 하도 배가 고파 돌이라도 삼키면 소화될 것 같았다.
식사 시간도 정해진 3분, 그것도 부자연스럽기 이를 데 없는 직각식
사였다.

소대장도, 중대장도 무서웠지만 특히 무서웠던 사람은 당시 해병
대위였던 훈련관이었다. 크지 않은 키에 야무진 체구, 늘 해병대 팔
각모를 쓰고 있었으며 서부의 사나이처럼 권총을 허리에 약간 쳐지
게 차고 있었다. 소대장처럼 우리에게 체벌을 가한다거나, 중대장처
럼 우리에게 고함을 지르는 일도 없었다. 이 지구상에서 가장 멋있는
(?) 폼으로 우리 앞에 한번씩 나타나서는 간단한 훈시를 하곤 했다.

"한국 해병은 무(無)에서 유(有)를 창조한다. 귀관들은 이 훈련 기
간 중에 해병정신을 배워야 한다."

아주 짤막한 훈시를 하고서는 우리를 쏘아본 다음 시야에서 사라
지곤 했다.

그럼에도 우리들은 소대장보다, 중대장보다, 훈련관이 더 무서웠
다. 그는 한국 해병이 되기 위해서 이 세상에 태어났을 것이라고 우
리 훈련 동기생들은 생각했다.

그런 그가 정말 무서움의 위력을 발휘했던 것은 훈련이 막바지를
넘어서는 훈련 4주째였다. 우리 모두는 힘들고 지치고 배고파 더 이
상 견딜 수 없는 상황에까지 도달했다. 사관생도도 싫고 대학도 싫고

해군장교도 싫었다. 이 지긋지긋한 지옥에서 빠져나갈 수 있기를 바라는 마음밖에 없었다. 그러한 우리들의 마음을 읽기라도 한 듯 훈련관은 밤 12시 우리들을 해군사관학교 연병장 해안가에 집합시켰다.

2월초의 진해 바다 바람은 매섭고 차가왔다. 우리들의 복장은 완전 나체에 오직 팬티만 걸치는 소위 "팬티파티"였다. 팬티 차림에 M1 소총을 들었으니 지금 생각하면 웃음이 나오는 광경이었다.

팬티만 입고 바닷가에 서 있으니 말로 표현할 수 없이 추웠다. 저절로 이빨이 갈리는 추위를 견디며 바닷바람을 몸으로 맞고 있는 우리 앞에 훈련관이 뚜벅뚜벅 나타났다.

공포 영화를 보면 처음에 뚜벅뚜벅 걸음소리만 들리고, 그 다음 다리 모습이 보이고, 드디어 무서운 모습 전체가 화면에 나타나는 것을 기억할 것이다. 그런 모습으로 훈련관은 우리들 앞에 나타났다. 그는 위엄 있는 목소리로 우리들에게 훈시했다.

"귀관들! 귀관들은 해군사관학교 생도가 되기 위해 우리 국민으로부터 선택받았다."

훈련관의 그 목소리는 우리의 귀를 통해서 들려오는 것이 아니라 머리 꼭대기의 정수리를 통해서 몸속으로 흘러 들어오는 것 같았다. 그 목소리는 전율이었으며 공포였다. 아니 그의 목소리에는 살기가 흐르고 있는 것 같았다. 훈련관의 훈시는 계속되었다.

"귀관들! 잘 들어라. 여기 들어올 때는 귀관들 스스로 들어왔지만

나가는 것은 그렇지 못하다. 그래, 나가고 싶으면 나가라. 저 망해봉
(해군사관학교 뒷산)을 넘어서 나가든지, 옥포만(해군사관하교 앞바
다)을 건너서 가든지 가라.”

훈련관의 목소리는 더욱더 결연하게 변해 갔다. 그리고 그의 목소
리에 살기는 강도를 더해 갔다.

“잡히는 날에는…”

순간 그의 목소리는 잠시 끊어졌고 일순간 해군사관학교 앞 해안
가에는 무시무시한 살기가 섞인 적막감이 감돌았다.

“잡히는 날에는, 시체로 만들어 관속에 넣어서 진해우체국을 통
해 집으로 우송해 주겠다.”

전율이 흐르는 무시무시한 말이었다. 그러나 새빨간 거짓말이었
다. 관은 무엇이며 우체국을 통한 우송은 또 무슨 말인가? 힘들고
지치고 배고픈 훈련생도들에게 인간으로서의 마지막 힘을 내도록
하기 위한 훈련관의 격려(?)의 엄포였다.
그러나 당시 내게는, 아니 우리 훈련 동기생 모두에게는 그것이
엄포가 아닌 진실로 받아들여졌다. 단순한 진실이 아니라 절대 진실
로 받아들여졌다. 그리고 그날 밤 우리 훈련 동기생들은 새벽 5시까
지 해군사관학교 연병장 시멘트 바닥에서 인간으로서 견딜 수 있는

마지막 한계를 경험하는 훈련을 받았다. 아마도 실미도 훈련병들의 모습을 떠올리면 우리들의 그날밤 모습이 그려질 것이라 생각한다.

그리고 나는, 아니 우리 동기생들은, 죽어서 시체가 되어 관속에 넣어져 집으로 우송되어 가는 불효를 저질러서는 안 되겠다는 생각을 하면서 그날밤 그 모진 훈련을 견뎌내었다.

한국 해병의 정신을 몸으로 체험하면서 배운 그날밤을 잊을 수 없다.

기어이 이룬 서울대의 꿈

솔직히 말해 나는 본질적으로 군인 체질은 아니었다. 그러나 가입교 훈련과 해병훈련은 나를 완전히 바꾸어 놓았다. 고된 가입교 훈련 덕택에 늠름한 해군사관생도가 되었고, 상남(지금의 창원시)에서의 해병훈련 덕택에 강한 군인이 되었다.

사관학교 1학년 생활은 몹시 힘들었다. 그런 가운데서도 나는 열심히 공부했다. 사관학교 1학년 교과목은 일반대학 1학년의 교과목과 거의 비슷했다. 나는 성적에서 최상위를 유지했다. 특히 영어에서는 다른 생도들의 추종을 불허했다.

2학년이 되면서 학과목에 군사학 과목이 더해졌다. 해군장교 또는 해병장교가 되기 위해서는 일반학뿐만 아니라 해군, 해병과 관련된 군사학에 관한 지식을 갖추어야 하기 때문이었다.

항해학, 전술, 병기학, 해병학 등 군사학 과목을 이수해야 했다. 그런 과목에 나는 별로 흥미를 느끼지 못했다.

나에게는 해군사관학교 생도 중에 고등학교 선배가 없었다. 당시 농촌 출신이 사관학교에 진학한다는 것이 결코 쉬운 일이 아니었기 때문이었다. 힘든 생도 생활 중에 고등학교 선배들이 후배를 찾아와 격려해 주는 것을 보고 내가 얼마나 부러워했는지 모른다.

1학년을 마치고 2학년으로 진급되어 약간 여유가 생기면서 많은 생도들이 소위 "회의(懷疑)"에 빠지는 경우가 많이 있었다.

"과연 이 어렵고 힘든 생도생활을 계속하여 해군장교가 되어야 하는가?"

"해군장교는 과연 해볼 만한 멋있는 직업인가?"

"과연 나는 조국을 위해서 내 몸을 기꺼이 던질 수 있는가?"

온갖 종류의 생각을 하면서, 그리고 개인의 진로에 관해 고민하면서 회의에 빠지는 시기가 2학년이었다.

나도 예외는 아니었다. 서울대학교 진학을 시도하다가 대신 선택한 곳이 해군사관학교였다. 해군사관학교 안내 책자에 실린 해군사관생도의 멋있는 모습에 매료되었다. 가입교 훈련이라는 고된 과정을 거치면서 늠름한 해군사관생도가 될 수 있었다.

1학년 때는 2학년 선배한테 모진 기합을 받으면서 정신없이 생활했다. 그러나 2학년이 되니 내 자신의 여러 문제에 대해서 고민하는 소위 "회의"에 빠져들었다. 군사학 과목에 별로 흥미를 느끼지도 못했다. 그러나 나에게는 마음 터놓고 이야기할 수 있는 학교 선배가 없었다. 외로움을 느끼기 시작했다. 최상위를 유지하던 학교 성적도 뚝 떨어졌다.

3학년 2학기가 되어서야 나는 다시 마음을 가다듬을 수 있었다. 그리고 생도생활에 다시 전념할 수 있었다. 성적을 만회하기 위해 학업에도 최선을 다했다. 신기하게도 내 졸업성적은 입학성적과 똑같은 서열의 상위권을 유지했다. 그런데도 우리 동기생들은 내 성적이 1, 2 등인 것으로 생각했다. 아마 내가 영어를 탁월하게 잘했고 1학년 때 최상위 그룹을 유지했기 때문이었던 것 같다.

해군사관학교 졸업 후 장교교육 3개월, 함상근무 5개월을 마치고 나는 서울대학교 편입학 시험에 응시하게 되었다. 그리고 내가 그렇게도 진학하고 싶었던 서울대학교에 3학년으로 편입학 할 수 있었다. 나는 서울대생이 되었고 양복 깃에 서울대 배지를 자랑스럽게 달았다. 내가 그렇게도 진학하고 싶었던 서울대학교, 그 꿈을 기어이 이루게 되었다.

서울대학교 학생 시절은 재미있었다. 마음껏 공부할 수 있었다. 대학의 낭만도 한껏 즐길 수 있었다. 재학생들은 나보다 나이가 3~4세 아래였고 그래서 나를 "학렬 형"이라 불렀다.

복학생들은 나와 비슷한 나이였는데 그 숫자가 나를 포함해서 10명이었다. 우리는 "금속과 복학생회"를 줄인 "금복회"라 하는 모임을 만들어 가끔씩 모여 소주파티를 열었다.

당시 서울대 공대는 도봉구 공릉동에 위치해 있었다. 관악구 신림

동으로 옮겨온 것은 내가 대학원 2학년 때였다. 공릉동은 서울 공대 생들의 많은 이야기와 추억이 묻어 있는 곳이다. 지금도 그 앞을 지나가면 옛날 기숙사 생활하던 때가 생각난다. 밤 10시가 넘어 학교 앞 가게에서 소주 마시던 기억도 생생하게 난다.

우리 서울대 동기생들의 대부분은 지금 대학교수로 있으며 대기업, 중소기업의 간부로 있는 사람도 있다. 지금도 그 동기생들을 만나면 학창시절로 돌아간 것처럼 기쁘다.

미국 해군사관학교 교수 생활을 마치고 돌아와 동기생인 김기원 교수를 만나기 위해 진주에 있는 경상대학교로 갔다. 오랜만의 만남이었기에 김 교수로서도 내가 많이 보고 싶었던 것 같다. 내 차가 공대 재료공학과 사무실 앞에 멈추는 것을 본 김 교수는 너무 반가운 나머지 교수라고 하는 체면도 잊어버린 채 4층 연구실에서 큰 소리로 나를 불렀다.

"학렬 형, 여기야. 여기!"

근엄하신 교수님께서 갑자기 내지르는 소리에 학생들이 전부 김 교수의 연구실을 쳐다보았다. 그날 우리는 오랜만에 만난 회포를 풀면서 밤 깊은 줄 모르고 학창시절 이야기에 빠져 들었다. "역시 사람은 옛 사람이 좋다"고 몇 번이고 이야기하면서 대학시절의 낭만적인 추억들을 떠올렸다.

김해에 있는 인제대학교 총장에 50대 초반의 성창모 박사가 미국에서 영입되어 왔다고 언론에서 연일 대서특필했다. 성 박사는 미국 학계에서 연구 실적을 인정받은 아주 탁월한 학자라는 사실도 함께 보도했다.

성 박사는 대학원 과정을 나와 같은 연구실에서 보냈다. 그러나 졸업 후 우리는 한 번도 만날 수 있는 기회가 없었다. 성 총장이 취임했다는 소식에 나는 아주 기뻤다.

나는 성 총장의 취임을 축하하는 축전을 보냈다. 그리고 며칠 후 축하전화를 했다.

“성 총장, 축하하네. 나 고성군수 이학렬이야. 정말 축하하네.”
“아, 예, 고맙습니다. 이렇게 전화를 주셔서.”
“내 축하전보는 받았겠지?”
“예, 예…, 고맙습니다. 축하해 주셔서.”

우리의 대화는 매끄럽지 못했다. 무엇인가 나사가 빠진 듯한 대화였다. 며칠 후 성 총장으로부터 전화가 왔다.

“학렬 형, 나 성창모야. 지난번에 나 형인 줄 몰랐어.”
“아니, 무슨 말이야. 내가 이름을 밝히면서 이야기했는데.”
“아, 형, 형이 보낸 축하전보에 이항렬이라고 되어 있었어. 그리고 형이 설마 고성군수가 되었을 것이라고는 꿈에도 생각 못했어. 반말을 약간 사용하기에 나이가 많은 군수님으로 생각했어. 미안해. 형.”

우리 두 사람은 20년 전의 학창시절을 떠올리면서 한참동안 전화

를 끊을 줄 몰랐다. 그리고 며칠 전 통화에서 나누었던 대화를 이야
기하면서 또 얼마나 웃었는지 모른다.

만약 우리가 학창시절에 만나지 않았다고 하면 이런 대화가, 이런
관계가 어떻게 이루어지겠는가? 그 뒤 성 총장은 직접 고성군청을
찾았고 나도 인제대학교를 방문했다.

미국 유학생활의 추억들

내가 박사학위 공부를 위해 미국 유학길에 올랐을 때 아들 한별이는 유치원에 다니고 있었고 딸 미지는 생후 18개월이었다. 미국 텍사스주립대학(오스틴)에서의 4년여에 걸친 유학생활은 나에게 잊을 수 없는 귀한 시간이었으며 우리 가족 모두에게 값진 시간이었다. 특히 한별이와 미지는 미국 문화를 자연스럽게 가슴에 담을 수 있는 기회가 되었다.

미국 대학의 학기는 가을학기와 봄학기로 나뉘어져 있으며 그 중간에 여름학기가 있다. 여름학기는 강의를 듣는 학생도 있고 듣지 않는 학생도 있다. 여름학기까지 이용해서 열심히 공부하는 학생은 4년을 채우지 않고도 일찍 졸업이 가능하다. 그러나 열심히 공부하지 않으면 졸업이 훨씬 늦어질 수도 있다. 입학이 대단히 어려운 대신, 일단 입학하고 나면 졸업은 크게 걱정하지 않아도 되는 우리나라 대학과는 다르다.

부지런함에 있어서 남의 추종을 불허하는 나는 학기 중에는 학업에 몰두했다. 금요일 밤 테니스 경기를 하는 것 외에 공부는 내가 하는 일의 전부였다. 매주 금요일 밤, 학교 테니스 코트에서 한국 학생들이 테니스 경기를 하는 것은 오랜 전통으로 되어 있었다. 텍사스 주립대학에 유학 온 한국 학생수는 200명 정도 되었는데 금요일 밤 테니스 코트에 30~40명이 자연스럽게 모였다. 테니스 경기가 끝나면 맥주 한잔을 나누면서 향수를 달래기도 했다.

우리 가족은 여행을 무척 즐겨했다. 학기와 학기 사이를 브레이크(break)라 했는데 그 기간은 대략 보름 정도 되었다. 브레이크 기간에 우리 가족은 차 트렁크에 여행용 장비들을 가득 싣고 미국 전역을 여행했다. 지금 생각해도 그때가 정말 재미있었다. 캠핑지역에 텐트를 치고, 식사는 우리가 만들어 스스로 해결했으니, 경제적으로도 큰 부담이 없었다.

미국은 한 마디로 표현하기 어려운 나라다. 이 세상에서 제일 착한 사람이 살고 있는 나라가 미국이며, 이 세상에서 가장 나쁜 사람이 살고 있는 나라도 미국이라고 한다. 그만큼 미국은 다양한 종류의 사람이 살고 있다는 뜻이다. 사람뿐만 아니라 모든 면에서 미국은 다양성을 가진 나라다. 여름에도 눈을 볼 수 있는 나라이며 겨울에도 해수욕을 할 수 있는 나라다.

미국대륙의 남북으로 길게 로키 산맥이 뻗어 있다. 그 로키 산맥에 가면 얼마나 추운지 한여름에도 눈이 녹지 않고 그대로 있다. 로키 산맥에 올라갈 때는 한여름에도 두터운 겨울옷을 준비해 가야 한다.

플로리다 마이애미에서 남쪽으로 수많은 섬들이 길게 늘어서 있다. 그 섬들을 전부 교량으로 연결해 놓았다. 마이애미에서 열심히 차를 몰아도 마지막 섬에 도달하는 데는 4시간이 넘게 걸린다. 그 섬들의 제일 마지막 섬 이름이 키웨스트(Key West)다. 내가 그 섬에 도착한 날짜는 12월 31일이었다. 그 한겨울에 바다에서 해수욕을 하고 있는 모습을 보고 얼마나 놀랐는지 모른다.

내가 캠핑지역에서 처음 텐트를 친 곳은 미국의 서남쪽 끝에 위치한 샌디에이고 해안가였다. 텐트 장소를 하룻밤 사용하는 데 10불을 지불해야 했다. 우리나라처럼 아무 곳에나 텐트를 칠 수 있는 것이 아니고 일정한 장소를 지정해 놓고 그 장소에만 텐트를 칠 수 있도록 되어 있었다. 화장실이 얼마나 깨끗했던지 지금 우리나라의 고급호텔 화장실을 능가했다. 그 뒤 많은 캠핑지역에서 내가 느낀 것은 질서와 안전함과 청결함이었다.

미국의 이름 있는 지역은 거의 방문했을 정도로 여행을 즐겼다. 감탄사가 저절로 터져 나오는 그랜드 캐년, 1만개의 온천이 솟구쳐 오르는 옐로스톤 공원, 장엄함을 자랑하는 요세미티 공원, 미국의 대통령 조각을 바위에 새겨 놓은 러시모어 마운틴, 캐나다와 미국 사이에 있는 나이아가라 폭포, 백악관, 미 의회, 스미소니안 박물관, 후버댐 등 크고 작은 이름난 곳을 모두 가 보았다. 그러나 지금 내 기억에 가장 남는 곳은 데스밸리 여행과 데이토나 비치에서의 사건이다.

데스밸리 국립공원(Death Valley National Park)은 라스베이거스에서 약 2시간 정도 거리에 있는 넓은 황무지 지역이다. 데스밸리국립공원 입구에 해골을 그려 세워 놓은 간판은 이 공원이 어떤 곳인지를 잘 말해 주고 있었다.

"충분한 물을 소지하기 바람. 차량 휘발유를 가득 채워 가기 바람. 목적지에서 만날 사람에게 도착 시간을 미리 알려 주기 바람. 도착 시간까지 도착하지 않을 경우 비상수단을 사용하여 수색할 수 있도록 요구할 것."

지금은 바뀌었는지 모르겠지만, 내가 그곳을 여행할 때 4시간 동안 달리면서 데스밸리 국립공원 박물관을 제외하고는 건물 하나 구경하지 못했다. 차도 잘 만날 수 없었다. 어쩌다 차를 만나면 얼마나 반가웠는지 모른다.

이 데스밸리에서 고도가 가장 낮은 지역은 배드워터(Bad Water)라는 지역이다. 해발 −30미터이니 바다 수면보다 30미터가 더 낮은 지역이었다. 이곳을 작은 개울이 흐르고 있었는데 짠 소금물이었다. 개울 주위에는 굳어진 소금덩어리가 널려 있었다.

데스밸리 국립공원에는 군데군데 깊은 골짜기가 있었는데 그 모양이 마치 그랜드 캐년을 옮겨 놓은 것 같았다. 신기함과 두려움이 교차했던 4시간여의 데스밸리 국립공원 여행은 지금 생각해도 아찔하게만 느껴진다.

플로리다주의 데이토나비치를 여행한 것은 마이애미로 가는 도중이었다. 플로리다 동부 해안의 모래사장은 우리나라 남한 길이보다 더 긴 거리다. 플로리다의 북쪽 끝에서 남쪽 끝까지 끊이지 않고 이어져 있는 길고 긴 모래사장, 그 중의 일부가 데이토나 비치였다. 12월 25일, 일출을 보기 위해 우리는 새벽 일찍 데이토나 비치로 갔다. 우리 차는 어둠 속을 뚫고 해안으로 미끄러져 갔다.

광활하게 펼쳐진 모래사장에 들어선 우리 차는 주차할 수 있는 좋은 위치를 찾고 있었다. 우리 차가 해안을 따라 운전하던 중 아뿔사! 차가 모래 속으로 서서히 빠져들기 시작했다. 내 실수였다. 모래사장을 운전할 때는 물과 가장 가까운 곳으로 운전해야 모래가 단단하여 안전하다. 그런데 나는 물과 상당히 떨어진 거리 즉 모래가 굳어지지 않은 무른 땅을 운전했던 것이다. 차는 모래 속에 빠졌고 더 이상 움직일 수 없었다.

미국은 보험제도가 잘 되어 있는 나라다. 보험에 들지 않고는 하루도 살기 힘든 곳이 미국이다. 우리나라는 수해가 나면 정부에서 보상을 해주고 위로금을 지급하지만 미국은 보험으로 해결한다.

자동차 보험도 다양한 종류가 있다. 나는 일반 자동차 보험과 함께 AAA(American Automobile Association)라는 보험에 가입해 있었다. 이 보험은 여행안내를 해줄 뿐만 아니라 위급한 상황에서 언제 어디서나 전화하면 긴급하게 응급조치를 해주는 보험이었다.

미국에서 가장 큰 명절은 추수감사절과 크리스마스다. 우리나라의 추석과 설날에 해당된다고 생각하면 된다. 우리 차가 모래에 빠진 시간은 12월 25일 크리스마스 새벽 5시 30분경이었다. 우리나라로 치면 설날 아침이다. 나는 AAA에 전화를 했다. 미안한 마음이 들었지만 어쩔 수 없었다. 30분 후에 AAA에서 견인차량이 왔다. 모래 바닥에 깊이 빠진 우리 차는 견인차에 의해 서서히 견인되어 올라왔다. 얼마나 고마웠던지 모른다. 나는 지갑에서 10불을 끄집어내어 견인차 기사에게 건네면서 정말 고맙다는 뜻을 전하고 좀 받아달라고 했다. 그랬더니 그 기사는 웃으면서 말했다.

"Merry Christmas!"
"좋은 크리스마스 보내십시오!"

그리고는 내 뜻을 정중히 거절했다.

밝게 웃는 얼굴로 그러나 내가 건네는 돈은 결코 받지 않았다. 자기는 마땅히 할 일을 했기 때문에 별도의 성의 표시는 필요 없다는 것이었다. 내게 가장 착한 미국인의 모습을 보여 주었던 그 직원의 모습이 지금도 가끔 생각난다.

한국 해군이 부럽습니다

미국 해군사관학교 교수로 부임하면서 워싱턴 D.C.에 있는 한국 대사관의 해군무관 안내를 받았다. 해군무관은 6년 만에 미국으로 다시 온 한국 촌놈에게 여러 가지 생활 정보를 일러 주었다. 그리고 걱정의 말도 해주었다.

"이 박사님, 미국 해사생도들을 가르칠 수 있겠습니까? 물론 미국에서 박사 학위를 받았으니까 영어에 대한 기본 실력은 있겠지만. 그러나 강의 받는 것과 강의 하는 것은 다를 겁니다."

아주 걱정하는 눈치였다. 해군무관의 말속에는 이런 뜻도 포함되어 있는 것 같았다.

　"농촌고등학교 그것도 종합고등학교 출신으로는 쉽지 않을 겁니
다. 상당히 고생할 겁니다. 도시의 명문고등학교 출신이라면 몰라도."

　내가 고성종합고등학교 출신이라는 것은 해군사관학교를 졸업한
해군 장교들은 거의 다 알고 있다. 내 스스로가 농촌고등학교 출신
임을 전혀 감추지 않았다. 고성종고 출신으로 선배가 없어 많은 외
로움을 느끼기도 했지만 대신 내 스스로를 강하게 만들어 나갈 수
있었다. 도시 일류고등학교 출신들에게 뒤지지 않기 위해서 이를 악
물었기 때문이었다.
　나는 해군무관에게 속으로 이렇게 대답하고 있었다.

　"그래, 나는 고성종고 출신이다. 강의 한번 잘 해볼게. 농촌 고등
학교 출신의 위력을 한번 발휘해 볼게."

　우리 가족은 해군사관학교 캠퍼스 내에 있는 교수 아파트에 새로
운 보금자리를 만들었다. 6년 만에 다시 와본 미국은 매우 낯설었
다. 은행 계좌 개설, 전화 신청, 그 외 정착을 위한 여러 절차 밟는
것도 서툴기만 했다.
　한별이는 미국 생활에 비교적 쉽게 적응했으며 친구들도 많이 사
귀었다. 한국에서 중학교 2학년을 다니다 갔기 때문에 3학년으로
입학했다. 미지는 초등학교 6학년으로 입학했다. 한별이보다는 적

응이 늦었지만 어릴 때의 미국 생활이 몸속에 배어 있어 시간이 지나자 어렵지 않게 적응했다.

우리 가족이 미국 생활에 빨리 적응하는 것도 중요했지만 나로서는 강의 준비가 제일 걱정이었다. 영어로 미국 해군사관생도들을 가르치는 일이 마음 편한 일은 될 수 없었다. 강의 준비에 많은 시간과 노력을 쏟았다. 학기가 다가올수록 점점 걱정이 되었고 밥맛까지 없어졌다.

미국에서는 교재 한 권만을 교과서로 사용하지 않고 보통 2~5권에 이르기까지 여러 권의 교재를 교과서로 사용하고 있다. 나는 교재들을 전부 펼쳐놓고 수업 준비를 세밀하게 그리고 차분하게 해나갔다.

생전 처음으로 미국 해군사관생도들 앞에 서서 강의를 하는 날, 나는 긴장과 흥분과 두려움이 함께 겹쳐지는 참으로 묘한 심정이었다. 준비한 대로 수업을 진행했으나 수업이 제대로 되는지, 생도들의 반응은 어떤지, 살필 마음의 여유가 없었다. 2시간 수업을 마친 나는 "휴!" 하고 한숨을 쉬었다.

첫 학기에는 일주일에 2과목, 12시간 수업이었다. 한 달 정도 수업을 하고 나니 어느 정도 자신이 생겼으나 질문을 받게 될 경우 상당히 당황스러웠다. 특히 흑인 학생들의 발음은 듣기가 매우 힘들었다. 대충 눈치로 질문의 뜻을 이해하는 경우도 있었지만 그렇지 못한 경우도 있었다.

시간이 흐르면서 수업 진행에 점점 자신이 붙어 갔으며 수업 시간이 기다려지기도 했다. 내가 강의하는 "재료공학원론(材料工學原

論)”과 “부식의 원리” 강의 내용에는 복잡한 수식은 없었다. 대신 생각을 해야 하고 이해를 해야 하는 개념적 내용이 많았다.

금속이 광석으로부터 만들어지는 원리, 금속의 원자학적인 구조, 기계적 가공과 열처리에 따른 금속의 성질 변화, 금속이 산화되고 부식되는 원리 등의 내용을 이해하기 위해서는 개념적인 설명이 필요했으며 수학적인 공식은 많이 필요하지 않았다.

강의 시간에 나는 사관생도들의 이해를 돕기 위해 최선을 다했다. 광석으로부터 만들어진 금속이 파괴되거나 부식되어 그 생명을 마치는 과정과 우리 인간이 태어나서 살다가 생을 마감하는 과정을 비교하여 설명하면 학생들은 몹시 신기해하면서 쉽게 이해를 했다.

사관생도들을 대할 때 나는 진실된 사랑과 애정으로 대했다. 강의 시간에 질문을 받으면 질문한 생도가 완전히 이해할 수 있도록 성실하게 대답해 주었다.

내가 가장 신경을 썼던 부분은 복잡하고 어려운 내용을 쉽게 강의하고자 노력하는 것이었다. 미국 해사생도들의 수준은 미국 대학생 중에서도 상위 그룹에 속했다.

그러나 나의 강의 철학은 “복잡하고 어려운 내용을 쉽게 강의하자”는 것이었다. 강의시간에 완전히 이해하지 못하는 생도들에게는 저녁시간이나 휴일을 이용해 개인 지도를 받도록 권유했다. 이 개인 지도를 통해서 나는 미국 해군사관생도들과 인간적으로 대단히 가까워질 수 있었다.

미국 해사에서는 학기말에 교수는 학생을, 학생은 교수를 평가한다. 교수는 평소시험, 강의태도, 학기말 시험 등을 종합하여 학생의 최종 점수를 매기게 되며 학생은 교수평가서에 의해 교수를 평가한다. 교수와 학생의 상호평가는 동시에 이루어진다. 교수의 학생 평가는 절대평가가 아니고 상대평가이기 때문에 모든 학생에게 좋은 점수를 줄 수 없으며 A, B, C, D, F를 일정 비율 범위 내에서 부여해야 한다. 학생의 교수 평가 역시 여러 항목별로 A, B, C, D, F를 매기게 되며 따로 학생 개인의 의견을 적을 수 있도록 하고 있다.

교수들이 매긴 점수가 학생들에게 개별 통보되면서 동시에 학생들에 의한 교수 평가가 교수들에게 개별 통보된다. 학기가 끝난 후 학생들이 평가한 내 점수는 계속 최고 높은 점수였다. 거의 모든 학생이 대부분 항목에서 A를 주었으며 학생 개인의 의견을 적는 부분에서는 나에 대한 극찬을 아끼지 않았다.

"이 교수로부터 강의를 받게 된 것을 일생의 영광으로 생각한다. 그는 '강의는 이렇게 하는 것이다'라는 것을 보여 주었다."

"이 교수는 내가 만난 교수 중에서 가장 훌륭한 교수였다. 그의 강의는 명쾌하고 확실했다."

"이 교수를 가진 한국 해군이 부럽다. 그가 이곳에서 계속 교수로 있어 주면 고맙겠다."

생도들의 극찬과 좋은 평가에 나는 대단히 고무되었으며 강의 준비에 더 심혈을 기울였다. 생도들을 대하는 나의 태도도 크게 달라졌다. 생도들에게 더 많은 사랑을 주게 되었고 생도들도 나를 더 좋아하게 되었다.

얼마 전 캔·블랜차드가 저술한 "칭찬은 고래도 춤추게 한다"는 책이 베스트셀러가 될 정도로 인기를 끌었다. 돌고래를 훈련시킬 때 채찍으로 훈련시키는 것이 아니라 사랑과 칭찬으로 훈련시킨다고 한다. 조련사의 지시를 듣지 않고 잘못할 때는 관심을 다른 곳으로 돌리면서 그 부분을 빨리 잊어버리게 한다. 대신 조련사의 지시를 따라 훈련을 잘 하면 그 부분을 오래 기억하게 하고 그 행동을 반복하도록 유도한다. 나는 이 책이 출판되기 훨씬 전에 이미 칭찬이 얼마나 중요하며 그 효과가 얼마나 큰지를 미국 해군사관생도들을 가르치면서 체험한 셈이다.

학생들에 대한 나의 사랑과 격려, 학생들의 나에 대한 존경, 내 강

미국 해군사관학교에서 생도들과 함께

의에 대한 학생들의 칭찬은 그 강도를 점점 더해 갔다. 2년의 교수 생활을 마치고 귀국하기 전 우리 학과에서는 그 동안 나에 대한 생도들의 평가, 논문, 그 외 여러 가지 업적들을 정리하여 학교장인 라슨 대장에게 공로상을 내릴 것을 상신했다. 학교장은 그 공적을 높이 평가하여 다시 해군참모총장에게 상신했고 참모총장은 다시 해군장관에게 상신하여 해군장관은 현역 군인이 평화시에 받을 수 있는 최고 훈장인 네이비 메달(Navy Commendation Medal)로 결정했다. 네이비 메달은 미국 평화시의 최고훈장인 동시에 미국방부 전체 훈장 중에서 서열 11위의 훈장이었다.

나는 나를 좋아하고 따라준 미국 해사생도들이 고마웠다. 그들이 나에게 내린 극찬의 평가를 나는 잊을 수 없다. 내가 그들을 아끼고 사랑했고 그들은 나를 존경하고 따랐다.

가끔씩 미국 해군사관생도들이 보고 싶어진다. 지금 그들은 중견 해군장교가 되어 오대양을 누비는 바다의 사나이가 되어 있을 것이다.

2

정치가의 길목에서

당선확정 소식에 환호하는 지지자들과 함께

가슴에 타오르는 불꽃을 태우기 위해서

제가 가진 지식을 칠판 앞에서만 펼치는 것에
제 자신이 만족하지 못했습니다.
제 가슴에 타오르는 불꽃을 더 넓은 세계에서 지피고 싶었습니다.
그 불씨를 그냥 없애 버리기에는
제 스스로가 감당해 낼 수 없었습니다.

공식적인 강연에서, 그리고 비공식적인 모임에서, 내가 자주 받게
되는 질문이 있다.

"해군사관학교 교수, 그것도 공학박사가 어떻게 정치를 하겠다는
생각을 했습니까?"

"공학박사로서 교수생활을 하다가 왜 정치의 길로 접어들었습니
까?"

"어떤 생각으로 군수 직책에 도전을 했습니까?"

"어떻게 당선이 될 수 있었습니까?"

"행정경험이 없는 공학박사가 군수 업무를 수행한다는 것이 어렵

지 않습니까?"

집이나 사무실에 항상 걸려 있는 그림이나 글귀는 눈에 잘 들어오지 않는다. 그 그림과 글귀의 위치가 적당한지, 더 좋은 다른 그림이나 글귀는 없는지 얼른 생각해 내지 못한다. 그러나 어떤 사무실이나 집을 처음 방문했을 때 보게 되는 그림이나 글귀는 눈에 쉽게 들어온다. 그림과 글귀의 내용이 곧바로 눈에 읽혀질 뿐만 아니라, 걸려 있는 위치가 올바른지에 대해서도 잘 판단할 수 있다.

만일 내가 오랜 기간 공무원 생활을 했다고 하면 우리 공직사회의 잘못된 부분이 내 눈에 잘 보이지 않을 것이다. 내 눈이 이미 그런 조직과 관행에 익숙해 있기 때문이다. 사무실이나 집에 늘 걸려 있는 그림이나 글이 얼른 눈에 잘 보이지 않듯이 말이다. 물론 오랜 공직생활로 인해서 행정업무를 더 능숙하게 처리할 수 있다는 장점은 있을 것이다.

우리 모두가 잘 인식하고 있듯이, 지금 우리 사회는 급변하고 있다. 능숙한 행정업무 처리도 중요하지만, 더 중요한 것은 시대 변화에 따라 우리 공무원 사회가 신속하게 변화해야만 경쟁력(競爭力)을 가질 수 있다는 사실이다. 공무원 사회가 변화하지 않으면 군민들이 변화하지 않을 것이고, 군민들이 변화하지 않으면 우리 고성은 경쟁력을 가질 수 없게 될 것이다.

비록 나는 정치와 무관한 공학도였고 행정 업무에 익숙해 있지 않았지만 군수로서의 업무가 힘들다는 생각은 해보지 않았다. 우리 공무원 사회의 모든 부분이 내 눈에 여과 없이 그대로 비추어져 왔다.

얼른 얼른 눈에 들어왔다. 좋은 점은 잘 살려 나가고 잘못된 점은 하나씩 고쳐 나가고 있다.

나는 지금 큰 보람을 느끼고 있다. 우리 고성이 나아가야 할 방향을 분명히 설정했다. 시대적 흐름에 맞추어 고성만이 가진 문화를 전 세계에 알릴 수 있는 기회를 만들어 나가고 있다. 우리 고성을 "경남 고성"에서 "세계 고성"으로 발돋움시키기 위한 준비를 우리 직원과 함께 그리고 군민과 함께 차근차근 해나가고 있다. 만일 내가 오랜 기간 공무원 생활을 했던 사람이라고 하면 취임하자마자 엑스포와 같은 국제행사를 계획하지는 못했을 것이다.

공학박사가 왜 정치인으로서의 길을 택했느냐는 질문을 받았을 때 나는 대답했다.

"제가 가진 지식을 칠판 앞에서만 펼치는 것에 제 자신이 만족하지 못했습니다. 제 가슴에 타오르는 불꽃을 더 넓은 세계에서 지피고 싶었습니다. 그 불씨를 그냥 없애 버리기에는 제 스스로가 감당해 낼 수 없었습니다. 칠판 앞에서 머무르지 않고 더 넓은 세계로 나아가는 것이 저의 숙명인 것 같습니다. 제 가슴에 타오르는 불꽃을 활활 태워 보고 싶습니다. 제가 걸어야 할 멋있는 도전의 세계입니다."

지금 나는 그 불꽃을 마음껏 태우고 있다. 내가 그렇게 원했던 도전의 길을 걷고 있다. 힘들지 않다. 나는 우리 직원을 믿고 우리 군민을 믿는다. 2006년 우리 고성은 세계 속으로 뛰어들게 된다. 2006년 우리 고성군민은 위대한 군민으로 새롭게 태어날 것이다.

내가 아끼는 후배 교수 한 사람을 소개한다. 그의 전공은 동양철학이다. 공학 전공인 나와 철학 전공인 임 박사는 서로 다른 전공임에도 쉽게 어울리는 사이였다. 어느 날 해군사관학교 교수 부부가 함께 했던 연회 자리에서 임 박사는 내 집사람과 대화를 나누게 되었다고 한다.

"사모님, 이 선배님은 해군사관학교 교수로 머물 수 없습니다. 가슴이 끓고 있습니다. 기운이 넘칩니다. 해군사관학교는 이 선배님의 그 끓는 가슴을 다 용해시킬 수 없습니다. 이 선배님의 그 넘치는 기운을 채우기에 이곳은 너무 좁습니다."

공학도인 내가 군수의 길을 들어선 것에 대한 정답을 임 박사는 그때 이미 알고 있었던 것 같다. 그 답을 내 집사람에게 살짝 이야기해 준 것 같다. 나는 지금 내가 가야 할 숙명의 길을 가고 있다. 그리고 내 집사람은 나를 위해 잘 내조해 주고 있다. 집사람은 이미 나의 넘치는 기운과 가슴의 열정을 잘 알고 있었던 것 같다.

해군사관학교 선배 교수 한 분을 소개한다. 일에 대한 욕심이 말로 표현할 수 없이 많은 분이었다. 그러다 보니 해군사관학교 교수로 있는 동안 늘 보직을 맡았다. 일에 대한 욕심이 워낙 많다 보니 이 분 곁에는 항상 엄청난 일이 따라 다녔다. 한번은 출근하다가 사무실 앞에서 과로로 쓰러지기도 했다.

이 선배 교수와 한 부서에서 근무하는 것을 후배 교수들은 대부분 꺼려했다. 타 부서의 일까지 끌어와서 자기 부서에서 한다. 느릿느

릿 진행되는 타 부서의 일을 쳐다보는 것보다 차라리 자기가 해버리는 것이 더 마음 편했기 때문이었다. 그러니 이 분과 함께 일하는 것이 얼마나 힘들었겠는가? 이 분과 함께 일하다 보면 대부분 힘들고 지쳐 두 손을 들고 만다. 어떤 경우에는 6개월도 지나지 않아 급성 위장염 같은 병으로 입원을 하는 후배 교수들도 있었다.

나는 해군사관학교에서 이 분과 많은 세월을 한 부서에서 근무했다. 그러나 나는 남들처럼 이 분과 함께 일하는 것을 꺼려하지 않았고 두려워하지도 않았다. 이 분 역시 나와 함께 일하는 것을 좋아했다. 나는 혼자 생각해 보았다.

"남들이 모두 싫어하는데 왜 나만 그 분과 함께 일하는 것을 꺼려하지 않을까?"

한참의 세월이 지난 후 나는 그 답을 알아내었다. 나의 일에 대한 욕심이 그 분의 일에 대한 욕심보다 더 많았기 때문이었다. 다시 말하면 일에 대한 나의 열정이 그 분의 열정을 능가했기 때문이었다. 남들이 하지 않았던 새로운 것을 만들어 내고, 좀더 좋은 방법을 찾아내고, 완벽을 추구하는 데 있어서, 나의 열정이 그 분의 열정을 압도해 버렸기 때문이었다. 내 가슴에 타는 불길이 그 분의 가슴에 타는 불길을 능가해 버렸기 때문이었다.

내가 앞서 일을 처리해 나갔기 때문에 그 분으로서도 지적할 이유가 없어졌다. 앞서 일을 처리해 나가지 않고 늘 뒤에서 따라오게 되면 따라오는 사람은 힘이 든다. 지시하는 사람도 짜증이 나게 된다.

지적을 받게 되면 점점 자신이 없어지게 된다. 그래서 일은 더 힘이 들게 된다.

나는 이제 고향 고성의 군수로 당선되었다. 고향을 위해 일하겠다는 내 꿈을 이루었다. 고성을 변화시키고 발전시키기 위한 "대역사"를 이루어 나가고 있다. 작은 농촌군에서 국제행사인 공룡세계엑스포를 준비해 나가고 있다.

공룡엑스포는 고성의 에펠탑으로서 고성을 전세계에 알리는 전도사가 될 것이다. 고성의 자존심이 될 것이다. 고성의 상징이 될 것이다. 고성을 발전시키는 원동력이 될 것이다. 공룡엑스포와 함께 고성은 세계 속에 우뚝 서는 세계 제일의 "우량기업"이 될 것이다.

엑스포가 성공하는 것을 나는 가슴 뿌듯하게 지켜볼 것이다. 그리고 나는 다시 새로운 도전을 위한 돛을 올릴 것이다. 결코 머뭇거리지 않을 것이다. 현실에 안주하거나 만족하지 않을 것이다. 새로운 세계를 향해 또다시 힘들고 어려운 길을 떠날 것이다. 나의 도전은 내가 생을 다하는 날까지 쉬지 않고 계속될 것이다.

돈 많이 있습니까

유권자들의 의식이 바뀌어야 한다.
어떤 후보를 지지하는 발언을 하고 부탁을 하면
당장 돈부터 바라는 분위기가 아직도 팽배해 있다고 한다.
어떤 후보의 선거운동을 하면 후보자 측으로부터
많은 활동비를 받았을 것이라고 생각해 버린다고 한다.

선거에 출마하겠다고 하면 제일 먼저 묻는 말이 있다.

"돈 많이 있습니까?"

나는 애시당초 돈과는 큰 인연이 없었다. 부잣집에서 태어나지도 않았고 재벌집에 장가를 가지도 않았다. 사업을 한 사람도 아니며 재테크를 해서 성공한 사람도 아니다. 해군사관학교 교수가 나의 직업이었다. 그런 나에게 무슨 돈이 많이 있겠는가?

국회의원에 출마해서 실컷 고생만 하고 낙선했다. 그리고 통영·고성지역 구도상 고성 출신이 국회의원에 당선된다는 것은 불가능이라고 하는 판단을 했다. 그래서 국회의원 대신 군수로서 내 정치 일정을 시작하기로 했다.

어느 행사장에서 만난 지역의 유지 한 분이 내게 한 말이 지금도 잊혀지지 않는다.

"이 박사님, 지난 국회의원 선거 때 거지선거를 해놓고 또 군수 출마하시려고 합니까?"

거지선거란 돈을 많이 쓰지 않은 선거를 뜻하는 것이었다. 국회의원 선거 때 나는 돈을 거의 쓰지 않았다. 법정 선거비용에도 많이 못 미쳤을 것이다. 내가 돈을 많이 쓰지 않았다는 사실은 우리 지역 사람들은 다 알고 있었다. 그렇게 거지선거를 해놓고 또 선거에 출마하려고 생각하느냐는 질문이었다. 그리고는 또 덧붙였다.

"선거에서 당선되려면 뭐니 해도 돈입니다. 군수 선거에서 당선 되려면 최소 20억은 있어야 할 겁니다. 이렇게 다니지 말고 돈부터 먼저 준비하세요."

돈부터 먼저 준비하라고 충고해 주었다. 돈 없으면 출마하지 말라는 이야기였다. 거지선거는 더 이상 하지 말라는 이야기였다. 거지 선거 하면 또 낙선된다는 이야기였다.

고성군수 선거에 왜 20억이라고 하는 천문학적 숫자의 돈이 들어 가야 하는가? 그 돈을 들이면서 왜 군수에 출마해야 하는가? 20억이라고 하는 엄청난 돈을 가진 사람만 군수에 출마할 수 있고 또 당선될 수 있는가? 나는 그 말을 도저히 이해할 수 없었다. 아니 나는 그 말에 동의할 수 없었다.

유권자들의 의식이 바뀌어야 한다. 어떤 후보를 지지하는 발언을 하고 부탁을 하면 당장 돈부터 바라는 분위기가 아직도 팽배해 있다고 한다. 어떤 후보의 선거운동을 하면 후보자 측으로부터 많은 활동비를 받았을 것이라고 생각해 버린다고 한다.

나를 지지하고 선거운동을 해주었던 많은 분들의 어려움이 바로 이 부분이었다고 한다. 쓴 소주 한잔이라도 나누면서 후보자 이야기를 하고 부탁을 해야 되는 분위기에서, 내 선거운동을 했던 분들의 어려움이 얼마나 컸겠는가를 생각하면 그 분들에게 미안할 뿐이다.

내가 해군사관학교 교수로 있었을 때의 이야기다. 내 친구 중에 경남신문 간부 기자가 있었다. 친구는 약 30여 명의 경남신문 기자들과 함께 해군사관학교를 방문했다. 해군사관학교 견학을 하고 저녁에 해군회관에서 만찬을 가졌다. 그 자리에서 나는 많은 기자들과 개인적인 친분을 쌓을 수 있었다. 그 중에서 한 기자와의 인연이 특별하게 맺어지게 되었다.

수개월 후 진해에서 나는 그 기자와 따로 만나는 기회를 가졌다. 당시 나는 경남도청이 있는 창원에서 국회의원에 출마하겠다는 생각을 하고 있었다. 창원시민의 수준이라면 다른 어떤 조건보다 개인적인 능력을 고려할 것이라고 생각을 했기 때문이었다. 소주잔을 주고받으며 대화를 하던 중 나는 그 기자를 향해 말했다.

“김 기자, 나 창원에서 국회의원 출마를 고려하고 있는데 힘이 좀
되어 주지 않겠습니까?”

내 말에 김 기자는 입으로 가져가던 술잔을 떨어뜨릴 뻔했다. 깜
짝 놀라는 표정이 역력했으며 말을 잇지 못하고 의아한 눈빛으로 나
를 쳐다보았다. 내가 정치를 할 것이라고는 꿈에도 생각하지 못했다
고 뒷날 이야기해 주었다. 학문에만 정진하는 교수로 생각했으며 학
생 가르치는 일을 천직으로 여길 사람으로 생각했다고 말해 주었다.
　정신을 가다듬은 김 기자가 내게 던진 한 마디는 지극히 세속적인
말이었다.

“돈 많이 있습니까?”

김 기자의 눈에 내가 돈이 많이 있는 사람으로 보이지는 않았던
것 같았다. 돈도 많이 없으면서 왜 정치할 생각을 했느냐는 뜻이 그
의 말 속에 담겨 있는 것 같았다. 나는 김 기자의 질문에 답하지 않
고 도로 질문을 던졌다.

“왜 그런 질문을 합니까?”
“정치를 하려고 하면 돈이 기본 아닙니까?
“나는 돈 많이 없습니다.”

내가 이렇게 말하자 김 기자는 기가 막히다는 듯이 나를 쏘아보며

퉁명스럽게 대답했다. 마치 혼잣말하듯이 중얼거리는 투로 말했다.

"그러면 정치할 생각하지 마십시오. 돈 없이 정치한다는 것은 맨땅에 박치기하는 것과 똑같습니다. 맨땅에 박치기하면 머리만 깨어질 뿐입니다."

나는 김 기자의 말에 약간 흥분이 되었다. 돈 없으면 정치하지 말라니? 정치를 무슨 돈으로 하는가? 나는 흥분을 가라앉히며 말했다.

"나는 돈 없습니다. 그러나 나는 나를 아껴주고 위해주는 많은 사람들이 있습니다. 그 사람들은 내 선거를 자기 일처럼 해줄 겁니다. 그리고 돈으로 하는 정치는 하고 싶지 않습니다."

나의 이 말에 김 기자는 정말 어처구니가 없다는 표정을 지었다. 잡고 있던 소주잔을 단숨에 들이키고는 말했다.

"교수님, 참으로 딱한 말씀하십니다. 선거는 돈입니다. 아껴주고 위해주는 사람이라고 했습니까? 아무도 없습니다. 형제도 필요 없습니다."
"나는 있습니다. 그런 사람과 함께 선거를 할 것입니다."

갑자기 김 기자는 손을 내밀며 악수를 청했다. 그리고 말했다.

"오늘 우리가 여기까지 이야기를 했는데, 지금부터 제가 형님이
라 부르고 형님으로 모시겠습니다."
"형님, 형님이 말씀하시는 그런 분이 10명만 있으면 어떤 선거에
서도 승리할 수 있습니다."

나를 군수로 만든 분들은 바로 김 기자에게 내가 이야기했던 그
10명, 아니 100명이 되고 1000명 또는 그 이상이 될지도 모를 분들,
그 분들이었다. 돈으로 선거운동을 하지 않고 나와의 우정과 나에
대한 믿음으로 나를 도와 주었던 분들이 나를 군수로 만들었다.

"정말 고맙습니다. 그 고마움 잊지 않고 훌륭한 군수 되도록 최선
을 다하겠습니다."

혈연, 지연 그리고 학연

우리나라는 혈연, 지연, 학연이 사회 모든 분야에서 큰 역할을 하는 연(緣)의 나라라고 이야기들을 한다. "우리 집안이다", "우리 지역이다", "우리 학교 동문이다"라는 단어에 대해서 대단히 큰 친밀감을 가지고 있다. 반대로 이야기하면 "다른 집안이다," "다른 지역이다," "다른 학교 동문이다"라는 단어에 대해서는 아주 배타적이라는 뜻이기도 하다.

혈연, 지연, 학연이 사회 모든 분야에서 역할을 하지만, 선거에서는 특히 중요한 역할을 한다. 후보자의 능력이나 자질에 상관없이 자기 집안이라는 이유로, 자기 지역이라는 이유로, 자기 동문이라는 이유로, 지지를 하고 투표를 하는 경우가 많다. 선거에서 지역감정을 없애자고 아무리 목소리를 높여도 지역감정에 의한 선거는 사라지기 힘들 것이라고 하는 것이 내 생각이다.

재미있는 이야기 하나를 소개한다. 같은 집안이지만 평소 서로 원수같이 지내던 두 사람이 있었다. 그 중 한 사람이 선거에 출마했다. 선거운동 기간 중 선거에 출마하지 않은 사람은 선거에 출마한 사람을 계속 비난하고 다녔다. 그런데 투표소에 가서 도장을 찍는 순간 원수같이 지내던, 그래서 선거운동 기간 중 계속 비난했던 집안 후보에게 자기도 모르게 손이 갔고, 그래서 그 후보를 찍었다고 한다.

집안끼리 평소 서로 원수처럼 싸우다가도 막상 선거에서는 자기 집안 후보에게 표를 찍는 것이 우리나라의 국민정서라고 한다.

서양을 포함한 다른 나라에서도 집안, 지역, 동문에 대해서 애착과 친밀감을 가지고 있다. 그러나 그 강도가 우리와는 비교가 되지 않는다.

나는 미국에서 학생으로도 지냈고 교수로도 생활했다. 미국의 경우에는 집안, 지역, 동문에 대한 애착이 소극적(消極的)이며 공적(公的)이다. 우리와는 차원을 달리한다. 어떻든 혈연, 지연, 학연에 대한 우리나라 사람들의 애착은 세계 어느 나라에도 뒤지지 않을 것이다.

선거에 출마하는 사람은 지푸라기라도 잡고 싶어한다. 이때 혈연, 지연, 학연은 가장 잡고 싶어하는 강한 힘이다. 그래서 선거 때면 사돈의 8촌까지 찾아 나선다는 말이 있다. 사돈의 8촌이면 평소 같으면 전혀 왕래가 없는 관계인데 선거 때는 그 인연도 찾아 나선다는 말이다.

이런 관점에서 보면 나는 고성군에서 상당히 유리한 고지를 점령하고 있다고 말할 수 있다. 고성군에서 우리 집안은 숫자가 대단히 많은 3개 집안 중의 하나에 속한다. 내가 출생한 면은 고성읍을 제외한 13개면 중에서 가장 인구가 많은 면이다. 나는 초등학교, 중학교, 고등학교를 고성에서 졸업했다. 말하자면 지연, 혈연, 학연에서 나는 단연 유리한 고지를 점령하고 있다.

서양 사람은 지성적이고 논리적인 반면 우리나라 사람은 감성적이고 정서적인 것 같다. 그래서 혈연, 지연, 학연에서도 더 적극적이고 열렬한 것 같다.

우리나라 사람과 외국 사람의 혈연, 지연, 학연에 대한 애착의 정도를 잘 나타내 주는 이야기를 소개한다. 엘리베이터를 탄다. 모르는 사람을 만나게 된다. 우리나라 사람은 얼굴도 서로 쳐다보지 않고 헤어질 때까지 시간을 보낸다. 어떤 경우에는 경계심마저 드러낸다. 그러나 서양인을 비롯한 외국인들은 다르다. 엘리베이터 안에서 모르는 사람을 만나면 반갑게 인사를 한다.

"하이(Hi!)(안녕하세요)."

"오늘 날씨가 아주 좋군요."

"예, 여름 날씨치고는 덥지도 않고 지내기에 별로 불편함이 없는 것 같습니다."

때로는 부담 없는 지역 현안 이야기를 나누기도 한다.

우리는 모르는 사람과는 서로 경계하면서 말 한 마디 건네지 않지만 자기가 알고 있는 사람에 대해서는 아주 친절하다. 엘리베이터

안에서 벙어리처럼 입을 다물고 있다가 아는 사람이 타면 얼굴이 금방 환해진다. 아주 반갑게 인사를 한다. 모르는 사람에게 대하는 태도와 아는 사람에게 대하는 태도가 이처럼 180도 바꾸어지게 되는 것이 우리들의 정서다.

선거에 이기기 위해서는 많은 유권자들을 나와 관계있는 사람으로 만드는 것이 중요했다. 즉 사돈의 8촌까지 많은 사람을 찾아내어 내 사람으로 만드는 것이 중요했다. 가능하다면 전 고성군민을 혈연, 지연, 학연으로 꽁꽁 묶어 버리는 것이 선거에서 이길 수 있는 가장 효율적인 방법이었다.

나는 혈연, 지연, 학연에서 유리한 위치에 놓여있는 만큼 많은 사람들을 만났다. 우리 집안, 외가 집안, 진외가 집안, 몇 안 되는 처가 집안 등을 만났다.

외가 집안은 고성에서 우리 집안과 더불어 3대 가문이라고 일컬어지는 집안이었다. 그래서 외갓집은 나에게 큰 힘이 될 수 있었다. 그러나 애석하게도 외가 집안에서 한 사람이 출마를 했다. 그래서 외가 집안은 나의 우군이 아니라 오히려 상대가 되어 버리고 말았다. 선거 당시 어머니는 86세 되셨다. 그래서 어머니 스스로는 나를 위해 선거 운동을 할 수 있는 상황이 되지 못했다.

다행스러운 것은 어머니의 가까운 집안이 무척 많았다. 4촌이 무척 많았고 6촌도 많았다. 어머니의 남자 4촌은 나에게 외갓집 아저씨가 되지만 그냥 외삼촌이라 불렀다. 여형제 4촌은 종이모가 되지만 그냥 이모라 불렀다.

종이모와 그 자녀들은 아주 가까울 수도 있지만 또 서로 만나지 않으면 남이 될 수도 있다. 어머니는 여자 4촌이 많았으며 나는 어머니의 여자 4촌(즉 종이모)들의 많은 자녀들과 만났다. 나에게는 이종형제, 이종누이들이었는데 나를 무척 반갑게 대해 주었다. 어머니 쪽이라 그렇지 6촌 형제들이니 따지고 보면 아주 가까운 사이다.

어머니의 외갓집 분들, 즉 외할머니의 친정 분들을 만났으며 그분들로부터도 많은 도움을 받았다. 할머니의 친정, 즉 진외갓집으로부터 많은 도움을 받은 것은 두말할 필요도 없다.

혈연, 지연, 학연은 뿌리 깊이 내린 우리의 정서며 문화다. 선거에서 지역감정을 없애자고 아무리 외쳐도 없어지기 어려운 이유가 바로 여기에 있다.

우리 정서상 가장 쉽게 도움을 받을 수 있는 것이 지연(地緣)인데 그것을 없애자고 외치는 것은 선거에서 낙선하라는 이야기나 마찬가지다. 선거에 출마한 사람은 당선을 위해서라면 무슨 일이든 할 수 있다. 지역감정에 호소하는 것은 당선을 위해서다. 2등이 필요 없는 선거에서 당선과 낙선은 하늘과 땅 차이다. 아니 천당과 지옥의 차이다.

나 역시 이 세 가지 인연에 많은 정성을 쏟았다. 많은 정성을 쏟았음에도 불구하고 정성이 부족하다고 많은 비난을 받았다. 집안에서, 동네에서, 학교 동문들에게서 비난의 소리가 들려 왔다.

"이학렬이는 얼굴도 보이지 않아, 우리 동네는 필요 없는 모양이지."

"집안이면 무슨 필요 있어. 다른 집안이 오히려 내게 더 관심을 가지고 만나는데."

"상대 후보는 벌써 몇 번 다녀갔는데 이학렬이는 아예 콧잔등도 볼 수가 없어. 동문이라고 무조건 찍어 주는 것으로 착각하는 모양이야."

감정까지 섞어 가면서 나를 비난하던 분들이 막상 투표장에서는 나에게 기꺼이 한 표를 던져 주었다. 우리나라의 정서였다. 우리나라의 어쩔 수 없는 문화였다.

고향의 동갑친구

군수 선거에서 집안, 지역, 동문 등 많은 분들이 나를 도왔다.
그러나 나의 가슴을 가장 뭉클하게 만들고
나로 하여금 눈물 흘리게 만든 사람들은 동갑 친구들이었다.
선거를 치르는 과정에서 정말 힘들어 주저앉고 싶었을 때
친구들은 나를 일으켜 주었고 부축해 주었다.

나는 초등학교에 입학하여 1년 정도 다니다가 건강이 좋지 않았기 때문이었는지 집이 가난했기 때문이었는지 잘 기억이 되지 않지만 학교를 그만 두었다.

학교에 가는 대신 할머니 손을 잡고 인근 동네의 의원(허가를 내지 않고 개인적으로 했던 의원)들을 찾아다녔던 기억이 난다.

3년 후 학교에 다시 입학하려고 했더니 4학년에 복학시켜 주지 않고 3학년에 넣어 주었다. 그래서 나는 내 나이보다 1년 늦게 초등학교를 졸업하게 되었다. 그 결과 중학교도, 고등학교도 계속 나이보다 1년 늦게 다니는 결과가 되었다.

초등학교, 중학교, 고등학교를 1년 늦게 다닌 탓에 나보다 1년 어

린 사람들이 내 친구가 되었다. 나와 나이가 같은 사람은 초·중·고등학교 1년 선배가 되었고, 형님으로 통했고, 형님이라 불렀고, 그렇게 예의를 지켜 주었다.

나의 정신연령은 1년 늦어지게 되었다. 동갑을 형님이라 부르고 예의를 갖추고 1년 어린 사람과 친구로 지내니 저절로 그렇게 되었다. 내 마음속에는 이 부분에 대해서 억울한 마음, 섭섭한 마음을 항상 가지고 있었다. 물론 그러한 감정을 겉으로 드러내 본 적은 없었다. 그래서 동갑 형님(?)들로부터 예의 바르다는 소리를 들어 왔다.

군수 선거에 출마하면서 내가 얻은 가장 큰 소득 중의 하나는 나이가 같은 동갑 친구들을 내 친구로서 사귈 수 있게 된 것이었다. 동갑친구들은 그 동안 학교 1년 선배였기 때문에 나와는 어쩔 수 없이 약간의 거리가 있었던 것이 사실이었다. 대부분 형님으로 호칭되었고 그래서 나를 동생 또는 후배로 생각하고 있던 사람들이었다. 그런 동갑 친구들을 나의 진정한 친구로 가까이 할 수 있게 된 것은 내게 큰 소득이었다.

우리 고성에는 동갑모임이 다른 어느 지역보다 활성화되어 있었다. 40대 후반이 되면 고성군 전체에 있는 동갑들이 모임을 결성하는 것이 상례로 되어 있었다. 각 읍면별로 동갑모임이 있었고 읍면별 모임이 서로 연합하여 고성군 연합회를 구성했다.

내 동갑인 1951년생의 경우, 내가 미국 해사 교수 생활을 마치고 한국에 귀국할 즈음 고성군 연합회를 구성했다. 내가 동갑모임에 참여한 것은 그 이듬해였다. 나의 출신면인 거류면 동갑모임에 회원으로 가입하였고, 그 자격으로 고성군 전체 모임인 고성군 신묘생연합회 회원으로 가입하였다.

거류면 신묘회에 가입할 때는 어색함을 느끼지 못했다. 초등학교 1년 선배는 선배 아닌 친구로서 대해 왔었고, 또 우리 동네 가까이 있는 사람들이라 대부분 알고 있는 친구들이었다.

그러나 고성군 신묘생연합회에 참여했을 때는 어색하기 짝이 없었다. 평소 형님으로 칭했던 고등학교 1년 선배들이 눈에 띄었다. 학교 선배는 아니었지만 그냥 내가 형님으로 여기고 있었던 사람들도 있었다.

고성군에 사는 1951년생들이 모두 모였는데 250명이 더 되었다. 농사를 짓거나 작은 사업을 하는 사람들이 많았다.

고성군 신묘생 회원들에게는 해군사관학교 교수 출신인 내가 어울리기에 편하지 않은 상대였다. 서울에서 전학 온 학생을 바라보는 시골 초등학교 학생들의 심정으로 나를 바라보는 듯하였다.

친구들의 마음을 바꾸어 놓아야 했다. 서울에서 전학 온 학생이 아니라 원래 여기 학교 다니던 순 시골 촌놈인데, 그 동안 서울에 가서 좀 살았고, 이제 고향으로 돌아온 친구라고 하는 사실을 인식시켜 주어야 했다.

나는 250명이 넘는 친구들에게 일일이 술을 권했다. 술 실력이 별로인 나였지만 고향 친구들과 가까워지는 가장 효과적인 방법이 술을 권하는 것이라고 믿었다. 친구들에게 술을 권하다 보니 나도 술을 마셔야 했고 자세도 흐트러질 수밖에 없었다.

흐트러진 내 자세를 보고 친구들은 마음을 열기 시작했다. 나도 마치 어머니 품에 안기는 것처럼 편안하기 이를 데 없었다.

“아, 이것이 고향의 친구구나. 내 선배가 아니구나. 내 형님이 아니
구나. 친구들아, 죽마고우인 나를 마음껏 너희들의 가슴에 안아줘.”

그 후 나는 각 읍면별 모임에 참석했고 우리들은 더욱 가까워졌
다. 나보다 1년 어린 친구들은 학교 동기생으로 나와 가까웠고, 내
동갑친구들은 이렇게 해서 다시 친구로 만났다.

동갑모임에는 여자 동갑모임도 있었다. 여자 동갑 친구 역시 남자
에 진배없이 나의 든든한 버팀목이 되어 주었다.

군수 선거에서 집안, 지역, 동문 등 많은 분들이 나를 도왔다. 그
러나 나의 가슴을 가장 뭉클하게 만들고 나로 하여금 눈물 흘리게
만든 사람들은 동갑 친구들이었다. 선거를 치르는 과정에서 정말
힘들어 주저앉고 싶었을 때 친구들은 나를 일으켜 주었고 부축해
주었다.

선거가 끝난 후 몇몇 친구는 과로로 인해서 식사를 못할 정도가
되었다. 친구들에게 재정적인 지원도 해주지 못했으니 얼마나 힘이
들었겠는가? 지금도 선거 당시 친구들의 그 모습이 종종 생각난다.

그 바쁜 농번기에 자기 농사일도 뒤로 미루고 논으로 밭으로 사람
들을 찾아 다녔다고 한다. 만나는 사람들에게 했던 말은 한결같았다.

“우리 친구 잘할 겁니다. 학력으로 보나, 경력으로 보나, 인품으
로 보나 믿으셔도 됩니다. 제가 보증할게요.”

당선이 확정되던 2002년 6월 13일, 우리 친구들은 기쁨의 눈물을

흘렸다.

"우리 친구가 군수 되었다. 이 박사가 군수 되었다. 학렬이가 군
수 되었다. 내가 군수 된 것과 무엇이 다른가?"

그러나 우리 친구들은 내가 군수 되었다고 해서 개인적인 이득을
취하겠다는 생각은 결코 하지 않았다. 내가 군수 된 것 자체가 우리
친구들에게는 기쁜 일이었고 고마운 일이었다. 이런 우리 친구들이
있어서 나는 참으로 행복하다.

"친구 여러분, 사랑합니다. 언제나 여러분의 좋은 친구로 남을 것
입니다. 그리고 여러분의 기대에 어긋나지 않게 훌륭한 군수 되겠습
니다."

친구 박시문의 명복冥福을 빌며

진실된 내 친구 한 사람을 소개한다. 지금 이 글을 쓰면서도 그 친구를 생각하면 눈물이 난다. 그 친구는 지금 내 곁에 없다. 아주 멀리 떠나갔다. 만날 수도 없다. 내 가슴속 깊이깊이 그 친구를 묻었다. 그러나 문득 문득 그 친구가 생각난다. 아마 내가 이 세상에 살아 있는 동안 그 친구를 영원히 잊을 수 없을 것이다.

이토록 내 가슴을 아프게 한 친구, 내가 두고두고 잊을 수 없는 동갑 친구 박시문이다. 시문이는 나와 학교 동문도 아니며 죽마고우 친구도 아니다. 그러나 내 가슴속 가장 깊숙히 자리잡고 있는 참으로 진실된 나의 친구다.

친구 시문이는 내게 사나이의 우정이 어떤 것인가를 가르쳐 주고는 다시는 만날 수 없는 저세상으로 떠나갔다. 우정은 대가를 바라지 않는 희생임을 내게 알려 주고는 영원히 떠나갔다. 우정은 받기를 원하는 것이 아니고 그저 주는 것임을 깨우쳐 주고는 저세상으로 갔다.

시문이는 "2006 경남고성공룡 세계엑스포"의 주행사장인 당항포 입구에 조용히 누워 내가 군수차를 타고 당항포를 왔다갔다할 때 나를 지켜보고 있다. 아마도 친구 시문이는 대단히 흡족한 마음으로 나의 모습을 지켜볼 것이다. 시문이가 내 귀에 대고 이렇게 말해 주는 것 같다.

"그래, 친구야. 잘 해라. 믿는다. 니가 군수차 타고 다니면서 내 앞을 지나니 내 마음이 참 좋다."

시문이에게는 내가 군수에 당선되는 것이 가장 큰 소망인 것처럼 보였다. 내가 군수 되기를 너무나 갈구했다. 그런데 시문이는 내가 군수에 당선되는 것을 보지 못하고 떠나갔다. 조금만 더 기다렸어도 군수 되는 모습만은 보았을 텐데 말이다.

군수 선거 6개월 전이었던 2001년 12월 29일 저녁이었다. 우리 동갑 고성군 각 읍면 회장단이 망년회 모임을 하고 있었다. 한참 분위기가 무르익고 있었을 때 긴급한 소식이 날아들었다. 현직 군수가 군수 불출마 선언을 했다는 것이었다. 시문이는 너무 기뻐 어린아이처럼 펄쩍펄쩍 뛰었다. 현직 군수의 불출마는 나의 당선 가능성을 가장 높여 주었기 때문이었다. 그래서 친구 시문이는 체면도 없이 펄쩍펄쩍 뛰었던 것이다.

모임을 파하고 우리 친구들이 헤어진 시간이 밤 11시 가까웠던 것으로 기억된다. 헤어진 후 회화면과 구만면의 친구들은 배둔에 가서 함께 다시 노래방으로 갔다고 한다. 이들 친구들이 노래방에서 헤어진 시간이 새벽 1시 가까이 되었다고 한다.

시문이는 집에 도착하자마자 고통스런 소리를 지르며 방안을 뒹굴었다고 한다. 그리고는 조용히 눈을 감았다고 한다.

다음날 새벽 시문이가 세상을 떠났다는 소식을 들은 나는 곧장 병원으로 달려갔다. 시문이의 부인은 나를 보자마자 눈물을 흘리며 울었고, 나도 흐르는 눈물을 주체할 수 없었다.

시문이를 당항포 입구에 묻고 돌아오는 내 가슴은 텅 비어 있는 것 같았다. 내 몸의 일부가 떨어져 나간 것 같았다. 시문이가 세상을 떠난 후 사람들은 "이학렬이의 오른팔이 떨어져 나갔다"고 했다.

시문이와 내가 가까워진 것은 내가 국회의원에 출마하여 선거운동을 할 때부터였다. 무슨 일이든 물불을 가리지 않는 성격의 시문이는 잘못 보면 예의도 없고 생각도 없는 사람처럼 보이기도 했다.

그러나 시문이는 지켜야 할 예의를 어느 누구보다 정확히 알았으며 매사에 신중하기까지 했다. 그러나 자기가 하고자 하는 일에는 겁을 내지 않았다. 일을 성공시키기 위해 온 몸과 마음을 바쳤다. 그래서 남이 보기에는 덤벙대는 것처럼 보였을 것이다.

내가 국회의원에 출마했을 때 이야기다. 시문이는 밤10시가 되면 선거사무실로 왔다. 그리고 혼자 유세차를 몰고 통영으로 갔다. 밤새 통영시내 번화가를 운전하고 다니다가 다른 선거종사원들이 출

근하기 전에 선거사무실로 돌아왔다. 통영에 내 이름이 많이 알려져
있지 않았기 때문에 이름을 알려야 한다며 유세차를 몰고 밤새 통영
시내를 다니는 것이었다.

국회의원 선거에서 낙선한 나를 제일 안타깝게 생각한 사람이 친
구 시문이었다. 국회의원 선거에서 낙선한 후 1주일도 지나지 않아
내 귀에 들려오는 소리는 선거 때 나를 지지했던 일부 사람들의 불
만과 불평이었다.

"전화 한 통 하지 않는다."
"내가 얼마나 고생했는데 그 고생을 몰라준다."

그러나 나를 위해 어느 누구보다 많은 희생을 한 시문이는 나로부
터 고맙다는 인사를 받고자 하는 것이 아니라 오히려 내 걱정을 했
다. 통영, 고성의 인구 분포를 볼 때 고성출신이 국회의원에 당선되
기는 힘들다며 고성군수로 방향을 돌리도록 권유한 것은 친구 시문
이었다.

국회의원 선거에서 고생한 친구들을 내 대신 격려해 주기도 했다.
국회의원 대신 고성군수에 출마해야 한다고 나를 설득하고 친구들
을 설득했다.

"이 박사, 국회의원은 아무리 생각해도 안 되겠다. 통영 인구가
우리 고성보다 두 배가 더 된다. 고성군수로 출마하자. 고성군수는
어떤 일이 있어도 꼭 만들고 말끼다."

군수 당선에는 자신 있다며 주먹을 쥐어 보이던 시문이었다. 현직 군수의 불출마로 당선 가능성이 높아졌다며 좋아서 어린 아이처럼 껑충껑충 뛰던 시문이었다. 그런 친구 시문이는 사랑하는 부인과 두 아들을 남겨둔 채 아주 멀리 가버렸다.

선거관리위원회로부터 군수 당선증을 교부받은 나는 아버님 묘소에 인사한 다음 곧바로 시문이 묘소를 찾았다. 내가 친구의 무덤을 찾았을 때 그의 무덤 앞에는 꽃 한 묶음이 놓여 있었다. 그 꽃묶음에는 시문이의 부인이 적은 글귀가 내 눈에 너무도 선명하게 들어왔다.

"당신이 그렇게도 바라던 군수에 당선되었습니다."

나는 당선증을 친구의 무덤 앞에 놓고 또 한번 울었다. 그리고 속으로 외쳤다.

"이 못난 놈아, 내 마음을 이렇게 아프게 할 수 있니? 무엇이 급하다고 그렇게 빨리 갔니?"

지금도 친구 시문이를 생각하면 눈에서 눈물이 핑 돈다. 어쩌다 시문이의 부인과 만나 친구 이야기를 하면 친구가 더욱 그리워 내 가슴은 메어진다. 친구 시문이의 명복을 빈다.

링거주사 맞고 연설대 앞에 서다

국회의원 선거가 끝난 2년 후 군수로 출마하게 되었다. 국회의원 선거에서는 무소속으로 출마했지만, 군수 선거에서는 한나라당 공천을 받고 출마했다. 공식 선거에 들어가기 전 실시한 여론조사에서 상대후보를 더블 스코어로 이기고 있었기 때문에 한나라당 공천경쟁에서 이길 수 있었다.

그러나 선거는 결코 쉽게 진행되지 않았다. 4명의 후보가 모두 나름대로 자기 자신의 지지기반과 영역과 특징을 가지고 있었다. 선거전은 예측 불허의 팽팽한 대결로 치닫는 양상이었다. 다른 3명의 후보들은 주로 나를 공격했다. 그들은 나를 추격하고 있었으며 나는 앞서 가면서 쫓기는 형태가 되었다.

선거 열흘 전쯤에는 내가 상대후보에게 밀리는 양상으로 비추어지기 시작했다. 나는 수많은 전화를 받았다. 모두가 나를 위하는 전화, 격려하는 전화였다. 그러나 그런 전화들이 나에게 도움과 격려가 아니라 오히려 불안과 심리적 압박을 가하는 전화가 되고 말았다.

"○○○ 후보 쪽에서 전화로 전 고성군민에게 열심히 홍보하고 있는데 이학렬 후보 쪽 전화는 오지 않는대. 빨리 전화하도록 해야 되겠어."

"지금 뭐 하고 있는가? ○○○ 후보는 시내 식당을 정해 놓고 여러 계모임을 초청해서 식사를 대접하고 있다는데. 식사만 하고 가면 계산은 ○○○ 후보 쪽에서 한대."

"고성군 전체에 ○○○ 후보 선거운동원들만 보이고 이학렬 후보 선거운동원은 보이지 않아. 지금 큰일 났어."

"○○○ 후보 쪽에서 동네 경로당을 순회하면서 돈을 뿌리고 있어. 이학렬 후보 쪽에서는 완전 무방비 상태야. 이런 상태로는 선거에서 이길 수 없어."

"지금 분위기는 완전히 ○○○ 후보 쪽이야. 선거에 이기기 위해서는 특단의 대책을 내려야 해."

이런 저런 종류의 전화가 빗발쳤다. 큰일 났다는 것이었다. 선거 판세가 완전히 뒤집어지고 있다는 것이었다. ○○○ 후보 쪽에서 식당 몇 개를 정해 놓고 아무나 와서 먹고 가면 계산한다는 것이었다.

심지어 이런 전화도 왔다.

"지금 거류면이 무너지고 있어. 우리 운동원들이 움직이지를 않
아. 특단의 조치가 필요해."

거류면은 내 고향 면이다. 특단의 대책이 무엇을 의미하는지 알
것 같기도 하고 모를 것 같기도 했다. 이런 전화 때문에 더 이상 선
거운동을 할 수 없을 지경에 이르렀다. 그렇다고 해서 내가 취할 수
있는 어떤 방법도 대책도 없었다.

선거는 2002년 6월 13일이었고 첫 합동연설회는 현충일인 6월 6
일 오후였다. 나는 나를 위하는(?) 이런저런 종류의 수많은 전화에
시달리고 있었다.

선거 판세가 불리하게 되어 가고 있다는 중압감에 억눌리면서 심
리적 불안감이 더해 가고 있었다. 지금 생각해 보면 그런 종류의 전
화는 아예 받지 말고 열심히 선거운동만 했어야 했다. 그러나 당시
의 나로서는 그런 전화를 받지 않을 수 없었다.

합동연설회 하루 전부터 나는 완전히 식욕을 잃어버리고 말았다.
밥을 입에 넣으면 마치 모래알을 씹는 것처럼 느껴졌다. 몸은 녹초
상태가 되어 버렸다.

6월 5일 저녁 김동욱 의원이 사모님과 함께 고성으로 왔다. 당시
김동욱 의원은 주로 통영에 많은 시간을 할애하고 있었다. 통영에서
는 한나라당 공천자가 처음부터 여론에서 밀리고 있었기 때문이었
다. 김동욱 의원은 내 선거에 대해서는 너무도 태연한 것처럼 보였
다. 아니 무관심한 것처럼 보였다.

“고성은 걱정 없어요. 통영이 지금 박빙의 승부인데 우리가 약간 앞서기 시작했어요. 고성은 이대로만 가면 승리합니다.”

나는 안타까운 마음으로 말했다.

“위원장님, 지금 고성읍을 비롯하여 전 지역에서 ○○○ 후보에게 밀리고 있다는 정보가 들어오고 있습니다. 큰일 났습니다.”
“걱정하지 않아도 돼요. 이 후보가 방심할까봐 이야기를 하지 않았는데 중앙당에서 계속 여론조사를 하고 있는데 고성은 많이 앞서고 있어요.”

김동욱 의원의 설명을 들은 나는 긴 안도의 숨을 내쉬었다. 그러나 그날밤 나는 한잠도 잘 수 없었다. 불안감이 안도감으로 바뀌었지만 몸 컨디션은 아주 좋지 않았기 때문이었다.
내가 몸이 아파 잠을 설치면서 괴로워하고 있었지만 집사람도 피로에 지쳐 나를 돌보거나 간호해 줄 상황이 되지 못했다. 육체적 괴로움과 정신적 안도감이 함께 했던 밤이었다.
합동연설회 날에도 나는 한 숟갈의 식사도 할 수 없었다. 이틀을 굶은 나는 읍내 병원에 입원을 했다. 링거주사를 맞으면서 안정을 취했다. 정신이 오락가락하는 것 같았다.

“몸이 아파 합동연설회에서 연설을 할 수 없게 되면 심각한 문제가 발생할지도 몰라. 고성군민들 앞에서 내 소신을 밝히는 연설만은 해야 돼."

나는 합동연설회 30분전에 병원에서 일어나 연설회장으로 향했
다. 다른 후보들은 벌써 연설회장에 도착하여 군민들에게 인사를 하
고 있었다. 그러나 나는 그럴 수 있는 몸의 컨디션이 아니었다. 어지
러웠다. 지구가 흔들리는 것 같았다. 연설회장에 도착한 나는 곧바
로 단상으로 올라갔다. 연설회장에 나온 사람들의 얼굴이 흔들리는
모습으로 내 눈에 들어왔다.

지난 번 국회의원 선거 합동연설회에서 원고 없이 30분 동안 연
설했던 나였다. 원고 없이도 문장 하나 흐트리지 않았고 더듬지도
않았던 나였다. 그러나 내 몸의 컨디션이 그럴 수 있는 상황은 이미
아니었다. 원고를 천천히 읽어 내려갔지만 그것도 힘들었다. 문장의
줄이 서로 얽혀 조심스럽게 읽어 내려가야 했다. 내 목소리는 힘이
없어 떨리기까지 했다.

합동연설회는 무사히 끝냈다. 목소리가 좀 떨리기는 했지만 그래
도 내용 면에서 좋았다는 평가를 해 주는 사람들이 많았다. 왜 목소
리가 떨리느냐고, 이학렬이 불쌍한 사람이냐고 항의하는 지지자도
있었다. 그러나 상황을 설명해 줄 수는 없었다.

합동연설회를 마친 후 나는 차츰차츰 기력을 회복해 갔다. 정신적
안정을 찾아갔으며 육체도 기력을 회복해 갔다. 3일 후 있었던 배둔
연설회에서 내 목소리는 회복되어 카랑카랑하고 힘이 있었다. 상대
후보를 완전히 압도했다. 분위기가 내게 기우는 것을 피부로 느낄
수 있었다.

다시 이틀 후 있었던 한나라당 정당연설회에서 나는 완전히 기력을 회복했고 연설회에 참가했던 청중들을 감동으로 몰아넣었다.

"존경하는 고성군민 여러분, 그리고 사랑하는 당원 동지 여러분!
저 이학렬은 고성에서 초·중·고등학교를 다니면서 고향 고성의 정서를 가슴에 가득 담았습니다. 해군사관학교 생도생활 4년을 통해서 튼튼한 육체와 강인한 정신력을 배웠습니다. 서울대학교 학생시절 4년 동안 전국의 수재들과 어깨를 겨루며 학문에 열중했습니다. 미국 텍사스 주립대학교에서 박사 학위를 받으면서 세계를 향해서 제 가슴을 활짝 열었습니다. 미국 해군사관학교 교수로 재직하면서 한국인의 위상을 세계에 더 높였습니다."
"군민 여러분들은 대한민국 어디에 내놓아도, 세계 어디에 내놓아도 부끄럽지 않은 자랑스러운 군수를 가져야 할 것입니다. '우리 군수는 이런 사람이다', '우리 군수는 아무개다'라고 자랑스럽게 이야기할 수 있어야 할 것입니다."
"저는 자랑스러운 군수가 되고 싶습니다. 역사에 남는 군수가 되고 싶습니다. 고성을 바꾸고 싶습니다. 어려움에 처해 있는 고성을 다시 잘사는 고성으로 변화시키는 역사를 만드는 군수가 되고 싶습니다."

자랑스런 고성군민

2002년 6월 13일은 내 인생에 있어서 잊을 수 없는 날이었다.
새로운 길을 걷기 위한 내 몸부림이 마침내 결실을 거둔 날이었다.
이 결과를 얻기 위해 나는 내가 가진 모든 것을 남김없이 걸었다.
그래서 선거는 피 흘리는 전투였다. 기진맥진했다.
그 전투가 끝났고 나는 승리했다.

나는 우리 고성군민을 참으로 훌륭한 군민이라고 자신있게 말하고 싶다. 겉으로 나타났던 선거분위기와는 달리 우리 군민은 한 번도 흔들린 적이 없었다. 말없는 다수 군민은 전혀 흔들림 없이 계속 나를 지지하고 있었다.

선거 기간 중 한나라당 중앙당에서 실시한 여론조사에서 나는 한 번도 뒤지지 않았으며 계속 이기고 있었다. 그래서 김동욱 의원은 고성에는 크게 신경 쓰지 않고 통영에 많은 시간과 노력을 쏟았던 것이었다. 통영에서는 결국 한나라당 후보가 패배하고 말았다.

선거는 참으로 알 수 없는 것이었다. 겉으로 나타나는 떠도는 분위기와 실제 내부 분위기는 일치하지 않았다. 내게 들어온 많은 정보들은 겉으로 드러나는 분위기였다. 말없는 다수의 분위기가 아니라, 떠드는 소수의 분위기였다.

나는 고성군민이 참으로 존경스럽다. 분위기를 역전시키기 위해 모든 방법을 동원하면서 사력(死力)을 다했던 ○○○ 후보를 선택하지 않고 나를 선택해 준 고성군민들에게 나는 많은 빚을 졌다. 두고 두고 갚아야 할 마음의 빚이다.

우리 군민들에게 진 빚을 어떻게 갚아야 할까? 우리 군민들은 나에게서 무엇을 기대했을까? 우리 군민들이 나에게 가장 바라는 것은 무엇이었을까? 우리 군민들은 부정한 돈을 원하지 않았다. 선거 판에서 벌어졌던 식사 대접에 판단을 흐리지 않았다. 현명한 판단을 내려 주었다. 고성을 위해 위대한 결단을 내렸다.

2002년 6월 13일 오후 6시, 피를 말리게 했던 선거는 종료되었다. 당시에는 지금처럼 TV에서 출구 조사 발표를 하지 않았다. 선거 며칠 전부터 분위기가 내 승리 쪽으로 돌아섰지만 그래도 불안한 마음은 여전했다. 승리할 것이라는 확신이 들다가도 갑자기 불안한 마음이 들기도 했다.

선거가 끝나자 나를 지지했던 사람들과 선거운동원들이 선거사무실에 모이기 시작했다. 개표 방송을 지켜보기 위해서였다. 개표는 8시쯤부터 시작되었다. 자신감에 가득 찬 모습들이었지만 그래도 긴장된 얼굴들이었다. 태풍전야처럼 분위기가 아주 조용했다.

개표가 시작되기 30분 전쯤 창원 KBS와 마산 MBC에서 당선 소감 인터뷰를 하러 온다고 연락이 왔다. 아직 개표도 하지 않았는데 무슨 인터뷰냐고 했더니 고성은 이미 결정되었다는 것이었다. 방송

사 자체 출구조사와 선거 막판에서의 여론 조사 결과를 토대로 당선
을 확정시해 버린 것 같았다.

　개표도 하기 전에 나는 선거운동원들과 지지자들 앞에서 당선 인
터뷰를 했다.

　　“군민 여러분, 고맙습니다, 여러분을 사랑하고 존경합니다. 고성
　　을 위해서 열심히 일하겠습니다.”

　내가 할 수 있는 말은 그 말뿐이었다. 더 이상 무슨 말을 하겠는
가? 고맙다는 말, 그리고 열심히 일하겠다는 말이 내가 할 수 있는
말의 전부였다.

　인터뷰가 끝난 후 나는 지지자들, 선거운동원들과 함께 TV 앞에
앉아 개표 방송을 지켜보았다. 고성군 전 지역에서 처음부터 상대후
보들을 이겼다. 모 후보의 고향면에서 내가 300여표 진 것을 제외하
고는 고성군 전 지역에서 승리했다. 위대한 고성군민의 위대한 승리
였으며 침묵하는 다수의 값진 승리라고 생각했다.

　2002년 6월 13일은 내 인생에 있어서 잊을 수 없는 날이었다. 새
로운 길을 걷기 위한 내 몸부림이 마침내 결실을 거둔 날이었다. 이
결과를 얻기 위해 나는 내가 가진 모든 것을 남김없이 걸었다. 그래
서 선거는 피 흘리는 전투였다. 기진맥진했다. 그 전투가 끝났고 나
는 승리했다.

　나는 고성을 위해, 고성군민을 위해 내 몸과 마음을 아낌없이 바
치기로 결심했다. 위대한 고성군민께 보답하기로 결심했다. 고성을

변화시키기로 굳게 다짐했다. 정말 자랑스러운 군수가 되어야 하겠다고 몇 번이고 내 스스로에게 맹세했다.

고성군수 당선, 내가 지금까지 걸어왔던 길과는 다른 새로운 길로 들어서는 순간이었다. 나는 새로운 이 길에서 내 혼을 바칠 것이다. 고성을 책임지고 고성의 미래를 설계하는 대역사를 펼칠 것이다. 내 개인보다는 고성을 먼저 생각하는 자세를 가질 것이다. 나를 선택해 준 고성군민들을 위하는 행정을 펼칠 것이다.

나는 고성을 변화시키고 발전시키기 위한 군정방침을 정했다.

그 첫 번째가 "서민우선행정"이다. 목소리 큰 소수가, 힘 있는 소수가 나를 선택한 것이 아니고 침묵하는 다수 군민이 나를 선택해 주었다. 그 다수 군민은 서민들이었다. 그래서 나는 그 분들을 위하는 군정을 펼치고자 한다. 어두운 곳을 보살피는 군수가 되고자 한다. 그 분들에 대한 나의 최소한의 보답이라고 생각한다.

두 번째 군정방침은 "감동행정"이다. 피 흘리는 전투였던 군수선거에서 군민들이 나를 감동시켰다. 올바른 판단을 내린 군민들이 내 가슴을 뭉클하게 했다. 돈 많이 뿌리는 사람이 선거에서 당선된다고 하는 오랜 고정관념을 고성군민들은 사정없이 깨뜨렸다.

나는 우리 고성군민들에게, 정치인은 돈을 많이 착복한다고 하는 오랜 고정관념을 깨뜨려 보이고자 한다. 나는 군민들을 존경과 사랑으로 대하고 군수로서의 업무에 혼을 바침으로써 우리 군민들을 감동시키고자 한다. 나는 우리 직원들에게도, 군민들을 감동시키는 "감동행정"을 펼치도록 독려하고 있다.

세 번째 군정방침은 "창의적 행정"이다. 그 동안 우리 공무원 사회는 오랜 관습에서 벗어나지 못하고 있었다. 중앙정부와 도에서 내려오는 지시에 따라 움직이고 행동하는 소극적인 행정을 펼쳐 왔다. 스스로 일을 찾아서 하는 것에는 전혀 익숙해 있지 않았다. 일을 스스로 찾아서 하면 오히려 주위 동료들로부터 미움을 받는 분위기였다.

이제는 시대가 달라졌다. 중앙이나 도의 지시에 따라 행정을 펼치는 시대가 아니다. 지방분권, 지방자치시대에 접어들었다. 각 지방자치단체가 스스로 자기 지방의 일을 처리해 나가야 한다.

이제 지방자치단체도 기업이다. 잘 경영하고 이윤을 남기고 지역경제를 발전시켜 지역주민의 복리를 증진시켜야 한다.

그래서 나는 모든 일을 스스로 찾아서 하는 창의적 자세를 강조하면서 "창의적 행정"을 군정방침으로 정했다.

네 번째 군정방침은 "환경우선행정"이다. 21세기는 문화와 함께 환경이 자산이 되는 시대다. 환경을 최우선으로 하여 이를 우리 고성의 자산으로 만들고자 한다.

자랑스런 군민 여러분께 보답하는 자랑스런 군수가 될 수 있도록 최선을 다할 것이다.

3

후보자와 군수

인제대학교 성창모 총장과 함께
천연기념물 제41호인 하이면 상족암 공룡발자국을 둘러보면서

선거 때보다 군수 때가 더 힘듭니다

내가 군수로서 출근하는 첫날이었다. 집무실에서 부속실장과 차 한잔을 하면서 이야기를 나누었다. 부속실장은 전임군수 때 부속실 장이 그대로 업무를 맡았다. 이야기 도중 부속실장이 느닷없이 이런 말을 했다.

"군수님. 선거 때보다 군수 때가 더 힘드실 겁니다."
"아니? 그게 무슨 말인가? 그 동안 내가 후보자로서 얼마나 고생 을 했는데!"

이 말이 내 목에까지 올라왔지만 억지로 눌러 참았다. 그리고 이렇게 대답했다.

"그래. 그렇겠지. 군수 자리가 어디 그리 쉬운 곳인가? 늘 가시방
석이겠지."

그렇게 말은 했지만 나는 부속실장이 내게 한 말을 이해하지 못했
다.

나는 지난날을 되돌아보았다. 해군사관학교 교수 생활을 마감하
고 국회의원에 출마하여 낙선한 후 내 인생은 끝나는 것처럼 느껴졌
다. 내 앞날에 대한 그 어떤 희망도 보이지 않았다. "이 세상은 내 뜻
처럼 쉽게 움직여지지 않는구나" 하고 생각을 했다.

국회의원 낙선으로 인한 마음의 상처를 추스르는 아픔을 인내해
야 했다. 군수 출마를 결심하고, 다시 한 번 어렵고 힘든 선거 과정
을 겪어야 했다.

국회의원 때 나를 도와주신 분들을 중심으로 사람들을 만나기 시
작했다. 그러나 그 과정은 너무 힘들었다.

선거라는 말만 나오면 돈부터 먼저 생각하는 우리의 선거 풍토에
서 헌신적인 도움을 기대한다는 것이 얼마나 어려운가를 절감했다.
어떤 분은 나에게 아예 포기하는 것이 현명하다면서 이렇게 이야기
해 주었다.

"군수 출마하려면 수십억원의 돈이 필요합니다. 그렇지 않고 선
거를 생각했다간 낭패 보기 일쑤랍니다."

내게 돈이 많이 없음을 알고, 나를 포기시키기 위해서 하는 말이
었다.

공천 과정에서 겪은 수많은 사연들은 말로 다할 수 없다. 나를 공
천에서 탈락시키기 위해 온갖 수단 방법을 동원한 그 분들을 지금
나는 모두 용서해 주었다. 그러나 당시 그 분들이 얼마나 원망스럽
고 미웠는지 모른다. 선거 과정에서 겪은 그 많은 이야기들은 영원
히 내 가슴속에 묻어야 될 것 같다.

나는 이런 말을 했다.

"해군사관학교 생도가 되기 위해 받은 40일간의 가입교 훈련이
몹시 힘들었지만 지금 내가 치르고 있는 이 선거과정은 그 훈련보다
훨씬 더 힘들다."

해군사관학교 가입교 훈련기간 중 훈련관이 우리들에게 들려준 말
은 내가 어려움에 처할 때마다 내게 용기를 준 "금과옥조(金科玉條)"
가 되었다. 힘들고 춥고 배고프고 지친 우리들은 사관생도도 싫고 해
군장교도 싫었다. 이 훈련으로부터 도망치고 싶은 생각뿐이었다. 그
런 우리들을 집합시켜 놓고 훈련관은 엄숙한 목소리로 말했다.

"귀관들, 잘 들으라. 겨울의 추위가 심한 해일수록 봄의 푸른 잎
은 더욱 푸르다는 사실을 기억하라. 오늘의 이 고된 훈련은 귀관들
을 더 훌륭한 해군사관생도로 만들기 위한 것이다."

그리고 또 말했다.

"강한 파도만이 강한 어부를 만든다. 오늘의 이 고된 훈련은 귀관들을 더욱 강한 사관생도로 만드는 파도가 될 것이다."

선거과정의 이 어려움이, 해군사관학교 가입교 훈련보다 더 힘든 이 고통이, 나를 더욱 푸르게 하는 겨울의 추위이며 나를 더욱 강하게 만드는 파도라고 믿고 싶었다.

그런데 군수가 된 지금, 후보자 때보다 더 힘들다니! 나는 기가 막혔다. 이해할 수 없었다.

그러나 시간이 지나면서 나는 그때 부속실장이 내게 한 말을 피부로 느끼게 되었다. 그때 부속실장은 이런 말을 해주었다.

"장날이면 술에 취해 고래고래 소리 지르면서 군수실로 찾아오는 사람들이 있습니다. 선거 때 많이 도와주었는데 왜 인사를 제대로 하지 않느냐면서 항의하는 사람도 있습니다. 인사 청탁, 취직 부탁하는 전화가 쉴 날이 없습니다. 온갖 유언비어도 그칠 날이 없습니다. 한 마디로, 바람 잘 날 없습니다."

선거 때 도와준 분들에게 일일이 인사드릴 수 없는 것은 어쩔 수 없는 현실이었다. 군수로 당선되고 나니 공인(公人)으로서 해야 할 일이 태산같이 쌓여 있었다. 몸이 내 몸이 아니었다. 어떤 경우에는 몸을 몇 조각으로 나누고 싶은 마음이었다.

선거 때 열렬히 나를 도와준 분들 중에서 섭섭한 부분을 전혀 드러내지 않고 오히려 나를 위로하는 분들도 있다. 그 분들이라고 해서 어찌 섭섭한 마음이 없겠는가?

"부디 군수 업무에 최선을 다하세요. 우리 찾아와서 인사하는 것이 중요한 것이 아니잖아요. 우리는 늘 멀리서 군수가 업무 잘하시는 것을 지켜볼 겁니다."

여러 사람이 모인 장소에서 "군수가 인사를 하지 않는다" "섭섭하다"는 식으로 이야기하는 사람이 많이 있다. 나뿐만 아니라 선거에서 당선된 사람은 모두 이런 이야기를 많이 듣는다.

어떤 분이 나에게 "대단히 섭섭하다"는 이야기를 자주 한다는 이야기를 들었다. 물론 나는 그 사람을 잘 알고 있었다. 그러나 나의 당선을 위해 그렇게 헌신적으로 애쓴 사람이 아니라는 사실은 알고 있었다.

나중에 알아본 결과 그 사람은 선거 때 다른 사람의 선거 운동을 은밀히 했다는 것이었다. 다른 사람의 선거 운동을 한 사람이 공개적인 자리에서 그런 식으로 말한다는 것이 이해가 되지 않았다. 그러나 이런 사람조차도 가슴에 안고 가야 하는 것이 군수라는 자리임을 알았다.

왜 군수를 욕한다고 합니까

공인으로서의 군수는 해야 할 일이 너무 많다.
고성을 위해 일하느라고 잠시도 여유가 없는 것이 군수의 일정이다.
일하지 않는다고 욕한다면 더 열심히 일하도록 노력할 것이다.
부정부패를 하는 군수라고 욕한다면
내 자신의 주위를 다시 한 번 살필 것이다.

군수가 잘한다는 이야기, 군수를 칭찬하는 이야기보다 군수가 잘
못한다는 이야기, 군수를 비난하는 이야기가 내 귀에 더 많이 들려
온다.

"○○○가 이런이런 이야기를 하더라. ○○○가 아주 섭섭해 하
더라."

수도 없이 들려오는 이런 이야기에 내 귀가 따가울 지경이다. 그
렇다고 해서 그런 이야기에 일일이 대응할 수도 없는 것이 군수의
입장이다.

나는 가끔씩 나의 군수 취임사를 읽어보곤 한다. 내 혼이 담긴 취임사, 내 각오가 담긴 취임사다. 군수로서의 내 철학이 담겨 있는 취임사다. 군수로서 내 스스로에게 다짐한 초심(初心)을 잃지 않고 마음을 가다듬기 위해서 취임사를 다시 읽어보곤 한다.

취임사에서 내가 군민들께 당부드린 말씀을 다시 한 번 되새겨 보곤 한다.

"존경하는 군민 여러분, 제가 개인과 관련된 사사로운 부탁에 얽매이지 않고 고성을 위해 더 큰 일을 할 수 있도록 저에 대한 군민 여러분들의 지지와 성원을 한 차원 높여 주시기 바랍니다."

군수로 취임한 후 내 개인적인 시간은 거의 가져보지 못했다. 공식일정에 몸이 배겨나지 못할 정도로 바쁜 시간을 보내야 했다. 각종 행사에 참석해야 했다. 여러 회의를 주재해야 했다. 여러 사회단체와의 간담회가 있었다. 실·과로부터 각종 보고가 있었다. 읍·면으로부터 업무보고가 있었다. 각종 고질민원이 밀려 있었다. 새로운 집단민원이 계속 발생했다.

보통 아침 8시 30분에 출근한다. 저녁 6시가 넘어 퇴근할 때까지 단 10분의 여유 시간이 없는 것이 군수의 하루 일과다. 하루에 결재해야 할 서류가 수십 건이 넘는다. 군수를 만나고자 미리 약속을 해 놓은 사람도 하루에 십수명이 더 된다.

공식적인 하루 일과가 끝나고 나면 준(準)공식일정이라 할 수 있는 만찬이 줄을 서서 기다린다. 개인적인 만찬은 거의 불가능하다.

대부분이 공식 일정에 가까운 행사, 간담회 등을 겸한 만찬이다.

개인적인 시간을 내기 위해서는 일정을 억지로 조정하는 무리를 해야 한다. 내가 개인적인 시간을 억지로 만들어 내면, 고성을 위해서 일할 수 있는 시간은 그만큼 줄어들게 된다.

공식행사가 거의 매일 잡힌다. 어떤 날은 같은 시간대에 두 개 또는 세 개가 잡히기도 한다. 고성군 전체에 마을이 262개이고 읍면이 14개이니 사전에 조율을 해도 그렇게 중복되는 수가 종종 있다.

중앙정부에 올라가서 예산확보를 위해 노력해야 한다. 경남도에 가서도 예산확보를 위한 설명을 해야 한다. 물론 해당 실·과의 과장, 담당팀장이 가기도 한다. 그러나 군수가 방문하여 사업에 대한 설명을 해야 하는 경우가 많다. 그 사업에 대한 군수의 강한 의지를 보여 주는 것이 절대적으로 필요하다.

고성을 위한 중·장기발전방향을 잡는 것이 무엇보다 중요했다.

“어떻게 하면 고성을 변화시키고 고성을 잘사는 고장으로 만들 수 있을까?”

하루도 쉬지 않고 생각했다. 집무실에서도 생각했고 집에서도 생각했다. 잠자리에 들어서도 이 질문에 대한 답을 얻기 위해 고심했다.

만일 내가 개인적인 용무 또는 개인적인 일정에 치중하다 보면 군을 위해 쏟아야 할 시간과 노력을 빼앗길 수밖에 없다.

어떤 분은 나를 개인적으로 자주 만날 수 없는 것에 대해 아주 노골적인 불만을 토로하는 경우도 있다.

"군수님, 고성에 계셨습니까? 저는 군수님께서 어디 외국에 나가
신 줄 알았습니다."

더 심한 경우도 있다.

"군수님, 군수 한 번 더 출마하셔야죠? 영 얼굴 보기가 힘듭니
다."

어떤 사람이 심각한 얼굴을 하면서 내게 말했다.

"군수님, 왜 그렇게 인기가 없습니까? 잘한다는 사람은 하나도 없
고 불평하는 사람만 있는 것 같습니다."

하도 기가 막혀서 물었다.

"그래요. 왜 욕을 하던데요? 군수로서 일하지 않고 놀기만 한다고
욕하던가요?"
"아뇨. 군수님이 열심히 일하고 있다는 사실은 전 군민이 다 알고
있습니다. 중앙부처에도 자주 올라가고, 엑스포도 유치하고, 마라톤
코스도 만들고, 엄홍길 등산학교, 등산로도 만들고, 교육발전위원회
도 만들고…, 일하지 않는다고 불평하는 사람은 없는 것 같습니다."

"다행이군요. 그렇다면 공무원 승진, 인사와 관련해서 돈 받아먹는다고 욕하던가요? 사업하는 사람들한테 이권관계로 돈 받아먹는다고 욕하던가요?"

"아뇨, 군수님이 깨끗하고 청렴한 줄은 우리 군민이 다 알고 있습니다. 그런 부분에서 불평하고 욕하는 사람은 없는 것 같습니다."

"그럼 왜 군수를 욕한다고 합니까?"

나의 이 질문에 그 분은 잠시 말을 잊었다. 오히려 당황해 했다.

"아니, … 욕을 많이 하던데. 아마 섭섭한 부분이 있었나 보지."

군수가 공식적인 업무 팽개치고, 고성군 예산이야 어떻게 되든 신경 쓰지 않고, 개인적으로 군민들 만나면서 술이나 마시고 시간 보내면 우리 군민들이 나를 좋아할까?

군수 포괄사업비 20여억원 가지고 마을마다 찾아다니면서 도로포장 해주고 농로포장 해주면서 생색내면 군민들이 나를 좋아할까?

군수선거 때 내 당선을 위해 도와준 분들을 찾아다니면서 인사하고 다니면 군수를 좋아할까?

군수선거 때 상대후보를 도와준 분들을 찾아다니면서 다음 선거에서는 나를 도와 달라고 사정이라도 하면 군수를 좋아할까?

공인으로서의 군수는 해야 할 일이 너무 많다. 고성을 위해 일하느라고 잠시도 여유가 없는 것이 군수의 일정이다. 일하지 않는다고 욕한다면 더 열심히 일하도록 노력할 것이다. 부정부패를 하는 군수라고 욕한다면 내 자신의 주위를 다시 한 번 살필 것이다.

아무런 이유 없이 공인인 군수를 욕하는 일부 군민들께 이제 군수가 고성을 위해 소신 있게 일할 수 있도록 격려해 주기를 부탁드리고 싶다.

관리형 군수냐, 경영형 군수냐

나는 취임사에서 우리 시대를 "인류 문명사의 대변혁기"라고 정의했다. 그리고 이러한 대변혁기의 특징은 고도의 지식과 정보를 잘 활용하는 국가와 지방만이 살아남을 수 있다고 역설했다.

국가경제와 마찬가지로 지방경제 역시 이미 한 울타리가 된 지구촌 속에서 경쟁력을 확보했을 때만 살아남고 또 발전해 갈 수 있다고 강조했다.

이렇게 숨 가쁜 대변혁기 속에서 변화하지 않으면 도태되고, 뛰지 않으면 뒤쳐질 수밖에 없는 위기의 중심에 우리 고성이 서 있다는 사실을 우리는 분명히 인식해야 한다고 말했다.

그리고 이렇게 강조했다.

"이제 이 위기를 기회로 만들어 우리 고성을 다시 일으켜 세워 신고성을 건설하기 위해, 군민 여러분들께서는 변화와 개혁으로부터 오는 고통과 아픔을 감내할 수 있어야 할 것입니다.

현실에 안주하면서, 위기를 벗어나기 위한, 변화하고 개혁하기 위한 고통과 아픔을 감내하기를 두려워하고 거부한다면, 우리는 이 위기를 벗어날 수 없을 뿐만 아니라 치열하고 냉혹하게 전개되는 경쟁의 대열에서 낙오자가 될 수밖에 없습니다.

이제 우리 변화합시다. 그 과정에서 오는 고통과 아픔을 우리 함께 견뎌 냅시다.

제가 앞장서겠습니다.

저는 군민 여러분 가까이에 있는 서민군수가 될 것이며, 거짓말 하지 않고 군민을 기만하지 아니하는 정직한 군수, 제 개인의 영광과 이익보다 진정으로 우리 고성을 위해서 일하는 군수로서 변화와 개혁의 깃발을 높이 들 것입니다.

현실안주의 틀을 깨고 변화와 개혁과 발전을 통해 "신고성건설" 이라는 "소가야의 기적"을 이루어내기 위한 우리의 과제를 다시 한 번 확인하고자 합니다."

그리고 나는 다음 사항을 확인했다. 이 4가지는 나의 선거공약이기도 했다.

첫째, 우리 고성을 선진 교육도시로 만들겠다.

둘째, 우리 고성을 문화 · 스포츠 농어촌 도시로 만들겠다.

셋째, 우리 고성을 노인복지 실버타운의 도시로 만들겠다.

넷째, 우리 고성을 선진 농·수·축산도시로 만들겠다.

나는 이 약속을 지키려고 한다. 그러나 이 약속은 그냥 지켜지는 쉬운 일이 아니다. 정말 어렵고 힘든 일이다.

나는 군민들에게 변화와 개혁을 요구했다. 변화와 개혁에서 오는 고통과 아픔을 견뎌 내자고 했다. 변화와 개혁을 거부하게 되면 치열하게 전개되는 경쟁에서 뒤지게 되고 우리 고성은 정말 위기를 맞이하게 된다고 했다.

변화와 개혁에 군수인 내가 앞장서겠다고 했다. 우리가 이러한 고통과 아픔을 견뎌내고 변화와 개혁을 이루어낼 때 우리는 "신고성 건설"이라고 하는 "소가야의 기적"을 이룰 수 있다고 했다.

서민군수가 되겠다고 약속했다. 서민의 아픔을 이해하고 어려움을 함께 하는 군수가 되겠다고 했다. 그래서 나는 우리 군청 사회복지과의 역할을 대단히 중요하게 생각한다.

군수인 나는 우리 군민 전체의 아픔을 먼저 이해해야 한다. 낙후된 고성, 인구가 줄어드는 고성, 초·중·고등학교 교실이 텅텅 비어가는 고성, 농업의 경쟁력이 떨어져 살기 어려운 고성, 문화·복지 혜택이 뒤져 있는 고성, 이런 것들이 우리 서민들의 가장 큰 아픔이라고 생각한다. 이런 아픔들을 치유하기 위해 나는 최선을 다할 것이다.

잘 보이지 않는 곳에 서민들의 아픔이 있다. 저소득층, 장애인, 독거노인, 소년·소녀 가장 등 많은 어려운 계층이 있다. 이런 분들을 우리 사회복지과에서 빈틈없이 살피고 돌보아야 한다. 군수가 모든 일을 다할 수는 없다. 사회복지과장은 나를 대신해서 그 분들을 돌봐 드리도록 임무를 부여받은 복지분야 사령관이다.

우리 사회복지과에서는 나의 이러한 뜻을 잘 알아 그 동안 많은 일을 해왔다. 고성의 자활단체는 전국 제일의 자활단체로 선정되었다. 위기가정을 돕기 위한 제도도 마련하였다. 장애인, 노인 등 여러 계층에 송금수수료를 면제해 주는 제도도 마련했다. 그 결과 우리 군 사회복지과는 2004년 경남사회복지대상을 수상했다.

나는 업무분권을 선언했다. 나는 고성의 최고 경영자로서 스포츠에 비유하면 감독에 해당되는 사람이다. 부군수는 코치에 해당된다고 할 수 있다. 실·과장은 각 종목의 주장선수에 해당된다. 읍·면장은 군수가 파견한 지역 야전사령관이다. 계장들을 나는 팀장이라 호칭하도록 했다. 책임감을 강조하기 위해서였다. 팀장은 주전선수에 해당된다.

군수에는 "경영형 군수"와 "관리형 군수"가 있다. 나는 경영형 군수가 되기로 결심했다. 경영형 군수는 감독으로서의 역할을 충실히 수행하는 것이다. 부군수, 각 실·과장, 각 읍·면장, 각 팀장들이 각자 맡은 업무를 충실히 할 수 있도록 CEO로서의 능력을 발휘하는 것이다. 과장의 업무까지 군수가 관여하게 되면 과장은 할 업무가 없어지게 된다. 주장선수가 해야 할 일을 감독이 관여해서는 안 되듯이 말이다.

나는 관리형 군수가 되지 않으려고 한다. "관리형 군수"는 "인기관리형 군수"를 줄인 말이다. 관리형 군수는 군민들로부터 당장은 좋은 소리를 들을 수 있을 것이다.

사회복지과장이 해야 할 일을 군수가 직접 나서서 하게 되면 군민들로부터 당장의 인기는 얻을 수 있을 것이다. 262개 마을을 찾아다니면서 주민들을 만나는 데 많은 시간을 할애한다고 하면 군민들은 군수를 우선은 좋아할 것이다.

군수가 이처럼 인기관리에 온통 시간을 빼앗기게 되면 고성을 위한 경영은 누가 하겠는가? 감독이 직접 주장선수의 일을 하게 되면 감독의 역할을 누가 하겠는가?

"경영형 군정"을 나는 "공격형 군정"이라 일컫고 싶다. 공격형 군정은 우선 인기는 없다. 그러나 고성을 바꾸어 나간다. 고성을 발전시킨다. 고성의 큰 그림을 그려 나갈 수 있다. 고성에 희망을 안겨 주게 된다.

대신 "인기관리형 군정"을 나는 "수비형 군정"이라 말하고 싶다. 수비형 군정은 우선 군민들로부터는 인기가 있다. 다음 선거 득표에 큰 도움이 된다. 그러나 고성에 아무런 희망을 주지 못한다. 고성의 발전에 도움이 되지 않는다.

나는 다음 선거를 생각하는 정치꾼보다는 지역과 사회를 생각하고 걱정하는 정치가가 되기를 원한다.

후보자 이학렬과 군수 이학렬

정치꾼과 정치가 사이에는 큰 차이점이 있다.
"정치꾼"은 다음 선거를 생각하고 "정치가"는
우리 사회와 지역의 미래를 생각하는 것이 차이점이라고 한다.
다음 선거를 생각한다면, 지난 선거 때 나를 도와준 사람들 만나고
인기 관리하면서 다음 선거 준비를 차근차근 해나가야 할 것이다.

내가 군수 후보자였을 때, 한 선배가 내게 군수로 당선되어 취해야 할 자세에 대해서 이야기해 주었다.

"군수로 취임해서도 후보자의 심정으로, 후보자의 입장에서, 후보자의 자세로 군민을 대한다고 하면 훌륭한 군수가 될 수 있을 거야. 사람들은 군수로 당선되면 변한단 말이야. 이 박사는 군수로 당선되더라도 변하지 말고 후보자의 자세를 가져 주길 바래."

그때 나는 선배의 그 말에 고개를 끄떡였다.

“그렇다. 후보자의 자세로 군민을 대한다고 하면 훌륭한 군수가 될 수 있을 거야. 거만한 군수가 아니라 겸손한 군수가 될 수 있을 거야. 늘 군민 가까이에 있는 서민군수가 될 수 있을 거야.”

그러나 불행하게도 군수가 된 후 나는 선배의 그 말을 잘 따르지 못하고 있다. 후보자 시절 그렇게 열심히 만나던 분들을 지금 거의 만나지 못하고 있다. 안부전화라도 자주 드려야 하는데 그것도 제대로 잘 되지 않는다.

후보자 시절에는 군내 여러 초등학교, 중학교, 고등학교 동창회에 거의 빠짐없이 참석했는데 지금은 아예 참석하지 못한다. 한 학교 동창회에 참석하게 되면 다른 학교 동창회에도 참석하지 않을 수 없다. 그렇게 될 경우 엄청나게 바쁜 군수의 업무수행 자체가 불가능해지기 때문이다.

고성군 관내에서 하루 사망자 수는 3명 정도 된다. 후보자 시절에는 이들 상가를 빠짐없이 찾아 조문을 했다. 그러나 군수 당선 후에는 그 문상을 중단해야 했다. 군수 업무 수행상 불가능했다.

선거법상 1만5천원 이하의 물품 조의는 가능하며 현금 조의는 금지되어 있었다. 그래서 1만5천원짜리 조향세트를 빈소 앞에 설치했다. 그것으로 문상을 대신하니 아쉬운 대로 넘길 수 있었다.

그 뒤 선거법이 개정되었다. 선거 출마 예상자는 현금은 물론이고 물품도 할 수 없도록 엄격히 규정해 놓았다. 액수에 관계없이 할 수 없도록 못 박아 버린 것이다. 단돈 1만원, 또는 물품 1만원어치도 했다가는 큰일 난다. 나만 큰일 나는 것이 아니라 받은 사람도 큰 낭패를 당한다. 받은 사람은 받은 액수의 50배를 배상해 내어야 하기 때문이다. 예를 들어, 내가 5만원을 조의금으로 내었다가 적발되면 5만원의 50배, 즉 250만원을 상가 측에서 배상해 내어야 한다. 그리고 나는 그 다음 선거 출마를 할 수 없게 된다. 무시무시한 법이다. 감히 누가 이 법을 어기겠는가?

이제 군수로서 조문 자체가 어렵게 되었다. 그러나 절친한 친구, 이웃, 일가, 동문 등 조문을 하지 않을 수 없는 경우가 있다. 그 경우 선거법을 일일이 설명할 수도 없고 그렇다고 조의금을 낼 수도 없다. 조문을 마치고 그냥 돌아서는 내 뒷머리가 몹시 간지럽다.

후보자 시절에는 거의 모든 결혼식에 참석했다. 결혼식에는 상가와는 달리 한정된 시간에 많은 사람이 몰리게 된다. 내가 어떤 특정 결혼식장에 참석하게 되면 많은 군민들이 나를 보게 된다. 그렇게 되면 그 분들 자제 결혼식에도 참석하지 않을 수 없다. 그래서 결혼식 참석은 아예 포기해 버렸다.

곰곰이 생각해 보았다. "선배께서 내게 해준 그 말을 왜 따를 수 없을까?" 하고 깊이 생각해 보았다. 한참 후 나는 그 답을 얻어내었다.

"그렇다. 당선 전에는 '후보자 이학렬'이었고 취임 후에는 '군수 이학렬'이다. 서로 업무가 다르다. 후보자는 표를 얻는 것이 업무이고, 군수는 고성 살림을 살고 고성을 이끌어 나가는 것이 업무다."

이 답을 얻기까지 상당한 시간이 걸렸다. 사실, 2002년 6월 13일 선거에서 당선된 후 나는 먼저 경남도청을 찾았다. 그 다음 여러 기관을 찾았다. 그동안 우리 고성은 경남도와, 그리고 다른 기관과 약간 불편한 관계에 있었다. 나는 군수 당선자로서 이 문제부터 해결해야 했다. 다른 기관에서 우리 고성을 새로운 각도로 볼 수 있도록 만들어야 했다. 도지사를 비롯한 여러 기관장들은 나의 이러한 성의를 무척 고마워했다.

그런데 채 이틀도 지나지 않아 내 귀에 들려오는 소리는 나를 당혹스럽게 했다.

"아니, 낙선한 사람도 차에 스피커를 싣고 인사를 하고 다니는데 군수 당선된 사람은 이렇게 코끝도 안 보이나? 벌써 거만해졌나?"

나는 당선 3일째부터 사흘에 걸쳐 유세차를 이용하여 당선 감사 인사를 다녔다. 당선 감사 인사가 늦은 것은 거만해져서가 아니라 군수 당선자로서 우선적으로 해야 할 일이 있었기 때문이었다. 낙선한 분들은 내가 했던 일을 할 필요가 전혀 없었다.

결국 내가 내린 답은 "후보자 이학렬"과 "군수 이학렬"은 서로 다른 업무를 가지고 있다는 사실이었다. "후보자 이학렬"은 많은 사람을 만나 이름을 알리고, 또 군수로 당선될 수 있게 도와 달라는 부탁을 하는 것이 업무였다.

"군수 이학렬"은 고성이 나아가야 할 방향과 목표점을 설정하는 것이 업무였다. 어떤 시스템이 그 목표점 도달에 가장 효과적인가를 찾아내어야 하는 것이 업무였다. 그리고 그 목표점에 도달하기 위해 지도자로서의 역할을 해야 하는 것이 업무였다. 장애인, 불우노인,

소년·소녀가장, 군경유가족 등 사회 여러 계층을 돌보는 것이 업무였다.

이렇게 후보자의 업무와 군수의 업무가 다르다 보니 우리 군민의 눈에는, 특히 나와 가까웠던 사람들의 눈에는, 군수가 변한 것처럼 느껴질 것이다. 만일 "군수 이학렬"이 "후보자 이학렬"과 같은 자세로서, 같은 행동으로, 일을 한다면 고성군수로서의 업무는 그만큼 손해를 볼 수밖에 없을 것이다. 두 부분을 모두 만족시킨다면 참으로 좋겠지만 현실적으로 불가능한 일이다.

정치꾼과 정치가 사이에는 큰 차이점이 있다. "정치꾼"은 다음 선거를 생각하고 "정치가"는 우리 사회와 지역의 미래를 생각하는 것이 차이점이라고 한다. 다음 선거를 생각한다면, 지난 선거 때 나를 도와준 사람들 만나고 인기 관리하면서 다음 선거 준비를 차근차근 해나가야 할 것이다. 그럴 경우 고성은 방향을 잃게 될 것이며 지방자치단체간의 치열한 경쟁에서 뒤쳐지고 말 것이다.

그러나 고성을 진정 생각한다면, 고성의 장래를 걱정한다면, 비록 선거 때 나를 도와준 분들이 우선은 약간 섭섭함을 느끼더라도, "군수 이학렬"의 업무에 최선을 다하는 것이 옳다고 생각한다. 개인적으로 내게 섭섭함을 가지고 있는 분들도 "군수 이학렬"로서 충실하고자 하는 내 마음을 언젠가는 이해해 주리라 믿는다.

사택 방문 금지령

"상도동"이라고 하면 김영삼 전대통령의 사택을 의미한다. "동교동"이라고 하면 김대중 전대통령의 사택을 의미한다. 상도동에는 김영삼 전대통령의 측근들이 끊임없이 드나들었다. 동교동에는 김대중 전대통령의 측근들이 쉴새없이 출입했다. 김영삼 전대통령을 YS라 불렀고 김대중 전대통령을 DJ라 불렀다.

중요한 일들이 상도동 사택과 동교동 사택에서 많이 논의되고 결정되었다. 상도동 사택에는 YS의 측근이 아니고서는 함부로 드나들 수 없었다. 동교동 사택에는 DJ의 가까운 사람이 되어야 출입할 수 있었다. 얼마나 쉽게 그리고 자주, 상도동과 동교동에 드나들 수 있는가 하는 것이 얼마나 YS와 DJ에게 신임을 받고 있는가의 척도가 되었다.

사무실과는 달리 사택에서는 남이 모르는 어떤(?) 거래가 이루어질 수 있는 가능성이 열려 있다. 좋지 않은 음모가 꾸며질 수도 있다. 직장과 가정이 혼동되는 이런 시스템을 결코 좋은 시스템이라 할 수 없을 것이다. YS와 DJ 이후 정치권의 사택정치는 사라졌다.

나는 군수 취임사에서 우리 직원과 가족들에게 군수 사택을 방문하지 말도록 강력한 주문을 했다. 이 구절을 읽는 나의 목소리에는 비장한 각오가 스며 있었다.

"저는 오늘 공무원과 공무원 가족의 군수 사택 방문을 불허한다는 말씀을 드립니다. 여러분과의 대화를 싫어해서가 아닙니다. 여러분과의 인간적인 유대를 기피해서가 아닙니다. 불필요한 오해를 불식시키고, 적극적으로, 능동적으로, 창의적으로 열심히 일하는 공무원에게 승진을 포함한 모든 기회가 주어진다는 사실을 우리 모두가 믿고, 또 그것을 실현시키기 위해 제가 할 수 있는 한 방법으로 이해해 주시기 바랍니다.

이 취임식장에 저를 낳아준 어머니와 형제를 제외한 일체의 친지와 일가, 친구와 동문 등 선거 때 저의 당선을 위해 헌신적으로 봉사해 주신 제 주위 분들을 초대하지 않은 이유를 깊이 헤아려 주시기 바랍니다."

내가 살고 있는 집은 30평형의 서민 아파트다. 나와 집사람 둘이 살기에는 전혀 불편함이 없다.

군수 관사는 사용하지 않기로 했다. 군수 관사에 살면 모든 가구 및 관리비가 군민의 세금으로 충당된다. 그러나 내가 살고 있는 이 집에 살게 되면 이러한 혜택을 받을 수 없다.

내 개인 생활에 군민의 세금을 축내는 것이 옳지 않다고 생각하니, 군수 관사를 사용하지 않고 내 아파트에 사는 것이 오히려 마음 편하게 느껴졌다.

내가 내린 "사택 방문 금지령"은 절대적인 효력을 발휘하여 어떤 직원도 감히 군수 사택을 방문할 엄두를 내지 못했다.

취임 후 두 달여 만에 맞이했던 추석 때는 집으로 배달되어온 선물을 모조리 돌려보냈다. 이제 군수 사택은 우리 직원들에게는 접근할 수 없는 지역으로 깊이 인식되었다.

처음에 끈질기게 군수 사택 방문을 시도하는 직원이 더러 있었다. 한번은 어떤 간부 공무원이 내게 사택방문을 애절한(?) 마음으로 청했다.

"군수님, 군수님 사택에서 차 한잔 할 수 있는 영광을 주시면 안 되겠습니까?"

"이렇게 사무실에서 차 한잔 하면서도 충분히 얘기할 수 있지 않습니까? 군수 사택에는 방문하지 못하도록 되어 있지 않습니까?"

이렇게 대답을 했는데도 그 간부공무원은 사택에서 차 한잔 할 수 있게 해 달라며 끈질기게 졸랐다.

“군수님 사택에서 차 한잔하는 것과 여기 사무실에서 차 한잔하는 것은 분위기와 맛이 다르지 않습니까? 차 한잔하는 것이 무슨 죄가 되겠습니까?”

나는 사택 방문 금지령에 대한 나의 확고한 뜻을 다시 한 번 각인시켜야 되겠다는 생각을 했다. 그래서 나는 좀더 구체적으로 설명을 해주었다.

“도둑질을 한 번도 하지 않은 사람은 도둑질을 한 번도 하지 않은 자기의 원칙을 지키려고 노력합니다. 그러나 한 번 도둑질을 시작하게 되면 계속 도둑질을 하게 됩니다. 어차피 도둑질을 한 번 했으니까요. 대원칙이 무너졌으니까요.”
“‘군수 사택 방문 금지’라고 하는 원칙이 한번 무너지게 되면 그 원칙은 더 이상 존재의 의미를 상실하게 되는 것 아니겠습니까?”

직원이 군수 집에서 차 한잔 하고 맥주 한잔 마시는 것이 무슨 문제가 되느냐고 반문하는 사람이 있다. 그 말에 나도 동의한다. 그러나 내가 군수 사택 방문 금지령을 내려야만 하는 우리 사회의 분위기가 문제다.
내가 군수로 취임하고 채 1년도 되지 않아 모 지역의 군수가 사무관 진급 대가로 3천만원을 받았다는 부끄러운 뉴스가 보도되었다. 직원이 군수의 사택을 방문하여 돈을 전달했다고 한다.
군수 사택에 우리 직원이 자주 드나든다고 하자. 다른 직원으로부터 또는 아파트 주민들로부터 그러한 의심을 받을 가능성은 충분히 있다. 또 실제적으로 그러한 일이 발생할 수도 있다.

우리 집에 차 한잔 하러 와서, 맥주 한잔 하러 와서, 몰래 돈이나 귀한 물건을 놓고 간다고 가정하자. 그 돈이나 물건을 다시 돌려주는 작업을 하기 위해서 불필요한 에너지와 시간을 소비해야 될 것 아닌가? 다시 돌려주는 내 마음이, 돌려 받는 그 직원의 마음이 얼마나 불편하겠는가?

직원의 사택 방문이 금지되었기 때문에 그런 불필요한 상황이 발생할 가능성은 원천봉쇄 되었다. 마음이 얼마나 편안한지 모른다. 내 마음도 그렇고 우리 직원들의 마음도 그렇다.

업무는 집무실에서 이루어져야 한다. 군수 사택에서 이루어지는 것은 옳지 못하다. 군수 사택에 쉽게 드나들 수 있는 사람과 그렇지 못한 사람이 구별 되어서도 안 될 것이다. 직원 가족들이 군수 사택을 드나드는 것은 더 심한 부작용을 낳을 수 있다. 나는 우리 직원들과 가족들의 군수 사택 방문 금지를 끝까지 지키려고 한다.

해사 동료교수들의 충언

해군사관학교 교수 생활은 내 과거의 절반이었다. 나머지 절반은 해군사관학교에 입학하기 전까지의 시절과 해군사관학교 교수를 퇴직한 후의 시간을 합한 것으로 봐야 할 것 같다.

해군사관학교 교수로서의 생활은 내게 중요하고 값진 시간이었다. 동료교수들을 잊을 수 없다. 지금 일반대학으로 자리를 옮긴 교수들도 있고 해군사관학교에 그대로 있는 교수들도 있다.

내가 군수로 취임한 후 진해 해군부대를 공식 방문한 적이 있다. 해군작전사령부, 해군군수사령부, 해군교육사령부, 해군기지사령부, 해군사관학교를 차례로 예방했는데, 꼬박 하루가 걸렸다. 해군사관학교 출신 유일한 단체장인 나를 따뜻이 영접해 준 해군부대 사령관들의 호의에 감사를 드린다.

그날 저녁 나는 해군사관학교 교장을 비롯한 동료교수들과 해군회관에서 만찬을 가졌다. 내가 해군사관학교 교수직을 떠나고 2년을 훨씬 넘긴 후의 만남이었다. 참으로 감회가 깊었다. 교수인 내가 정치인의 길로 들었으니, 외도(外道)라고 해야 할지, 아니면 금의환향(錦衣還鄕)이라고 해야 할지, 내 자신도 어리둥절했다. 어떻든 우리는 반가웠고 많은 이야기를 나누면서 회포를 풀었다.

제자 사관생도들도 그립다. 그 제자들은 지금 해군장교가 되어 동해바다에서, 서해바다에서 우리의 바다를 지키고 있다. 처음의 제자들은 해군대령이 되어 있을 것이고 마지막 제자는 지금 대위가 되었을 것이다.

나는 제자 사관생도들을 무척 사랑했다. 제자 사관생도들도 나를 많이 따랐다. 사관생도 제자들은 참으로 "순진" 그 자체였다. 그들을 가르치고 그들과 생활하면서 내 자신도 정직하고 깨끗한 모습을 지킬 수 있었다고 생각한다.

2004년 여름이 저물어 가는 8월 하순, 동료교수 4명이 고성을 방문했다. 그들은 군수로서의 내 업무를 높이 평가해 주었다. 특히 내가 야심차게 추진하고 있는 공룡엑스포에 대해서 극찬을 아끼지 않았다. 어린이를 고객으로 하는 사업은 반드시 성공한다는 말도 해주었다. 당항포 리모델링 사업에 대해서도 전문가로서 많은 자문을 해주었다.

그들은 마음으로부터 우러나오는 소중한 충언을 해 주었다. 먼저 후배인 조 교수가 나를 수행하고 있는 백수명 비서에게 비서로서의 마음 자세에 대해서 말해 주었다.

"비서님, 저는 오늘 일본 도요토미 히데요시에 관한 이야기를 비서님께 들려 드리고 싶습니다. 오다 노부나가의 몸종에 불과했던 도요토미 히데요시가 일본을 호령하는 장군이 될 수 있었던 것은 모시고 있는 분에 대한 절대적 충성심으로 신뢰를 얻었기 때문이었습니다. 비서의 자세는 그런 것이어야 한다고 생각합니다."

"모시고 있는 분에 대한 절대적 충성심으로 신뢰를 얻어야 한다"는 조교수의 말에 백비서는 머리를 끄덕였다. 백비서는 불과 며칠 전 기능 9급에서 별정 6급 정무실장으로 전격 발탁되었다. 몇 계단을 뛰어넘었다. 조직에 대한 그리고 상관에 대한 충성심을 높이 평가하여 내린 나의 결단이었고 백비서 자신의 결단이기도 했다.
철학 전공인 임 교수가 내게 들려준 충언은 지금부터 내가 취해야 할 행동 지침서였다.

"군수님, 세계엑스포를 개최할수록 서민들을 더 잘 보살펴야 합니다. 서민들은 세계행사를 한다고 하면 소외감을 느낄 수 있습니다. 자신들과는 관계없는 일인 것으로 생각할 수 있습니다. 엑스포를 성공시키기 위해서는 군민들을 설득하고, 군민들을 참여시켜야 합니다. 군민들을 군수님의 가슴에 안아주는 정성이 필요합니다."

엑스포는 대단히 힘든 사업이라는 생각이 다시 한 번 들었다. 그

동안 중앙정부를 설득해야 했고 경남도를 설득해야 했다. 그 과정은 인내와 집념으로 이어지는 힘든 나날이었다. 작은 농촌군에서 어떻게 세계행사를 하겠느냐면서 머리부터 옆으로 내젓는 중앙정부와 경남도 관계자들을 설득해 왔다.

끈질긴 노력 끝에 중앙정부와 경남도가 엑스포를 적극 지원하게 되었고 국비, 도비도 차질 없이 확보되어 가고 있다. 인근 시, 군에서는 우리를 부러워하고 있다.

그런데 우리 군민들의 반응은 의외로 냉담했다. 국제행사를 성공적으로 유치해 온 나를 무개차에 태워 고성읍내 시가행진이라도 벌이면서 환영해 줄 것이라고 생각했는데 그게 아니었다. 내게 불만이 있는 사람은 술집에서 안주 삼아 엑스포를 유치해 온 나를 비난했다.

"우리 군수는 공룡엑스포밖에 몰라. 공룡엑스포에 미쳐 있어."
"군수는 농업에는 신경도 안 써. 우리 농업을 죽이려고 그래."

백해무익(百害無益)이라는 말이 있다. 이익은 아무 것도 없고 손해만 되는 일을 가리킨다. 백해무익이 되는 행동이나 일을 해서는 안 된다.

백해무익의 반대는 무해백익(無害百益)이다. 손해는 하나도 없고 이익뿐인 아주 좋은 일을 가리키는 말이다. 우리가 추진하고 있는 공룡엑스포는 무해백익이다. 우리 고성군으로서 손해 볼 일은 하나도 없고 이익뿐이다. 그런 사업을 유치해 왔는데 군민들의 반응이 냉담하니 나는 참으로 답답한 심정을 억제할 수 없었다.

임 교수의 말을 듣고 나는 내가 해야 할 일을 알 수 있을 것 같았다. 엑스포가 어떤 것인지, 우리 고성에 어떤 이익이 있는지, 대부분의 군민들은 잘 이해하지 못하고 있다. 이제부터 많은 분들을 만나면서 우리 군민들의 정서를 엑스포에 접목시켜야 하겠다고 생각했다.

가장 후배가 되는 이 교수는 군수로서 지켜야 할 자세로 불치하문(不恥下問)과 청다언소(廳多言少)를 주문했다. 불치하문이란 아랫사람에게 묻는 것을 결코 부끄러워하지 말라는 말이다. 아랫사람에게 물을 수 있는 겸손함은 지도자로서 갖추어야 할 덕목이라고 이 교수는 강조했다.

듣기를 많이 하고 말을 적게 하라는 뜻인 청다언소도 지도자로서 갖추어야 할 자세다. 그래서 군수는 입은 하나가 되어야 하고 귀는 열 개가 되어야 한다고 말한다.

선배 되는 박물관 기획실장은 중용(中庸)의 도(道)를 지켜줄 것을 부탁했다. 우(右)로나 좌(左)로나 어느 한쪽으로 치우치지 말고 항상 중용의 도를 지키면 훌륭한 지도자로서의 위치를 지킬 수 있다고 했다.

임 교수는 또 다른 부탁을 했다. 더 진보하기 위해서는, 더 발전하기 위해서는, 한 걸음 더 나아가기 위해서는 발상(發想)의 전환(轉換)이 필요하다는 사실을 강조하고 싶다고 했다. 중진국 국민이 선진국 국민이 되기 위해서는 중진국 국민으로서 가졌던 생각을 버려야 한다는 것이다. 임 교수는 공무원 사회가 발상의 전환을 가장 싫어하는 조직임을 지적해 주었다.

동료교수들의 충언을 깊이 새기면서 내 자신과 우리 직원들을 더욱 다듬어 나가고자 한다. 늘 고마운 분들이다.

4

안타까운 고성의 현실

고성군교육발전위원회 창립총회

강원도 고성과 경남 고성

지역의 브랜드화는 그 지역을 상품화하는 것이다.
그 지역의 경제를 살리는 길이다.
지역의 브랜드화는 그 지역의 얼굴을 만드는 것이다.
지역을 브랜드화하지 않으면 치열한 지방경쟁시대에서
도태되어 버리는 것이 오늘의 우리 현실이다.

1980년쯤이었다고 한다. 중앙부처에 근무하는 고성출신 고위 공직자 한 분이 정년을 2년 정도 남겨놓고 있었다. 공직자로서 그 분의 마지막 희망은 고향 고성에서 군수직을 수행하는 것이었다. 고향에서 군수직을 수행한다는 것은 개인적으로 최고의 영광이라 생각했다. 고민 끝에 그 분은 고위직 정치인을 찾아가 상담을 했다고 한다.

"○○님, 제가 고향에서 공직을 마무리할 수 있도록 도와 주십시오. 고향을 위해 제 몸을 아끼지 않고 일하겠습니다."

얼마 후 그 분은 고성군수로 발령을 받게 되었다. 그런데 이게 웬일인가? 고성군수로 발령을 받고 기뻐서 어쩔 줄 몰랐는데 그게 아니었다. 경남 고성군수가 아닌 강원도 고성군수로 발령을 받게 되었다.

고성이라는 이름을 가진 기초지방자치단체로서 경남 고성과 강원도 고성이 있다. 한자로는 경남 고성은 固城이고 강원도 고성은 高城으로 서로 다르다. 그러나 한글 이름의 발음에서는 차이가 없다.

경남 고성은 잘 모르고 강원도 고성은 잘 알고 있었던 중앙부처 담당자가 그분을 강원도 고성군수로 발령 낸 것이었다. 그분은 강원도 고성군수로 공직생활을 마감했다.

공룡세계엑스포를 준비하는 나로서는 여러 중앙부처를 자주 방문하게 된다. 행정자치부, 문화관광부, 기획예산처, 외교통상부, 국무총리실, 청와대 등 여러 곳을 다닌다. 해당부처와 미리 약속을 하고 방문하는 경우도 있지만 그렇지 못한 경우도 많다. 수행비서가 나보다 한 발 앞서 문을 들어선다.

"고성군수님이십니다. 장관님을 잠깐 뵙고자 합니다."

이렇게 나를 소개하면 장관실 비서가 얼른 대답한다.

"강원도에서 오시느라 수고 많이 하셨습니다. 그런데 고성군수님과 우리 장관님과는 지금 면담 일정이 잡혀 있지 않은데요."

강원도 고성은 산불이 많이 나는 것으로 널리 알려져 있다. 우리 민족의 소원인 통일을 기원하면서 북한을 바라볼 수 있는 통일전망대가 있는 곳이기도 하다. 강원도 고성의 일부 땅은 현재 북한에 있다. 이런 강원도 고성은 경남 고성에 비해 전국적으로 더 알려져 있다. 장관실 비서가 강원도 고성군수를 먼저 떠올리는 것은 당연한 것인지도 모르겠다.

지금 우리는 문화시대에 살고 있다. 문화시대에는 그 지역의 특수성을 잘 살리고 홍보하여 브랜드화해야 한다. 그렇게 하는 것이 그 지역의 경쟁력을 높이는 것이기 때문이다. 그 지역이 살아갈 수 있는, 아니 살아남을 수 있는 최선의 방법이기 때문이다.

인구 4만2천명의 작은 농촌군인 전남 함평이 나비축제로서 지역을 브랜드화했다고 하는 사실은 우리 모두 잘 알고 있다. 작은 농촌군 함평이 나비축제로 지역을 브랜드화하지 않았다고 하면 어떻게 전국적으로 알려졌겠는가? 어떻게 그 많은 관광객이 함평을 찾을 수 있었겠는가? 어떻게 함평의 나비쌀을, 함평의 나비농산물을 친환경 농산물로서 소비자들에게 자신 있게 소개할 수 있었겠는가? 함평을 나비로써 브랜드화했기 때문에 가능한 일이었다.

지역의 브랜드화는 그 지역을 상품화하는 것이다. 그 지역의 경제를 살리는 길이다. 지역의 브랜드화는 그 지역의 얼굴을 만드는 것이다. 지역을 브랜드화하지 않으면 치열한 지방경쟁시대에서 도태되어 버리는 것이 오늘의 우리 현실이다.

우리 고성은 아직 브랜드화가 되어 있지 않다. 경남 지역 사람들은 고성을 알지만 경남을 벗어나면 고성은 생소한 지역, 이름을 잘 들어보지 못한 지역으로 분류된다. 경남을 벗어난 지역에 가서 "고성"을 이야기하면 "강원도 고성"을 먼저 생각하는 것은 우리 고성이 브랜드화되어 있지 않았기 때문이다.

통일전망대로 인해서, 산불로 인해서 강원도 고성은 경남 고성보다 훨씬 더 널리 알려져 있다. 지리적 특수성 때문에 강원도 고성은 경남 고성보다 브랜드화가 잘 되어 있다는 말이다.

경남 고성도 전국적으로 알려져 있는 부분이 있다. 고성은 인물의 고장이라고 한다. 한때 전국적으로 사무관 이상 고위 공직자가 가장 많은 군으로 알려지기도 했다. 고성에 가서 인물 자랑하지 말라는 말도 있다. 그러나 그것이 고성을 브랜드화하지는 못했으며 상품화하지는 못했다.

고성은 소가야의 옛 도읍지다. 소가야는 6개 가야국 중의 하나이며 그 소가야의 도읍지가 고성이었다. 소가야 도읍지로서 많은 유적이 발굴되고 있다. 남산공원, 송학고분군, 내산리고분군 등은 당시 도읍지의 모습을 잘 설명해 주고 있다. 군청이 위치하고 있는 성내리는 소가야 시절 성터였다고 한다.

그러나 이러한 역사적인 사실 역시 우리 고성을 전국적으로 브랜드화할 정도의 획기적인 사실은 되지 못했다. 신라의 옛 도읍지인 경주 정도라면 지역을 브랜드화할 수 있지만 소가야의 옛 도읍지는 그 정도까지는 될 수 없었다.

우리 고성쌀은 미질이 좋기로 유명하다고 알려져 있다. 조선시대 일본인들은 고성쌀을 즐겨 찾았다고 한다. 미질이 좋은 고성쌀을 일본으로 가지고 가서 천황에게 바쳤다는 이야기가 있다. 지금도 고성쌀만을 고집하는 고성쌀 애호가가 많이 있다. 그러나 이 역시 전국적인 현상은 아니며 지엽적인 사실에 불과하다. 고성쌀이 고성을 브랜드화할 정도는 아니라는 말이다.

고성오광대는 국가중요무형문화재 제7호로서 전국적으로 많이 알려져 있다. 외국 공연에서도 큰 인기를 끌 정도로 특징을 가지고 있다. 우리나라의 많은 오광대 중에서 으뜸이라 해도 손색이 없을 것이다.

고성농요는 국가중요무형문화재 제84호로서 우리 지역민의 혼을 담아 오고 있다. 그러나 고성오광대와 고성농요 역시 고성을 전국적으로 브랜드화하기는 힘들었다. 국가중요무형문화재로 지정된 지 수 년이 지났지만 이로 인해서 고성이 브랜드화하였다는 이야기는 듣지 못했다.

고성의 당항포는 충무공 이순신 장군께서 왜적을 물리친 곳으로 유명하다. 지금도 당항포를 끼고 있는 마을들은 당시의 이름을 그대로 간직하고 있다. 왜적이 속았다고 해서 지어진 속시개 바다, 이순신 장군이 진을 쳤다고 하는 군진마을 등은 당시의 이름이 그대로 전해져 내려온 것이다.

그러나 충무공 이순신 장군의 승전지는 고성 이외에도 통영, 남해, 여수, 진해 등 여러 곳이 있다. 따라서 고성이 충무공 이순신 장군의 승전지라고 하는 사실 역시 우리 고성의 브랜드로 될 수는 없었다.

인물의 고장, 소가야 옛 도읍지, 쌀, 고성오광대와 고성농요, 이충무공의 승전지 등 그 어느 것도 우리 고성을 전국적으로 브랜드화할 수는 없었다. 말하자면 아직까지 우리 고성은 브랜드화되지 못했다.

고성을 브랜드화해야 한다. 우리가 풀어야 할 숙제다.

무너진 6만 인구

고성의 인구는 한때 14만명을 육박했다. 그 후 고성의 인구는 계속 감소해 왔다. 내가 군수에 취임한 지 몇 개월 지나지 않아 인구 6만선이 무너지고 말았다. 고성의 면적은 $517km^2$로서 $604km^2$인 서울 면적보다 조금 작을 정도로 넓다.

농촌이라고 하는 상황을 고려할 때, 우리 고성의 적정 인구는 10만이라는 생각을 했다. 스스로 자치 능력을 가지기 위해서는 인구 10만이 우리 지역으로서는 최적이라 생각했다. 그래서 나는 선거 과정 중에 이렇게 외쳤다.

"인구 10만 신고성건설을 위해 최선을 다하겠습니다."

"우리 모두 인구 10만 신고성건설을 위해 매진하자"고 힘주어 말했다. 인구 10만은 어느 날 하루아침에 이루어지는 것이 아니다. 억지로 사람을 고성으로 데려올 수도 없다. 인구가 증가할 수 있는 상황을 만들어야 한다.

인구 6만은 우리 고성이 지켜야 할 마지노선이라고 생각한다. 그런데 그 마지노선인 인구 6만이 무너지고 말았다. 인구 감소 문제는 우리나라 어느 농촌군에서나 단체장이 가장 관심을 가지는 부분이다. 어떤 군에서는 타 지역 주민의 주민등록을 억지로 옮겨 오도록 했다가 문제가 되기도 했다. 오죽했으면 그런 비상수단을 사용했겠는가?

어떤 군에서는 아기를 낳는 산모에게 특별히 포상금을 지급하기도 한다. 그러나 그 포상금을 타기 위해서 얼마나 많은 산모들이 이사를 오겠는가? 인구를 증가시키기 위한 단체장들의 안타까운 심정을 읽을 수 있는 내용이다. 인구를 증가시키기 위한 단체장들의 몸부림을 알 수 있는 내용이다.

인구를 억지로, 인위적으로 증가시킬 수는 없다. 인구가 증가할 수 있는 요인을 만들어야 할 것이다. 그런데 우리 고성에는 그 동안 인구가 증가할 수 있는 요인이 만들어지지 못했다. 오히려 인구 감소 요인만 만들어졌다. 이러한 현상은 고성만의 문제가 아니며 우리나라의 모든 농촌군에 해당되는 공통된 사항이다.

농업은 1차 산업으로서 1960년대까지 우리나라의 주요 산업이었다. 이 시기에 농업은 우리에게 생명산업이었으며 절대산업이었다. 모두가 농업에 매달려야 했다. 농업은 많은 일손을 필요로 했다. 그래서 농촌에는 인구가 많았다.

내가 다닌 초등학교에는 학년당 한 개 반에 60명씩 두 개 반이 있었으며 전교생 수는 700명을 넘어섰다. 모내기, 벼베기, 보리베기 등 농번기 때는 4~5일 정도 "가정실습"이라 하여 학교에 가지 않고 집에서 농사일을 돕도록 했다. 학생을 포함한 모든 사람이 농사일에 매달려야 했다. 그만큼 농사일은 일손을 필요로 했고 그 일손들은 바로 농촌의 인구였다.

지금도 모내기 하던 당시 풍경이 생각난다. 남자들은 주로 모(벼의 어린 묘목)를 운반하는 일을 했다. 모를 뽑아 단으로 묶어 지게에 지고 모내기할 논으로 운반했다. 그리고 논 여기저기에 모를 적당히 흩어 놓았다. 모내기할 때 못줄을 잡는 것은 우리 남자 아이들의 몫이었다. 모가 한 줄 다 심겨지게 되면 잠시도 틈을 주지 않고 못줄을 넘겨야 한다. 이때 논 양쪽 편에서 줄을 잡고 있는 사람이 서로 호흡이 잘 맞아야 한다.

어른들은 못줄 앞에 일렬횡대로 서서 모를 심는다. 못줄에 맞추어 한 포기 한 포기 심어 나간다. 이러한 과정은 지루하고 또 힘든 일이다. 특히 모를 심기 위해서 반복해서 허리를 폈다 구부렸다 해야 하는 어른들로서는 대단히 고된 작업이었다.

이 지루함을 잊기 위해서 그리고 힘든 일을 효과적으로 해나가기 위해서 모내기 할 때 노래를 부른다. 지금 생각하면 그것이 바로 농요인 것 같다. 고성농요는 국가중요무형문화재 84호인데 이렇게 모내기하면서 부르던 노래를 체계화시킨 것 같다.

지금은 모내기의 형태가 완전히 바뀌었다. 농번기 때도 들판에 사람이 많이 보이지 않는다. 경지정리가 잘 된 논에서 트랙터 같은 모내기 기계가 한 바퀴 돌고 나면 눈 깜짝할 사이에 넓은 논에 모가 심겨진다.

남자들이 모를 지게에 지고 힘들게 운반해야 할 필요도 없어졌다. 어른들이 일렬횡대로 서서 모를 심어야 할 필요도 없어졌다. 기계가 모든 일을 대신해 주기 때문이다.

농번기 기간도 짧아졌다. 넓은 들판의 모내기가 불과 며칠 사이에 이루어진다. 말하자면 일손이 옛날처럼 많이 필요하지 않게 되었다. 모두 기계 덕택이다. 산업화 덕택이다.

이러한 산업화는 1960년대를 넘기고 1970년대에 들어서면서 급격하게 이루어졌다. 그 결과 농업은 일손을 많이 필요로 하지 않게 되었고 농촌의 인구는 급격하게 감소하기 시작했다. 더 중요한 것은 농업이 주산업에서 밀려나게 되었으며 대신 제조업이 주산업으로 등장하게 되었다는 사실이다.

1차 산업인 농업 대신 2차 산업인 제조업이 많은 일손을 필요로 하게 되었다. 그래서 인구는 제조업이 발달한 도시로 흘러갔다. 일손을 많이 필요로 하지 않은 농촌에서는 인구가 점점 줄어들었다. 농촌으로부터 도시로의 인구 이동은 시간이 흐르면서 더욱 가속화 되었다. 인구의 대이동이었다.

이 과정에서 제조업에 관심을 가지고 제조업을 유치한 농촌은 도농복합형태 산업을 유지하면서 그나마 인구 감소를 줄일 수 있었다. 제조업에 관심을 기울이지 못한 농촌은 인구 감소가 아주 심했다. 우리 고성은 산업화 과정에서 제조업에 관심을 가지지 못한 농촌군

중의 하나였다. 그래서 인구가 절반 이상으로 감소되었다. 젊은이가 거의 없는 농촌으로 변했다.

시대 흐름에 따른 산업구조의 변화가 농촌인구를 감소시키는 주된 원인이 되었지만 농촌 인구가 급감하는 원인은 그 외에도 여러 가지가 있다.

예를 들면, 자녀 교육조건이 열악한 것도 인구 감소의 큰 원인이라 할 수 있다. 교육열이 얼마나 강한 우리 민족인가? 도시 학교에 비해 교육 조건이 좋지 않은 것이 농촌 학교의 현실이다. 그래서 자녀 교육을 위해 도시 지역으로 이사를 간다. 농촌 학교는 텅텅 비어간다. 그래서 농촌 인구의 감소는 더 가속화된다. 도시에 비해 농촌이 문화, 복지 혜택에 있어서 뒤떨어진 것도 농촌 인구감소의 한 요인이 되었다.

어떻든, 고성의 인구 6만이 무너졌다. 억지로 떠받칠 수 없었다. 억지로 사람들을 고성으로 이사시킬 방법도 없었다. 여느 농촌 지역과 마찬가지로 우리 고성도 인구 감소가 계속 이어지고 있다. 인구 현황을 보고 받을 때마다 군수인 내 가슴은 타들어 간다.

무너진 6만 인구, 대책을 세워야 한다. 살기 좋은 복지고성, 인구 10만을 만들 수 있는 터전을 닦는 것이 군수인 내게 주어진 임무이기도 하다.

사라져 가는 농촌학교

초등학교 시절이 생각난다. 콩나물처럼 학생들이 빽빽하게 많던 교실이었다. 쉬는 시간에는 학생들이 운동장을 가득 메웠다. 학생 수는 너무 많고 교실 수는 적어 2부제 수업을 했다. 한 반의 학생수가 60명을 넘어 교실이 너무 비좁았다. 교실은 떠들썩했고 운동장에는 생기가 넘쳐 흘렀다.

학교 오가던 통학 길도 재미 있었다. 우리 집에서 학교까지 거리는 약 5km였다. 포장이 되어 있지 않았던 당시의 도로 사정으로서는 상당히 먼 거리였다. 자전거도 귀하던 시절이라 통학은 걸어 다니는 방법밖에 없었다(자전거는 내가 중학교에 입학하고 나서 보게 되었다).

5km를 걸어 다니면서 있었던 여러 가지 일들은 지금 생각하면 웃음이 난다. 학교가 너무 멀었다(적어도 나이 어린 우리들에게는). 길은 비포장일 뿐만 아니라 정비도 제대로 되어 있지 않았다. 아침에 학교 가는 길에 친구들 몇 명이 서로 뜻이 맞으면 살짝 길옆으로 빠져 버린다. 그리고는 산으로 숨어들어 간다. 거류산 중턱 산골짜기에 우리의 임시 피난처를 마련한다. 가재도 잡고 미꾸라지도 잡으면서 재미있게 하루를 보낸다. 학교 마치는 시간에 맞추어 태연하게 집으로 돌아간다. 다음날 선생님에게 혼이 날 것은 뻔한 일이지만 즐거운 하루였다.

학교에서 우리 동네로 오는 길은 송정, 가동, 덕촌 마을을 지나온다. 그 마을들을 지나면서 동네별로 패싸움이 붙기도 했다. 우리 동네 친구들은 순하고 착해서 동네별 패싸움에서 늘 다른 동네 아이들에게 졌다. 싸움도 해보지 못하고 기싸움 하는 과정에서 물러서고 말았다. 덕촌 친구들이 우리 동네 친구들을 많이 괴롭혔다(자기들은 절대 그렇게 하지 않았다고 말하겠지만 그때 덕촌 친구들은 우리를 몹시 괴롭혔다).

그러나 운동회 때는 우리 동네가 다른 동네에 결코 지지 않았다. 특히, 나는 달리기에서 다른 친구들과 비교가 되지 않을 정도로 빨랐다. 그래서 달리기에서는 우리 동네가 늘 우승했다. 그 외 기마전, 기둥 눕히기 등에서도 우리는 다른 동네에 지지 않았다. 그러니까 우리가 다른 동네, 특히 덕촌 친구들에게 패싸움에서 이기지 못한 것은 힘이 없어서가 아니라 순하고 착하기 때문이었다.

그런 추억을 간직하고 있는 모교 초등학교였다. 그런데 지금 그 모교는 없어졌다. 모교가 없어진 지 벌써 몇 년 된 것 같다. 지금 모교 자리에는 공설 유치원이 들어설 것이라고 한다.

모교의 학생 수가 줄어들기 시작한 것은 오래 전부터였다. 학교가 없어질 것이라는 소문이 돌게 된 것도 오래 되었다. 학부모들이 모여서 학교를 없애서는 안 된다고 목소리를 높였다. 교육청에 건의도 하고 항의도 했다. 그러나 전교생이 10명도 안 되는 학교를 유지할 방법이 없었다. 결국 모교 초등학교는 문을 닫게 되었다.

해마다 초등학교 총동창회를 한다. 학교는 없어졌지만 그래도 총동창회 때는 모두 모교에 모인다. 문을 닫아버린 학교 교정에서 옛 학창 시절을 떠올리면서 추억에 잠긴다. 그렇게 커 보이던 운동장이 지금 우리 눈에는 아주 작아 보인다. 교가를 부를 때는 눈시울을 적시는 사람도 있다.

농촌학교가 하나씩 하나씩 사라져 가고 있다. 면사무소가 소재하고 있는 지역을 제외한 대부분 지역에서 초등학교가 문을 닫았다. 지금 명맥을 유지하고 있는 학교도 학생수가 모자라 교실은 비어 가고 있다. 언제 없어질지 모르는 상황에 있다. 학생 수보다 선생님 수가 더 많은 학교도 있다. 이런 기현상의 학교를 언제까지 유지할 수 있을지 모르겠다.

중학교도 사정은 마찬가지다. 고성읍에서 거리가 먼 지역의 중학교는 대부분 없어졌다. 그나마 명맥을 유지하고 있는 학교도 사정은 어렵다. 정상적인 학교 운영이 불가능한 상태에 있다.

내가 졸업한 중학교는 고성읍이 아닌 면사무소 소재 지역에 위치해 있다. 옛 학교부지는 매각하여 아파트 단지로 조성하고 있으며 학교는 새로운 부지로 이사를 했다. 학생수도 감소하지 않고 있다. 인근 안정공단 덕택으로 이 지역 인구가 조금씩이나마 증가하고 있기 때문이다. 참으로 다행스러운 일이 아닐 수 없다.

얼마 전 구만면에 있는 구만중학교가 문을 닫기로 결정했다는 보고가 들어왔다. 그동안 학생 10여 명으로 겨우 명맥을 유지해 오고 있었다. 학부모들이 모여 회의를 했고, 결국 학교 문을 닫는 것으로 결론을 내렸다고 한다. 학부모들의 마음이 얼마나 아팠겠는가? 주민들의 심정은 또 오죽했겠는가? 이렇게 초·중학교가 하나씩 문을 닫고 있다. 문을 닫지 않더라도 지극히 비정상적으로 운영되고 있다.

초·중학교가 이렇게 문을 닫거나 비정상적으로 운영되다 보니 고등학교에 비상이 걸렸다. 옛날 인기가 좋았던 고성농업고등학교는 경남항공고등학교로 변신하여 전국에서 학생을 모집하고 있다. 그래서 학생 모집에 별로 문제가 없다. 기숙사 시설도 잘 되어 있어 전국의 중학생들에게 상당히 인기가 있는 것 같다.

나머지 학교들은 학생 모집에 아주 애를 태우고 있다. 고등학교 선생님들은 중학교에 가서 사정을 한다. 학생을 보내 달라고, 잘 가르치겠다고, 대학 진학 교육도 잘 시키겠다면서 학생 유치에 총력전을 벌인다. 학부모를 만나 개별 설득 작업을 벌이기도 한다. 해마다 벌어지는 이런 진풍경을 바라보는 내 마음이 더 안타깝다.

중학교 졸업생 유치를 위해 고성군내 고등학교 사이에 경쟁이 벌어지고 있는 지금의 상황을 해결해야 한다. 물론 어떤 형태로든 경쟁은 없을 수 없겠지만, 지금과 같은 경쟁은 지양되어야 한다고 생각한다. 고성군내 고등학교가 타 지역 특히 도시지역 고등학교와 경쟁을 해서 이길 수 있도록 우리 고성지역의 교육환경을 개선해 나가야 할 것이다. 내가 풀어야 할 숙제다.

공룡나라 축제의 국가축제 탈락

내가 군수로 취임한 2002년 고성의 공룡나라 축제는
국가축제 탈락이라고 하는 비운을 맞았다.
국가축제에서 탈락됨으로써
공룡나라 축제는 그 격이 한층 낮아져 버렸다.
그리고 국가로부터 예산지원도 받을 수 없게 되었다.

우리 고성은 "공룡나라"라고 일컬어지고 있다. 지금부터 1억년 전 우리 고성 땅에는 공룡들이 엄청나게 많이 살았다고 한다. 우리나라 최초의 국가였던 고조선이 건국된 것이 약 5천년 전이니까 1억년 전이면 이 5천년이 2만 번을 되풀이한 아주 먼 옛날이다. 아득하고, 아득하고 또 아득한 옛날이다.

그 아득하고 아득한 옛날, 우리나라 역사가 2만 번을 되풀이할 정도로 아득한 1억년 전의 옛날, 우리 고성 땅에는 이 지구상에서 공룡들이 가장 많이 살았다고 한다. 고성 땅에 공룡들이 많이 살았다고 하는 사실은 역사책에도 없고 입으로 전해 내려오는 구전에도 없다. 임진왜란 당시의 기생 월이 이야기는 어릴 적부터 들어 왔지만 공룡 이야기는 어릴 적에 들어본 기억이 전혀 없다.

1억년 전에는 이 지구를 공룡들이 지배하고 있었다고 한다. 그러다가 지각 변동 또는 기후 변동에 의해서 공룡들이 멸종되었다고 한다.

공룡에 관한 연구는 지질학자 또는 고생물학자들에 의해 이루어지고 있다. 스티븐 스틸버그의 "쥐라기 공원"은 공룡 이야기를 다룬 인기 영화 아닌가? 어떻든 지질학자와 고생물학자들은 우리 고성을 무척 좋아한다. 고성에서 공룡에 관한 연구, 지층에 관한 연구도 하고 관련 논문도 발표한다. 만일 고성이 없었다고 하면 지질학자와 고생물학자들의 연구 영역이 많이 줄어들었을 것이다.

1억년 전에 우리 지구를 공룡이 지배했는지, 하지 않았는지, 어떻게 알 수 있느냐고 묻는 사람이 있다. 공룡이 정말 있었느냐고 묻는 사람도 있다. 공룡 발자국이 진짜 공룡 발자국이냐고 묻는 용감한 사람도 있다.

바위에 새겨진 움푹 패인 자국을 어떻게 공룡 발자국이라고 할 수 있느냐면서 항의성 질문을 하는 과격한 사람도 있다. 고성군수가 사기를 치고 있다고 막말을 하는 사람도 있다.

공룡은 실제 존재했던 동물이 아니고 그냥 지어낸 가상적인 동물이 아니냐면서 따지는 사람도 있다. 이러한 질문에 대해서 나도 논리적으로 대답할 자신이 없다. 나는 공룡에 대해서 체계적으로 공부한 지질학자나 고생물학자가 아니기 때문이다.

그러나 이런 질문을 공개적으로 하면 무식한 사람으로 낙인찍히기에 충분하다. 공룡의 존재는 학술적으로 이미 공식 인정되었기 때문이다. 몽고, 캐나다, 중국을 비롯한 여러 나라에서 공룡의 뼈가 발견되었다. 공룡을 연구하는 지질학자, 고생물학자들이 많이 있다.

이들 학자들은 공룡 연구에 매료되어 있다. 따라서 공룡이 진짜 있었던 동물이냐고 질문한다는 것은 이들 학자들을 무시하는 질문이며 자기 자신을 무식한 사람으로 만드는 질문이 되고 만다.

공룡에는 종류가 대단히 많다. 동물을 먹는 육식공룡과 식물을 먹는 초식공룡이 있다. 땅위를 걷는 네발공룡과 하늘을 나는 익룡도 있다. 1m도 안 되는 작은 공룡에서부터 40m에 이르는 엄청나게 큰 공룡도 있다. 우리 고성에 가장 많이 살았던 공룡은 이구아나돈이라고 하는 초식공룡이었다고 한다.

세계에서 가장 큰 공룡발자국이 고성에서 발견되었고(115cm) 세계에서 가장 작은 공룡발자국도 고성에서 발견되었다(9cm). 여러 종류의 공룡들이 우리 고성 땅에 살았다고 한다.

1억년 전 우리 고성에서 살았던 공룡들에게 감사를 드리고 싶다. 그 공룡들이 고성에서 살지 않았더라면 우리 고성의 특징을 무엇으로 할 것인지 내가 무척 고민을 했을 것이다. 아무리 생각해 보아도 공룡 아닌 다른 특징이 생각이 나지 않기 때문이다.

고성에서 공룡의 뼈화석은 아직 발견되지 않았다. 대신 공룡발자국이 많이 발견되고 있다. 공룡발자국은 공룡이 살았던 흔적이고 공룡뼈화석은 죽은 공룡의 시체가 화석이 된 흔적이다. 따라서 학술적으로는 발자국화석이 뼈화석보다 더 가치가 있다고 한다. 그래서 고성은 미국 콜로라도주, 아르헨티나 서부해안과 함께 세계 3대 공룡발자국 화석지로서 세계적으로도 널리 알려져 있다.

2002년 8월 미국 캔자스 대학의 래리 마틴 교수가 한국을 방문했다. 마틴 교수는 세계적인 공룡학자로서 40여년간 오직 공룡만을 연구해 왔다고 한다. 고성을 방문한 마틴 교수는 벌어진 입을 다물지 못했다고 한다.

> "아! 공룡발자국!
> 이렇게 공룡의 흔적이 많이 있다니!
> 만일 내가 고성을 방문하지 않았다고 하면,
> 만일 내가 고성의 공룡발자국을 보지 않았다고 하면,
> 나의 공룡연구는 모두 헛것이었다."

이 내용은 당시 조선일보, 한국일보, 중앙일보, 동아일보 등 중앙 일간지의 문화면 한 면을 장식했다.

우리 고성은 "공룡나라"다. 1억년 전 공룡들이 무리를 이루며 살았던 공룡천국이다. 세계적인 공룡학자들이 고성에 오기만 하면 전부 감탄사를 쏟아 놓는다. 그 감탄사가 내 귀에는 인기 가수의 노래보다 더 좋은 노래 소리로 들려온다.

영화감독 스티븐 스필버그는 공룡을 주제로 한 영화 "쥬라기공원"을 제작하여 세계적으로 유명해지지 않았는가? 사실 어른들은 공룡에 대해서 큰 관심을 가지고 있지 않다. 그러나 유치원 학생들과 초등학생들은 공룡에 대한 관심이 아주 대단하다. 어른들은 어린이들의 공룡에 대한 관심과 사랑을 잘 이해하지 못한다. 어떻든 어린 학생들은 공룡 이야기만 나오면 신이 나고 흥이 나는 모양이다.

나는 이구아나돈을 비롯한 몇 개 공룡 이름만 외우는데 어린 학생

들은 공룡 이름을 줄줄 외운다. 그리고 각 공룡들의 특징을 비롯한 내력을 훤히 꿰뚫고 있다. 정말 놀라울 뿐이다. 공룡에 엄청난 관심을 가지는 어린이 여러분께도 감사를 드린다.

"어린이 여러분!
공룡을 사랑해 주셔서 감사합니다.
공룡은 참 좋은 동물입니다.
고성에는 여러분이 좋아하는 모든 종류의 공룡이 있습니다."

우리 고성에서는 2000년도부터 공룡나라 축제를 개최해 왔다. 고성이 공룡나라이기 때문에 축제의 이름을 그렇게 붙였다. 그리고 그 축제는 그냥 축제가 아니라 문화관광부가 지정한 국가축제였다. 공룡이라고 하는 테마가 가치가 있기 때문에 처음부터 국가축제로 지정되었던 것 같다.

축제의 테마가 분명하고, 내용이 충실하며, 학술적으로 인정을 받을 수 있는 축제에 대해 문화관광부가 지정하는 축제가 국가축제다. 우리나라 전체에 걸쳐 10개가 조금 넘는 축제가 국가축제로 지정되어 국비 지원을 받고 있다.

내가 군수로 취임한 2002년 고성의 공룡나라 축제는 국가축제 탈락이라고 하는 비운을 맞았다. 국가축제에서 탈락됨으로써 공룡나라 축제는 그 격이 한층 낮아져 버렸다. 그리고 국가로부터 예산지원도 받을 수 없게 되었다.

공룡나라 축제가 국가축제에서 탈락된 가장 중요한 이유는 축제

의 내용이 공룡을 중심으로 구성되어 있지 않았고 다른 축제와 차별
성이 없다는 것이었다.

　국가축제에서 탈락된 공룡나라 축제를 살려내어야 한다. 내가 해
결해야 할 과제다.

5

신고성건설의
소가야의 기적을

우리나라 최초의 고성공룡박물관

고성농업의 선진화

농업은 "생명산업"이라고 일컬어진다. 농업은 우리에게 반드시 필요한 "절대산업"이기도 하다. 농업은 우리 조상들이 신앙처럼 지켜온 "민족산업"이며 우리가 반드시 지켜 나가야 할 "필수산업"이다.

그러나 문제는 우리의 이 생명산업, 절대산업, 민족산업, 필수산업이 우리 시대에 경쟁력을 상실해 버렸다고 하는 사실이다. 부정하고 싶어도 부정할 수 없는 엄연한 사실이다. 이 엄연한 사실을 사실로 인정하지 않으면 우리는 영원히 뒤쳐질 수밖에 없다.

내가 초·중·고등학교 학생이었을 때는 동네에서 부자냐, 가난하냐의 기준은 얼마나 많은 전답(田畓)을 가지고 있느냐였다. 우리 집처럼 전답이 거의 없는 집은 가난한 집이었고, 대략 20마지기

(4,000평) 이상의 전답을 가지고 있으면 부잣집으로 간주되었다.

내가 고등학교를 졸업하고 해군사관학교에 다니던 시절, 그러니까 1970년대 초반 우리나라는 산업시대(産業時代)를 맞이하게 되었다. 산업시대에 들어서면서 농업은 경쟁력을 상실해 갔고 제조업이 산업의 중심 위치에 서게 되었다.

산업시대에는 얼마만큼의 전답을 가졌느냐가 더 이상 부(富)의 기준이 될 수 없었다. '어떤 사업을 하고 있으며 얼마나 많은 재산을 가지고 있느냐?' '어떤 회사에서 어떤 지위로 얼마의 봉급을 받으며 근무하느냐?' 하는 것이 부(富)의 척도로 변했다. 부의 척도라기보다 신분의 척도라고 하는 것이 더 알맞은 표현일 것 같다.

2000년대에 들어서면서 우리는 산업시대(産業時代)를 마감하고 정보시대(情報時代), 문화시대(文化時代)로 접어들었다. 산업시대에 경쟁력을 자랑하던 제조업도 점차 경쟁력을 상실해 가고 있다. 농업의 경쟁력은 더욱더 떨어졌다. 그래서 이제 농업에 의존해서는 자녀 학비도 제대로 마련할 수 없는 상황에 이르게 되었다. 아무리 아니라고 부정하고 싶어도 엄연한 현실이다.

이제 농업도 시대의 흐름과 호흡을 같이 해야 한다. 이제 농업도 과감하게 변화해야 한다.

먼저 소규모 영세형 농업에서 대규모 기업형 농업으로 변해야 할 것이다. 기업형 농업이 되어야 인건비를 줄일 수 있으며 효율성도 높일 수 있기 때문이다. 경쟁력을 가질 수 있기 때문이다.

외국에 다녀온 사람 특히 미국, 캐나다, 중국에 다녀온 사람이면 우리 농업이 왜 경쟁력을 가질 수 없는지 충분히 느꼈을 것이다. 규모면에서 엄청난 차이가 난다. 우리 농업이 동네 슈퍼마켓이라고 한다면 외국의 농업은 대규모 할인백화점이다. 동네 슈퍼마켓이 대규모 할인백화점과의 경쟁에서 어떻게 이기기를 기대할 수 있겠는가? 경쟁 자체가 성립되지 않는다.

그럼에도 불구하고, 동네 슈퍼마켓인 우리 농업이 대규모 할인백화점인 외국 농업과 당당히 경쟁을 벌여야 할 위협에 처해 있다. 빨리 싸움장에 나오라고 계속 압력을 받고 있다. 그 압력을 막아 내느라고 우리 농민들이 지금 기진맥진해 있지 않는가?

그냥 좌절만 하고 있을 수는 없는 일 아니겠는가? 대책을 마련해야 하지 않겠는가?

외국농업과 경쟁하기 위해서는 동네 슈퍼마켓과 같은 우리 농업을 바꾸어야 한다. 대형 할인백화점 형태의 농업으로 변화시켜야 한다.

농업의 경쟁력을 높이기 위해서 또 하나 중요한 것은 농업에 종사하는 분들이 생각을 바꾸어야 한다는 것이다. 이를 우리는 "발상(發想)의 전환(轉換)"이라 일컫는다.

1차 산업에 머물러 있는 농업의 형태를 3차 산업 형태로 변화시킬 수 있는 "발상의 전환"이 필요하다. 즉 시대의 흐름에 맞게 농업을 문화화(文化化)시킬 수 있어야 한다는 말이다.

이러한 "발상의 전환"을 토대로 하여, 농업을 생산형 농업에서 관광형 농업, 체험형 농업, 학습형 농업으로 바꾸어 나갈 수 있어야 할 것이다. "관광형 농업"이란 말 그대로 우리 농업이 관광자원화되도록 한다는 말이다. "체험형 농업"이란 도시 사람들이 특히 도시 학생들이 농업을 직접 체험해 볼 수 있도록 프로그램을 만들어 상품화하는 것이다. "학습형 농업"이란 여러 종류의 농업을 학생들이 학습하고 배울 수 있도록 프로그램을 만드는 것이다. 이처럼 농업을 3차 산업화 즉 문화화시킬 때, 우리 농업도 튼튼한 경쟁력을 가질 수 있을 것이다.

그런데 안타깝게도 현재 우리 고성은 그 어떤 조건도 갖추어져 있지 않다. 슈퍼마켓 형태의 농업을 대형 할인백화점 형태의 농업으로 바꾸는 것은 억지로 이루어질 수 없는 것이다. 기업형 형태의 농업이 되어야 가능한 것이다. 그런데 고성에서 그런 기업형 형태의 농업은 아직 이루어지지 않고 있다. 농사를 짓는 분은 대부분 나이가 많으신 60~70대이다. 적게는 몇 마지기에서 많게는 수십 마지기의 논을 소규모로 경작하고 있다. 말하자면 동네 슈퍼마켓 형태의 농업을 하고 있다.

3차 산업 형태의 농업도 이루어지지 않고 있다. 관광형 농업도, 체험형 농업도, 학습형 농업도 우리 고성으로서는 생소한 형태의 농업일 뿐이다. 그래서 우리 고성의 농업은 경쟁력을 점점 상실해 가고 있다.

고성쌀의 품질을 높이기 위해서 많은 노력을 하고 있다. 친환경농법, 오리농법도 도입하고 있다. 그러나 경쟁력 향상은 쉽게 이루어지고 있지 않다. 고성쌀 홍보를 위해서 예산을 많이 투입하고 있다. 예산 투입한 것만큼 효과가 크게 나타나는 것 같지 않아 늘 안타까운 마음이다.

쌀농사에만 의존하지 않고 다른 작물을 경작하여 경쟁력을 높이려고 애를 쓰고 있다. 참다래, 단감, 취나물, 방울토마토, 태극애호

박, 배, 팽이버섯, 송이버섯, 찰옥수수 등을 경작하여 나름대로 소득 증대에 힘쓰고 있다. 그러나 이런 농산물들의 경쟁력도 그렇게 크지는 않다. 다른 지역에서도 이들 농산물을 생산해 내고 있으며 중국을 비롯한 외국에서도 수입이 이루어지고 있기 때문이다.

아무리 생각해도, 아무리 부정하고 싶어도, 현재의 우리 농업은 경쟁력을 상실해 가고 있다. 눈앞이 캄캄해질 뿐이다. 우리 농업의 중·장기계획을 세워야 하겠다. 요새 흔히 하는 말로 로드맵(road- map)을 만들어야 하겠다.

단기적인 대책으로는 경쟁력을 가질 수 없다. 그리고 우리 고성만이 가질 수 있는 특산물 개발에 심혈을 기울여야 하겠다. 그 특산물이 고성 농산물의 선두주자가 될 수 있도록 해야 한다. 예를 들어, 우리밀이라든지, 건강쑥이라든지, 참다래라든지, 이 특산물이 고성 농산물의 얼굴이 되도록 하여 고성 농업의 경쟁력을 이끌어 나가도록 해야 할 것이다.

고성 농업의 경쟁력 향상! 고성 농업의 선진화! 내가 우리 군민과 함께 고민해 가면서 풀어 나가야 할 숙제다.

고성의 특수성은 무엇인가

"고성" 하면 바로 머리에 떠오르는 단어가 있어야 한다. 그것이 고성의 특수성이고 고성의 브랜드다. "강원도 고성" 하면 바로 머리에 떠오르는 단어가 산불이다. 산불은 강원도 고성의 특수성이 되어 있다. 산불로 인해 강원도 고성이 전국적으로 널리 알려졌다. 강원도 고성에 산불에 관한 훌륭한 산불박물관이라도 짓는다면 많은 호응을 얻을 것이며 관광객들의 관심을 끌 수 있을 것이라고 생각을 해 보기도 한다.

"충남 보령" 하면 바로 머리에 떠오르는 단어가 머드축제다. 매년 여름 대천해수욕장에서 관광객들이 진흙 범벅이 되어 함께 어울리는 독특한 머드축제는 이제 보령의 특수성이 되어 있고 보령의 브랜드가 되어 있다.

내가 학생시절이었을 1960년대는 특수성이 중요시되는 시대가 아니었다. 개인의 경우에도 마찬가지였다. 학생들에게 요구되어졌던 것은 오로지 공부였다. 공부 외의 것은 중요하지 않았다. 공부 잘하는 학생은 다른 것도 잘하는 것으로 인정되어 버렸다. 심지어 공부 잘하는 학생은 인성(人性)도 좋은 것으로 여겨졌다. 공부 못하는 학생은 다른 것도 못하고 인성도 좋지 않은 것으로 여겨졌다. 말하자면 옛날에는 개인의 특수성이 인정되지 않았으며 중요하지도 않았다.

그러나 이제 시대가 바뀌었고 상황이 바뀌었다. 공부 잘하는 것이 모든 것을 대변하던 시대는 이미 지나갔다. 탁구를 잘 하는 학생, 바둑을 잘 두는 학생, 야구 해설을 잘 하는 학생, 미술에 소질이 있는 학생, 영화 감상에 소질이 있는 학생, 연극에 관심이 많은 학생 등 저마다의 소질과 개성이 인정되는 시대다.

물론 공부에 취미가 있는 학생도 있다. 그런 학생은 학문 연구 방면으로 인생의 방향을 잡아야 할 것이다. 그러나 옛날처럼 모든 학생이 공부에 매달려야 하는 시대는 아니다.

물건도 마찬가지다. 불과 몇 년 전만 해도 똑같은 물건들이 대량으로 생산되어 전국으로, 전 세계로 보급되었다. 똑같은 무늬의 넥타이, 똑같은 모양의 쓰레기통, 똑같은 디자인의 연필과 만년필, 똑같은 형태의 시계가 대량생산되어 보급되었다.

그러나 지금 그런 방법으로 생산하고 보급했다가는 회사 문닫는 것은 시간문제다. 같은 무늬의 넥타이를 10개 또는 20개씩 소량 제작한다. 심지어는 한 종류의 무늬를 가진 오직 한 개의 넥타이만 제작해 내기도 한다. 그래야 경쟁력을 가지기 때문이다. 쓰레기통의 모양도 아주 다양하게 나온다. 연필과 만년필의 디자인도 천차만별이다. 이제 남과 같은 것이 아닌, 특색 있고 개성 있는 것을 좋아하는 시대가 되었다.

지방도 마찬가지다. 옛날처럼 중앙정부의 지시를 받아 모든 지방이 똑같은 방향으로 시정(市政)과 군정(郡政)을 펼치는 시대는 이미 아니다. 남해군, 합천군, 거창군, 함양군, 고성군이 모두 똑같은 방향으로 군정방향을 잡아가는 시대가 아니라는 말이다. 모든 사람들이 자기가 가진 소질과 취미에 따라 자기 방향을 결정해야 하듯이, 물건을 특징 있게 모양과 디자인을 개발해야 하듯이, 이제 지방도 지방의 특색을 살릴 수 있게 방향을 잡아 나가야 한다.

그런데 지금 우리 고성에는 특징이 없는 것처럼 보인다. 특징이 없는 것이 특징이라는 생각이 들 정도로 특징이 없다. "고성의 특산물이 무엇이냐?"고 물으면 곧바로 "우리 고성의 특산물은 이것이다"라고 이야기할 수 있는 것이 없다.

사실, 우리 고성에는 많은 특산물이 있다. 고성쌀, 참다래, 단감, 취나물, 태극애호박, 방울토마토, 고성인삼, 고성쌀 등의 농산물과 멸치, 굴, 왕새우, 미더덕, 갯장어 등의 수산물이 유명하다. 그러나 그 어느 것도 아직 "고성 하면 바로 이것이다"라고 할 정도의 명성을 얻지는 못했다. "성주" 하면 참외라고 하듯이 말이다. "진영" 하면 단감이라고 하듯이 말이다.

"고성의 향토음식이 무엇이냐?"고 물으면 얼른 생각이 나지 않는다. 6월초부터 8월말까지 3개월 정도 고성바다에서 많이 생산되는 갯장어회가 많은 사람들을 고성으로 불러들인다. 갯장어회는 여름에 안심하고 먹을 수 있는 유일한 생선회다. 일본인들은 이 갯장어회를 여름철 보신용으로 즐겨 먹는다고 한다. 그러나 갯장어는 여름 한철에만 생산되기 때문에 우리 고성의 향토음식 대표주자로 내세우기에는 한계가 있다.

그 외에는 특별히 고성의 향토음식이라고 내세울 만한 음식이 생각나지 않는다. "전주" 하면 "비빔밥"을 이야기할 수 있고 "통영" 하면 "충무김밥"을 이야기할 수 있듯이 우리도 그런 음식이 있었으면 좋겠는데 생각이 나지 않는다.

축제도 그렇다. "고성"을 바로 떠올릴 수 있는 대표적인 축제가 있어야 한다. 우리 고성에서는 "공룡나라 축제"가 개최되고 있다. 3회째까지 국가축제였다가 2002년도에 국가축제에서 탈락되었다. "소가야문화제"도 열리고 있다. 그러나 많은 사람들에게 알려져 있는 고성의 대표적인 축제는 아니다. "전남 함평" 하면 나비축제가 생각나고 "전북 무주" 하면 반딧불이 축제가 생각난다. "충남 보령" 하면 머드축제가 생각난다. 그러나 불행하게도 우리 고성에는 아직 그런 축제가 없다.

특산물, 향토음식, 축제 등 어느 분야에서도 고성은 그 나름대로 우수성을 가지고 있지만 전국적으로, 전 세계적으로 두드러진 경쟁력을 갖추고 있지는 못하다.

이제 고성은 "경남 고성"에서 "세계 고성"으로 발돋움해야 한다. 고성만의 특수성을 만들어야 한다. 그 특수성을 나는 우리 군민과 함께 고민하면서 찾아 낼 것이다. 내게 주어진 숙제다.

고성호는 어디로 가야 하는가

제일 중요한 것은 "고성호"가 나아가야 할
방향 설정, 즉 가고자 하는 목적지 항구를 정하는 것이다.
목적지 항구가 정해져야 "고성호"의 항해가 효율적인
항해가 될 수 있기 때문이었다. 목적지 항구가 정해지지 않으면
"고성호"의 항해는 방향 없는 갈팡질팡 항해가 되고 말 것이다.

민선시대에 접어들면서 "고성호"는 새롭게 출발했다. 관선시대에 중앙정부의 지시에 따라 항해했던 "고성호"였다. 독자적으로 항해할 수 있는 아무런 권한이 주어지지 않았기 때문이었다.

지방자치제도가 실시되면서 "고성호"는 새로운 출발을 시도했다. 독자적으로 항로를 설정할 수 있었고, 항해 방법도 스스로 결정할 수 있었다. 중앙정부에서는 항해에 관한 기본적인 수칙만 정해 주었다.

민선 "고성호"는 힘찬 뱃고동을 울렸다. 승무원들과 승객들은 희망에 부풀었다. 그러나 민선 "고성호"의 항해가 결코 순탄하지만은 않았다. 항로를 몇 번이고 수정해야 했다. 잘못된 방향 설정 때문에 "고성호"는 위험한 고비를 몇 번이나 넘겨야 했다.

제일 중요한 것은 "고성호"가 나아가야 할 방향 설정, 즉 가고자 하는 목적지 항구를 정하는 것이다. 목적지 항구가 정해져야 "고성호"의 항해가 효율적인 항해가 될 수 있기 때문이다. 목적지 항구가 정해지지 않으면 "고성호"의 항해는 방향 없는 갈팡질팡 항해가 되고 말 것이다.

목적지 항구는 어떤 항구여야 할까? 승객인 고성군민을 행복하게 해줄 수 있는 항구여야 한다. 자손대대로 번창할 수 있는 꿈의 항구여야 한다. 목적지 항구가 허구의 항구, 즉 있지도 않은 항구여서는 안 될 것이다. 현실적인 항구, 그러나 유토피아와 같은 꿈의 항구, 일시적인 행복을 구가하는 항구가 아닌 영원한 행복을 누릴 수 있는 항구여야 될 것이다.

목적지 항구는 시대에 맞는 항구여야 한다. 이미 경쟁력을 상실한 "농업항구" 자체가 목적지 항구여서는 안 될 것이다. 경쟁력이 없는 "농업항구" 자체는 지금 우리가 위치하고 있는 항구다. 시대에서 밀려나고 있는 항구다. 농산물 개방의 압력이 거세지고 있다. 농산물 개방은 세계화라고 하는 시대적 흐름의 한 부분임을 우리는 부인할 수 없다.

농산물 개방에 대한, 특히 쌀 개방에 대한 농민들의 반발이 아주 강하다. 쌀은 우리의 살이라고 강조를 한다. 식량주권을 포기할 수 없다면서 생존권 사수를 위한 투쟁을 벌인다. 고 이경해 열사가 쌀 수입개방을 반대하며 스스로 목숨을 끊었다. 참으로 안타까운 일이다. 그럼에도 불구하고, 개방은 큰 대세이며 흐름이다. 그래서 이제 "농업항구"는 그 형태와 모습을 바꾸어야 한다. 농업항구를 경쟁력이 있는 형태와 모습으로 리모델링을 해야 한다.

한때 "산업항구"는 참으로 매력적인 항구였다. 그러나 "산업항구" 역시 시대의 무대 뒤쪽으로 밀려나고 있다. 따라서 "산업항구"는 더 이상 우리가 가야 할 목적지 항구가 될 수 없다. 우리는 이미 산업시대를 지나 정보시대, 문화시대에 깊숙이 진입해 있기 때문이다. 자동화라는 큰 흐름으로 인해 "산업항구"에는 일자리도 크게 줄어들어 버렸다. 더 심각한 문제는 환경문제다. "산업항구"에는 환경오염이 항상 심각한 문제로 대두되고 있다.

"문화항구"가 보인다. 이 항구는 우리 시대에 새롭게 등장한 항구다. 그런데 이 항구는 상당히 이색적인 항구이며 얼른 이해하기 어려운 항구다.

그러나 이색적이고 이해하기 어려운 이 "문화항구"는 아주 매력적인 항구다. 우선 경제적 부가가치가 매우 높다. 스티븐 스필버그의 "쥬라기 공원" 영화 한편이 고급승용차 리무진 150만대를 생산, 판매하는 효과보다 더 큰 경제적 효과를 가진다고 한다. 이것이 "문화항구"의 특징이다. 얼마나 매력적인가? "문화항구"의 경제적 부가가치는 "산업항구"의 경제적 부가가치보다 수십 배, 수백 배, 아니 수천 배에 이른다.

"문화항구"의 또 다른 매력은 "산업항구"의 골칫덩어리인 환경오염 문제가 거의 또는 전혀 없다는 사실이다. "산업항구"를 굴뚝산업이라고 한다면 "문화항구"는 굴뚝 없는 산업이라고 일컬어진다. 환경론자들과의 지루한 싸움을 하지 않아도 되니 얼마나 매력적인가?

"산업항구"에 있었던 많은 일자리는 자동화로 인해서 크게 줄어들어 버렸다. 대신 그 일자리들이 "문화항구"로 옮겨갔다. 일자리들이 서비스업으로 얼마나 많이 옮겨갔는가는 우리가 피부로 느끼고 있지 않은가? 공장에서 일하던 많은 사람들이 백화점에서, 골프장에서, 금융기관에서 일하고 있다. 공룡엑스포로 인한 일자리 창출이 7600개라고 하니 엄청난 일자리 창출 아닌가?

그런데 이 "문화항구"는 대단히 큰 문제점을 안고 있다. 그것은 "문화항구"는 승객들이 이해하기 매우 힘들다고 하는 사실이다. "문화항구"가 어떤 항구인지 얼른 감(感)을 잡기 힘들다고 하는 사실이다.

문화항구를 이야기하면 승객들은 꿈같은 소리를 한다고 불평한다. 잘 되겠느냐면서 우려의 목소리를 낸다. 차라리 "농업항구"나 "산업항구"가 훨씬 좋겠다고 이야기한다. 그래서 승객들은 "문화항구"로의 항해를 대단히 두려워한다. 승무원들조차 "문화항구"를 향한 항해를 꺼린다.

"문화항구"를 향한 항해는 보통 어려운 것이 아니다. "농업항구"나 "산업항구"의 경우에는 승객들을 이해시키기가 쉬웠다. 그러나 "문화항구"의 경우에는 우선 승객들을 이해시키는 문제가 대단히 어렵다.

서울, 부산, 마산, 창원 등과 같은 도시지역의 경우에는 승객들에게 "문화항구"를 설명하기가 그래도 낫다. "문화항구"를 향해 가자고 승객들이 먼저 권유하기도 한다.

그러나 우리 고성과 같은 농촌지역의 경우에는 상황이 아주 다르다. "농업항구"에 오랫동안 익숙해져 있는 승객들이다. "문화항구"에 대한 일종의 배타심마저 가지고 있다.

선장은 승객들의 눈치를 보지 않을 수 없다. 승객들이 싫어하면 선장은 계속 선장의 지위를 유지할 수 없기 때문이다. 항해 중간에 선장에 대한 선발 절차가 있다. 선장이 승객들 마음에 들지 않으면 선장을 바꾸어 버릴 수도 있다. 그래서 선장이 승객들 눈치 보지 않고 소신대로 항로를 설정한다는 것은 결코 쉬운 일이 아니다.

그렇다고 승객들이 원하는 대로만 항로를 정하게 되면 자칫 행복항구가 아닌 불행항구로 향할 가능성이 있다. 승객들은 종착항구에 대한 관심, 즉 장기적인 관점보다는 자신들에게 우선 주어지는 단기적인 편안함과 복지를 더 추구할 수 있기 때문이다.

승객들이 원하는 항로를 택했다가 중간에 혼비백산 항로를 수정해야 할 경우가 생길 수도 있다. 승객들의 희망에 의해서 항로를 택했지만, 나중에 그 항로가 불행항구로 가는 항로임을 깨닫게 될 수 있기 때문이다.

"문화항구"로 가는 항로는 힘들고 위험한 항로다. 배가 심하게 흔들리면서 승객들이 뱃멀미를 하고 구토를 하고 침대에 눕기도 할 것이다. 승객들 사이에서 불평과 불만의 소리가 마구 터져 나올 수 있다. 도대체 선장이 항해를 어떻게 하는 것이냐고 항의할 수도 있다. 이런 상황이 벌어지게 되면 선장 자신도 겁이 난다.

민선 출범 이후 "고성호"는 방황을 거듭했다. 그러다가 마침내 "고성호"는 방향을 잃고 말았다. 방향을 잃고 바다 한가운데에서 헤매는 "고성호"가 되어 버렸다. "고성호"가 도달해야 할 최종 목적지 항구가 정해지지 않았기 때문이었다.

"고성호"의 목적지 항구를 정해야 한다. 그 항구는 시대 흐름에 맞는 행복항구여야 한다. 승무원들과 힘을 합해 승객들로 하여금 목적지 항구를 향한 항해에 협조하도록 설득해야 한다. 고성호의 선장인 내게 주어진 무거운 임무다.

공룡은 고성의 경쟁력이다

지방자치시대, 지방분권시대를 맞아 우리 고성이 이길 수 있는
경쟁력이 무엇인가를 생각해 본다. 인구는 지속적으로
감소하고 있고 문화, 복지, 교육 등 모든 면에서 뒤쳐져 있다.
이 어려움을 딛고 고성이 다시 일어설 수 있는
경쟁력이 무엇인가를 깊이 생각해 본다.

초등학교 다니던 어린 시절을 생각해 본다. 나는 몸이 튼튼하지 못했기 때문에 친구들과의 싸움에서 이기는 경우가 거의 없었다. 싸움에서 다부지고 끈질긴 면도 없었다. 어쩌다 싸움을 하게 되어 한 방 얻어맞아 코피라도 터지면 금방 울음을 터뜨리면서 물러서 버리고 말았다. 말하자면 나는 친구들과의 싸움에서 경쟁력이 없었다.

내 친구 중에는 힘이 아주 좋은 친구가 있었다. 그 친구는 싸움을 하게 되면 주먹 한방으로 승부를 결정지어 버리고 말았다. 또 내 친구 중에는 아주 다부지고 끈질긴 친구가 있었다. 이 친구는 힘이 세지는 않았지만 한번 싸움을 했다 하면 아무리 맞아도 물러서지 않아 때리던 친구가 결국 무릎을 꿇게 만들었다. 이런 친구들은 싸움에서 큰 경쟁력을 가졌다.

내 초등학교 시절에는 보릿고개 넘기는 것이 힘들 정도로 모두 가난했다. 밥을 굶는 끼니수가 밥을 먹는 끼니수보다 더 많았던 그 시대가 아득한 추억으로 떠오른다. 그때 집이 부자인 친구가 있었다. 이 친구는 늘 좋은 음식에 고급 옷을 입었다. 그러나 우리 집은 아주 가난했다. 먹을 밥이 없어 고구마를 하도 많이 먹어 고구마는 지금 쳐다보기만 해도 역겨워질 정도다. 어린 시절 나는 경제적인 측면에서 경쟁력이 없었다.

내게는 삼촌이 없다. 할아버지께서는 아버지가 태어나신 지 1년도 채 되지 않아 돌아가셨다. 할머니께서는 어린 아들 하나를 키우면서 힘들게 사셨다. 어린 시절 나는 삼촌이 있는 친구들을 보면 많이 부러워했다. 우리 일가, 친척 중에는 사회적으로 특별히 성공한 사람이 없었다. 내 친구 중에는 아버지가 학교 선생님인 경우도 있었고 공무원인 경우도 있었다. 삼촌이 사회적으로 성공한 친구도 있었다. 가족 부분에서도 나는 경쟁력이 없었다.

그러나 초등학교 시절 나는 공부를 남달리 잘했다. 공부를 열심히 했고 단연 선두성적을 유지했다. 다른 친구들의 추종을 불허했다. 지금 생각하면 초등학교 시절, 공부 잘하는 것이 나의 경쟁력이었다는 생각을 한다. 싸움 잘하는 친구도, 부자 친구도, 아버지가 사회적으로 명망 있었던 친구도, 나를 함부로 대하지 않았다. 그때는 공부 잘하는 것이 다른 모든 경쟁력을 압도했다는 생각이 든다.

만일 초등학교 시절, 싸움에 승부를 걸었더라면 나는 결코 두드러질 수 없었을 것이다. 싸움에서는 내가 경쟁력이 없었기 때문이다.

경제적인 면을 비롯한 어떤 면에서도 나는 다른 친구들을 압도할 수 없었을 것이다. 그런 부분에서 다른 친구들에 비해서 경쟁력이 약했기 때문이다.

다행스럽게도 나는 공부를 잘 했고, 공부에 승부를 걸었고, 그래서 공부에서는 다른 친구들이 나를 이길 수 없었다. 초등학교 시절 나는 내가 이길 수 있는 부분, 즉 공부에 승부를 걸었기 때문에 방향을 잘 잡았다고 할 수 있다.

지방자치시대(地方自治時代), 지방분권시대(地方分權時代)를 맞아 우리 고성이 이길 수 있는 경쟁력(競爭力)이 무엇인가를 생각해 본다. 인구는 지속적으로 감소하고 있고 문화, 복지, 교육 등 모든 면에서 뒤쳐져 있다. 이 어려움을 딛고 고성이 다시 일어설 수 있는 경쟁력이 무엇인가를 깊이 생각해 본다.

지금 우리는 문화시대(文化時代)에 들어서 있다. 이러한 시대적 흐름에 맞추어 고성이 대한민국 속에, 전 세계 속에 우뚝 설 수 있는 경쟁력이 무엇인가를 고민해 본다.

우리 고성은 1970년대 산업화 과정의 대열에 합류하지 못했다. 그래서 지금도 1960년대의 전형적인 농촌 형태를 유지하고 있다. 말하자면 고성은 공업도시로 변화되지 못했다. 따라서 지금 와서 공업부분에서 우리 고성의 경쟁력을 찾으려고 시도해서는 안 될 것이다.

농업 자체에서도 경쟁력을 가질 수 없는 것이 오늘의 엄연한 현실이다. 공업도 경쟁력이 떨어진 시대인데, 농업 자체에서 경쟁력을 찾으려고 시도하다가는 낭패 보기 아주 알맞다.

제일 먼저 해야 할 것은 시대적 흐름을 정확히 읽는 것이다. 시대적 흐름을 제대로 읽지 못하면 경쟁에서 낙오할 수 있기 때문이다. 문화시대에 들어선 지금 우리가 경쟁력을 가지기 위해서는 문화산업에 승부를 걸어야 한다. 1차 산업 자체나 2차 산업 자체에 승부를 건다는 것은 부동산 막차 타는 것과 같으며 주식 투자에서 상투를 잡는 것과 같다.

그래서 나는 문화(文化)에 우리 고성의 승부를 걸었다. 1차 산업인 농·수·축산업도 3차 산업과 연계시켜 문화화(文化化)시켜야 경쟁력을 가질 수 있고 이길 수 있다. 그래야 우리 고성이 경쟁력 있는 지역으로 거듭날 수 있기 때문이다.

먼저 고성의 전 지역을 3개 구역으로 나누었다. 그리고 각 지역의 발전 테마를 스포츠, 역사, 자연으로 하였다.

고성읍, 거류면, 동해면, 회화면, 마암면은 당항만을 끼고 있어 스포츠를 발전 테마로 하였다.

고성읍, 삼산면, 하일면, 하이면은 공룡발자국, 소가야유적 등 역사 유적지가 많아 역사를 테마로 하였다.

상리면, 대가면, 영현면, 영오면, 구만면, 개천면은 깨끗한 자연환경을 테마로 하였다.

스포츠, 역사, 자연의 3개 테마를 모두 문화화(文化化)시키고 문화상품화(文化商品化)시키기로 했다. 그래서 이 3개 지역을 각각 컬스포츠타운(cul-sports town), 컬히스토리타운(cul-history town), 컬네이처타운(cul-nature town)이라 명명했다. 컬(cul)은 영어의 문화, 즉 culture에서 따온 것이다.

"세계4강 신화"를 이룬 한국 축구에는 이천수가 있었다. 물론 다른 훌륭한 선수도 있었지만 이천수는 대표선수 중의 대표선수였다. 말하자면 한국 축구의 스타였다. 한국 야구에는 이승엽이 있다. 한국 골프에는 박세리가 있다. 이승엽과 박세리는 각각 한국야구와 한국골프의 스타다.

어떤 부분에서도 대표가 있어야 한다. 즉 스타가 있어야 한다. 스타 없이 어떤 팀도 부각될 수 없다. 스타가 되기 위해서는 탁월한 경쟁력을 갖추고 있어야 한다.

고성문화의 스타는 무엇이어야 할까? 어떤 문화가 가장 큰 경쟁력을 가질 수 있을까? 어떤 문화가 세계적으로 크게 부각될 수 있으며 또한 고성 경제에 도움을 줄 수 있는 문화상품이 될 수 있을까? 어떤 문화가 스타가 되어 다른 문화를 이끌어 가는 선두주자가 될 수 있을까? 깊이 생각하고 또 생각했다.

우리 고성은 세계 3대 공룡발자국 화석지다. 공룡은 어린이들이 무척 좋아한다. 어린이들이 공룡을 얼마나 좋아하는지 우리 어른들은 잘 모른다. 어른들은 어린이들의 동심의 세계를 완전히 이해할 수 없기 때문이다. 어린이들은 그 어떤 것보다 공룡을 좋아한다.

대단히 송구스러운 말이지만 "장사 중에서 어린이를 상대로 하는 장사가 제일 잘 된다"는 말이 있다. 공룡은 바로 어린이를 상대로 하는 장사가 될 수 있다. 내가 공룡을 우리 고성문화의 대표주자, 즉 스타로 만들려고 하는 이유가 바로 여기에 있다.

세계 3대 공룡발자국 화석지라고 하는 고성의 장점을 살려 고성에서 어린이들이 공룡과 더불어 상상의 나래를 펼 수 있도록 한다는 것이 내 생각이다.

출향인은 고성의 에너지다

고향은 어머니같이 우리를 아늑하게 하는 곳이며
어릴 적 추억이 서려 있는 곳이다. 멀리 외국에서 한국 사람을
만나면 얼마나 반가운지 모른다. 만일 고성 사람을 만나면
서로 얼싸안고 눈물을 흘릴 정도로 반가울 것이다.
정서를 함께 하는 고향이 우리를 그렇게 만든다.

우리나라의 장묘문화는 세계에서 가장 특징 있는 장묘문화다. 온 산야가 무덤으로 덮여 있다. 이제 얼마 지나지 않아 우리나라 국토는 온통 무덤으로 덮이지 않을까 걱정된다.

고속버스를 타고 가면서 주위 산을 둘러보면 온통 무덤이다. 비행기를 타고 가면서 밑을 내려다 보아도 무덤이 산과 들판을 가득 덮고 있다. 경치가 좋은 장소, 햇빛 드는 좋은 장소에는 어김없이 무덤이 자리를 잡고 있다.

군수로서 무슨 사업을 하든지 가장 걸림돌이 되는 것은 무덤이었다. 위치가 좋은 곳에는 반드시 무덤이 자리 잡고 있었으며 따라서 사업을 진행시키기 위해서는 무덤을 다른 곳으로 이전해야 하는 경우가 많았다. 이 경우 힘들고도 지루한 협상이 시작된다. 담당공무원들이 무덤의 자손을 찾아가 사업의 중요성을 이야기하고 협조해 줄 것을 간곡히 부탁한다. 협조가 잘 이루어지는 경우도 있지만, 협상이 난항을 겪는 경우도 많았다.

군립공원인 상족암에 우리나라 최초의 공룡박물관을 건립하고 세계 최대 높이의 공룡탑을 건립하는 대사업(大事業)을 추진했다. 그런데 공룡탑이 건립될 장소에 무덤이 있었다. 담당공무원이 무덤의 자손을 찾아가 협조를 요청했지만 협상은 진척이 되지 않았다. 결국 공룡탑은 장소를 옮겨 건립될 수밖에 없었다.

도로를 개설하거나 확장하는 경우 무덤 때문에 공사 기간이 연장되는 경우가 있다. 무덤 주인을 찾아가서 설득하고, 통사정하고, 그 사람의 주위 인맥까지 찾아 협조를 부탁하는, 진풍경이 벌어진다. 협상이 끝내 이루어지지 않으면 복잡한 절차를 거쳐 토지를 강제 수용하거나, 그 절차가 귀찮으면 굴곡 도로를 만들거나 도로 방향을 바꾸어 버리기도 한다.

성묘철이 되면 성묘 차량 행렬이 고속도로와 국도를 가득 메운다. 조상들의 무덤을 찾아 차례를 지내는 풍습은 우리 민족만이 가진 미풍양속이다.

그러나 씁쓰레한 마음도 든다. 살아 계신 부모를 서로 모시지 않겠다고 형제끼리 싸우는 모습을 종종 보게 된다. 자식들이 아무도 모시려고 하지 않아 버려지는 노인들도 종종 보게 된다. 살아 계실 때 부모님께 효도하는 것이 더 소중한 미풍양속이 아닐까?

"조상 무덤을 좋은 위치에 해야 자손이 출세한다."

"돌아가신 조상을 잘 모셔야 자손이 출세한다."

아무리 생각해도 이해가 되지 않는 말이지만, 그러나 이 말은 우리나라 사람들에게 불변의 진리인 것처럼 깊이 인식되어 있다. 그래서 부모님이 돌아가시면 풍수지리에 능통한 사람을 불러 좋은 무덤 위치를 찾는다.

조상의 무덤을 잘 관리하고 성묘를 정성으로 하는 이유가 조상이 존경스럽기 때문이 아니라 자기 자신의 출세를 위해서라고 해석할 수도 있다.

우리의 장묘문화가 최근 들어 많이 바뀌긴 했다. 그러나 아직도 우리나라의 장묘문화는 세계 어느 나라에서도 찾아볼 수 없는 특징을 가지고 있다.

선진국의 경우 무덤은 허가된 공동묘지에 작은 면적을 차지하고 있다. 무덤이 산야를 뒤덮고 있는 나라는 우리나라 외에 이 지상 어느 곳에도 없다. 일본에서도, 중국에서도 무덤이 산야를 덮고 있는 광경은 찾아볼 수 없다. 우리나라의 장묘 문화, 분명히 어떤 방식으로든 개선되어야 할 것이다.

우리의 장묘문화를 이야기 하고자 하는 것이 아니라 고성 출신 출향인들의 고향 사랑에 관한 이야기를 하려다가 장묘문화 이야기에 너무 깊이 빠져 버렸다.

고향은 어머니같이 우리를 아늑하게 하는 곳이며 어릴 적 추억이 서려 있는 곳이다. 멀리 외국에서 한국 사람을 만나면 얼마나 반가운지 모른다. 만일 고성 사람을 만나면 서로 얼싸안고 눈물을 흘릴 정도로 반가울 것이다. 정서를 함께 하는 고향이 우리를 그렇게 만든다.

서울, 부산, 울산 등 향우회에 가끔 참석을 한다. 마지막에는 "고향의 봄" 노래를 부른다. 서로 손을 잡고 앞뒤로 흔들며 노래를 부른다.

나의 살던 고향은 꽃피는 산골
복숭아꽃, 살구꽃, 아기 진달래
울긋불긋 꽃동네 차리-인 동네
그 속에서 살던 때가 그립습니다.

가슴이 뭉클해 온다. 어릴 적 시절이 주마등처럼 떠오른다. 고향 고성이 한없이 자랑스러워진다.

우리 고성은 출향인 숫자가 35만이라고 한다. 이 통계가 어디서 나왔는지 모르지만 모두들 "35만 출향인"이라고 말한다. 현재 고성의 인구가 5만 7천이니 고성 인구의 6배가 출향인인 셈이다.

산업구조가 1차 산업에서 2차 산업으로 바뀌면서 많은 사람들이 고향을 떠나갔다. 그리고 2세가 탄생했다. 고성 출신 출향인들은 비록 몸은 고향을 떠났어도 한시도 고성을 잊은 적이 없었을 것이다. 2세들에게도 고향을 많이 이야기했을 것이다. 거류산, 철마산, 연화산, 벽방산, 수태산, 향로봉 등 고향의 산에 관한 많은 이야기들을 들려주었을 것이다.

고성만, 당항만, 당동만, 자란만은 호수처럼 우리를 감싸안아 주는 고향의 바다다. 이 고향 바다 이야기도 빠뜨리지 않았을 것이다. 옥천사, 장의사, 문수암, 운흥사, 계승사 등 4월 초파일이면 어김없이 찾았던 전통사찰 이야기도 해 주었을 것이다. 당항포 앞바다를 속시개라 부른 연유를 2세들에게 들려주면서 고향이 자랑스러웠을 것이다.

늘 그리던 고향! 자주 와보지 못했던 고향! 아니, 삶이 바빠서 자주 와볼 수 없었던 고향! 그러나 모두 결국 고향에 오는 것을 나는 보았다. 살아서 고향에 오는 것이 아니라 죽어서 오는 것을 보았다.

죽으면 모두 고향에 묻히기를 원했던 것 같다. 그래서 장의차에 태워져 고향으로 와서 고향 산야에 묻히게 되는 것 같다. 여우도 죽으면 머리를 고향으로 돌린다는 속담이 있는데, 하물며 사람이 죽어서 고향에 묻히는 것을 어찌 나무라겠는가?

"죽어서 뼈만 고향에 돌아오는 출향인들!" 내 머릿속에는 이 말이 늘 맴돌고 있었다. 죽어서 고향에 뼈를 묻으시는 분들을 폄하하고자 하는 이야기는 절대 아니다. 여기서 한 단계 차원을 높이고 싶을 뿐이다. 죽어서 고향에 뼈를 묻는 것은 고향을 향하는 참으로 소중한 마음이다. 그러나 그보다 먼저 고향에 사랑과 애정을 묻어야 하겠다는 말씀을 드리려고 하는 것이다.

고향에는 할 일이 너무 많다. 그래서 고향은 출향인들의 손길을 기다리고 있다. 그 많은 할 일을 하지 않고, 그냥 죽어서 뼈만 고향 고성에 가져와서는 안 되겠다는 것이 내 생각이다.

고향에 사랑을 묻고, 그리고 나서 고향에 뼈를 묻으면 얼마나 보람 있는 일이겠는가? "그 보람 있는 일이 있는데 그 일을 못하고 저 분들은 그냥 뼈만 고향에 묻는구나” 하고 생각하니 안타깝기도 했다.

출향인은 우리 고성의 힘이며 고성 발전을 위한 에너지다. 고향을 사랑하는 마음을 값진 힘으로, 에너지로 승화시켜야 할 것이다. 군수인 내가 이루어내야 할 중요한 과제다.

군민들에게 자신감을

해군사관학교 1학년 여름방학은 짧았다. 3주일의 여름방학이 눈 깜짝할 사이에 지나가 버리고 말았다. 학교로 돌아온 우리는 어렵고 힘든 수영훈련에 들어갔다.

수영훈련이 왜 그렇게 힘들었느냐고 물을 것이다. 우리가 받은 수영훈련은 한때 인기 폭발이었던 영화 "실미도"를 생각하면 된다. 실미도 영화에서 보았던 훈련장면을 생각하면 우리들의 훈련 모습을 떠올릴 수 있을 것이다. 태양에 뜨겁게 달구어진 시멘트 바닥 위에 드러누워 수영 기본동작을 수천 번 반복했다. 뜨거운 시멘트 바닥에서 등이 익어버리고 물집이 생겼다. 얼마나 쓰리고 아팠는지 모른다.

어린 시절 동네 저수지에서 물장구치면서 배운 수영이 나의 수영

실력 전부였다. 그러나 그 수영실력은 해군사관학교 수영 훈련에서
는 아무 필요없는 수영이었다. 기본동작부터 다시 배워야 했다. 어
릴적 수영실력은 기본동작 익히는 데 오히려 방해가 되었다.

　며칠 동안 수영 기본동작 익히기를 반복하고 또 반복했다. 뜨거운
시멘트 바닥에서 등은 완전히 익어 버렸고 감각마저 없어졌다. 드디
어 우리는 보트에 태워져 옥포만 바다로 들어갔다. 한 사람씩 바다
속으로 밀어 넣어졌다. 육지까지의 거리는 500m 정도 되었던 것으
로 기억이 된다. 죽지 않고 살기 위해서는 수영을 해서 육지까지 나
와야 했다. 육지를 향해 수영해 나오다 보니 수천 번, 수만 번 반복
했던 동작이 저절로 나왔다.

　"아! 이것이구나. 연병장 시멘트 바닥에서 등이 타도록 연습했던
동작이구나."

　훈련 마지막 날 우리는 해군사관학교 연병장에서 4km 전방에 있
는 작은 섬을 왕복하는 원영(遠泳)을 했다. 8km 거리를 수영한다는
것은 나로서는 불가능이라 생각되었다. 도저히 자신이 없었다. 두렵
고 무서운 마음이 나를 억눌렀다. 원영을 성공적으로 마친 2학년 선
배들이 존경스럽기까지 했다.
　우리는 6열종대로 질서정연하게 원영을 출발했다. 해난구조대의
인명구조 보트가 우리를 에워쌌다. 원영 도중 더 이상 수영이 불가
능하다고 판단되는 생도는 대열에서 이탈하게 된다. 그리고 인명구
조 보트에 실리게 된다. 그러나 그것은 말할 수 없는 치욕이었다.

"죽어도 저 보트에는 실리지 않을 거야."

혼자서 수없이 중얼거렸다. 수영 도중 물의 온도가 바뀌는 것을 느꼈다. "바닷물의 깊이 변화에 따라 물의 온도가 바뀌어지는구나"라고 혼자 생각했다. 반복해서 익힌 수영 기본동작을 번갈아가면서 했다.

이를 악물고 내 자신과 싸운 3시간여의 길고도 긴 시간이었다. 육지에 몸을 눕히는 순간 그 감격을 어떻게 표현해야 할까?

"아, 드디어 해내었구나. 나는 이제 수영에 자신이 있어. 태평양 바다 한 가운데에 나를 빠뜨려도 나는 살아남을 수 있어."

원영으로 인해서 내가 얻은 가장 큰 소득은 "자신감(自信感)"이었다. 수영에 대한 "자신감"이었을 뿐만 아니라 이 세상 모든 것에 대한 "자신감"이었다. 도저히 불가능할 것 같았던 8km의 원영, 그 불가능을 가능으로 바꾸어 내었다.

"이 세상에 불가능은 없구나. 나폴레옹이 한 말은 거짓말이 아니었구나."

자신감은 정말 중요하다. 자신감이 없으면 그 어떤 도전도 할 수 없기 때문이다.

　　"승리의 영광은 도전하는 자만이 가질 수 있는 특권이다."

　　승리의 영광을 가지기 위해서는 도전해야 한다. 도전하기 위해서는 자신감이 있어야 한다. "자신감"이 없으면 결코 "도전"할 수 없다. 얼마나 중요한 진리인가?

　　사관생도 시절의 힘들었던 수영훈련 이야기를 한 이유는 원영을 통해서 내가 얻게 된 "자신감"을 설명하기 위해서다. 내가 원영을 통해서 가지게 된 "자신감"은 내 인생의 값진 보물이었다. "자신감"을 가지게 됨으로써 나는 내 삶의 힘든 고비마다 "도전"할 수 있었다. 그리고 "승리의 영광"을 얻을 수 있었다.

　　여기서 빠뜨릴 수 없는 것이 하나 있다. "기본"이 중요하다는 사실이다. 내가 원영을 출발하기 전 기본동작을 수천 번, 수만 번 반복했다. 그 기본동작을 익히지 않았더라면 나는 원영에 실패했을 것이다. 그리고 나는 "자신감"을 가질 수 없었을 것이다.

　　우리 고성군은 여섯 개 시에 둘러싸여 있는 특별군이다. 오직 시로만 둘러싸여 있고 군과 인접해 있지 않은 군은 우리나라에서 고성군밖에 없다. 우리 고성이 안고 있는 지리적 단점이지만, 잘 활용하면 우리 고성이 누릴 수 있는 지리적 이점이 될 수도 있다.

　　그런데 안타깝게도 우리 고성인들은 고성의 이러한 지정학적 상황을 단점으로만 생각해 왔다. 우리가 누릴 수 있는 이점이라고는 어느 누구도 생각하지 않았다.

　　"우리 고성에는 희망이 없다. 앞으로 큰일이다. 동서남북으로 시에 둘러싸여 있으니 전혀 발전 가능성이 없다.”

내가 만난 대부분의 고성 사람들, 출향인들은 이렇게 단정해 버렸
다. 군민들은 “자신감”을 완전히 상실하고 있었다. “자신감”을 상실
했기 때문에 “도전”할 수 없었다. “도전”할 수 없었기 때문에 그 어떤
것도 얻을 수 없었다. 점점 더 깊은 절망의 늪으로 빠져들 뿐이었다.
얼마 전 고성출신 고위직 정치인을 만났다. 그는 고성을 걱정하면
서 말했다.

“정말 고성은 큰일입니다. 10년 후, 20년 후를 생각하면 기가 막
힙니다. 아무런 답이 없는 것 같습니다. 농업은 아예 경쟁력이 없어
져 버렸죠. 공장을 들여올 수도 없죠. 내 고향이지만 큰일이라는 생
각밖에는 들지 않습니다. 군수로서 얼마나 힘들겠습니까?”

그 분의 고성 걱정하는 마음이 태산 같았다. 그런데 나는 고성의
미래에 대해서 크게 걱정하지 않는다. 우리 고성이 처해 있는 상황
을 결코 비관적으로 생각하지 않는다.
문제가 있는 곳에는 반드시 답이 있다고 생각한다. 어렵고 힘든
문제일수록 더 기막히고 멋진 답이 있다. 답이 없고 해결점이 없는
문제는 이 세상에 존재하지 않는다. “위기는 잘 활용하면 바로 기회
로 연결된다”고 하는 법칙과 같은 이치일 것이다.
여기서 중요한 문제는, 나 혼자 “자신감”을 가진다고 고성의 문제
가 해결되는 것은 아니라는 사실이다. 우리 직원들이 “자신감”을 가

져야 한다. 나와 더불어 고성호를 움직여 나가는 승무원들이다. 그리고 고성군민들이 "자신감"을 가져야 한다. 고성군민은 고성호의 승객이다. 승객인 군민들이 자신감을 가지지 못하면 고성호는 안전한 항해를 할 수 없기 때문이다.

그런데 안타깝게도 우리 고성군민들은 "자신감"을 상실했다. 고성도 발전할 수 있다고 하는, 고성군민도 잘살 수 있다고 하는 "자신감"을 상실했다

선장인 군수, 승무원인 우리 직원들, 승객인 우리 군민들이 모두 "자신감"을 가져야 한다. 그래야 고성복구를 위한 "도전"을 할 수 있기 때문이다. 우리 고성군민들로 하여금 "자신감"을 가질 수 있도록 해야 한다. 내게 주어진 커다란 숙제다.

신고성건설의 소가야의 기적
우리가 이루어 냅시다

"신고성건설"은 저절로 오지 않는다.
우리에게 저절로 주어지는 혜택이 아니다.
복권 당첨과 같이, 운수대통하여 오는 것도 아니다.
우리가 힘을 하나로 모아 땀 흘려 만들어 내어야 한다.
우리가 혼신의 힘을 바쳐 만들어 내어야 한다.

전국의 각 기초지방자치단체, 즉 기초정부마다 구호가 있다. 행복도시 ○○건설, 꿈과 희망이 있는 ○○건설, 희망도시 ○○건설, 21세기 미래도시 ○○건설 등 여러 가지 서로 다른 구호를 가지고 있다. 여기에는 민선 시장·군수들의 의지가 담겨 있고 시정 또는 군정 방침이 새겨져 있다.

나는 군수로 당선된 후 우리 고성군의 구호를 무엇으로 할 것인지 깊이 생각했다. 추상적인 내용보다 좀더 구체적인 내용으로 군정구호를 정하자는 생각을 했다. 어느 지방정부나 가질 수 있는 구호로 하지 말고 우리 고성만이 가질 수 있는 구호를 정해야겠다고 생각했다. 예를 들어, 행복도시, 꿈과 희망이 있는 도시, 미래 도시 등은 어느 시 · 군이나 사용할 수 있는 공통된 내용이다.

우리 고성군은 옛 소가야 땅이다. 소가야 시대의 많은 유물, 유적들이 출토되고 있다. 말하자면 소가야의 후손들이 바로 우리 고성인이다. 고성인이 하나로 뭉칠 수 있는 것은 우리 모두가 소가야의 후손임을 인식하는 것이다. 그렇게 될 때 우리 고성은 분명한 정체성을 가지게 될 것이다. 그래서 군정구호에 "소가야"라는 말이 포함되어야 하겠다고 생각했다.

고성은 한때 인구 13만을 넘어서기도 했다. 그때 통영은 인구 7만이었다. 그러나 지금은 통영의 인구가 13만을 넘어선 반면 고성의 인구는 5만 7천으로 줄어들었다. 서울시보다 조금 작은 면적에 인구 6만이 되지 않는 참으로 황량한 도시가 되어 버렸다. 젊은이들은 찾아보기 힘들고 노인들의 모습만 보이는 지역이 되어 버렸다. 65세 되는 노인께서 마을 경로당에 가면 아이 취급을 받는다고 한다. 그만큼 고성 전체가 노령화되어 버렸다.

고성은 농업 인구가 40%이고 그 외 수산업, 축산업 등에 종사하고 있다. 말하자면 주산업이 농 · 수 · 축산업, 즉 1차 산업이다. 새마을운동이 진행되고 조국근대화라는 이름으로 공장들이 전국 곳곳에 들어섰을 때 우리 고성은 꼼짝도 하지 않고 1차 산업인 농업에만 매달렸다. 말하자면 조국근대화 시대에 우리는 그 대열에 참여하지 않았다. 그 결과 젊은이들은 조국근대화의 바람이 불고 있는 도시지역으로 일자리를 찾아 떠나갔다.

인구는 계속 감소되고 또 감소되고 있다. 교육시설도 열악하다. 복지시설도 낙후되었다. 초등학교, 중학교는 하나씩 문을 닫고 있다. 고등학교는 학생을 구하지 못해 안절부절하고 있다. 인구는 감소하고, 학교는 문을 닫고, 모든 부문에서 낙후되고 뒤졌다.

이제 새로운 고성을 만들어야 한다. 잘사는 고성을 만들어야 한다. 피폐해 가고 몰락해 가는 고성을 복구해야 한다. 고성복구의 대사업을 펼쳐야 한다. 그래서 나는 군정구호에 "신고성건설"이라는 문구를 넣어야 하겠다고 생각했다.

국회의원 선거에서 우리 고성군은 통영시와 한 지역구다. 말하자면 통영시, 고성군에서 국회의원 한 사람을 선출한다. 20년 전까지는 늘 우리 고성군 출신이 국회의원에 당선되었다. 그때는 고성인구 13만, 통영인구 7만이었던 시절이었다. 그러나 그 뒤부터 지금까지 계속 통영 출신이 국회의원으로 선출되고 있다.

많은 고성사람들이 국회의원에 출마했지만 번번이 실패했다. 통영, 고성이라고 하는 소지역주의의 벽이 너무 높았기 때문이다. 사실 나도 우리 지역에서 국회의원에 출마했었다. 많은 사람들이 내게 말해 주었다.

"천지개벽이 되지 않으면 우리 지역구에서는 고성 출신이 국회의원에 당선될 수 없다. 국회의원에 출마한다는 것은 달걀로 바위를 치는 것과 같다."

나는 통영과 고성 사이에 놓여 있는 소지역주의의 벽을 깨뜨리고 싶었다. 남들이 불가능하다고 말하는 것을 가능으로 바꾸고 싶었다. 나는 통영 사람들에게 호소했다.

"존경하는 통영시민 여러분! 연목구어(緣木求魚)라는 말이 있습니다. 나무에서 고기를 구한다는 옛 속담입니다. 고기는 바다나 강에 가서 구해야 합니다. 나무에서 고기를 구할 수는 없습니다. 마찬가지로, 바다를 끼고 있고 수산업이 주산업인 이곳 통영의 대표를 바다에 관한 지식도 없는 사람이 맡아서는 안 될 것입니다. 연목구어의 어리석음을 범해서는 안 될 것입니다. 바다를 아는 사람이 통영의 대표가 되어야 합니다. 저 이학렬은 한 평생을 바다와 더불어 살아왔으며 바다를 연구하는 해양과학도입니다. 바다를 살리고 통영을 살릴 것입니다."

내 연설을 들은 통영시민들은 옳은 말이라면서 고개를 끄덕였다. 그러나 고개 끄덕인 것과 표 찍는 것은 달랐다. 내 고향인 고성에서는 많은 표를 얻었지만 통영에서는 아예 득표를 할 수 없었다. 고성 출신은 이 지역에서 국회의원에 당선될 수 없다는 사실을 몸으로 체험했다.

이제 우리 고성군민들의 가슴속에는 절망감이 뿌리 깊이 새겨져 있다.

"우리 고성 출신은 우리 지역구에서 국회의원에 당선될 수 없다. 우리 고성은 잘살기 틀렸다. 우리 고성은 발전할 수 없다. 언젠가는 인근의 통영시, 거제시, 사천시, 진주시, 마산시에 의해 공중분해 될 수도 있다."

국회의원에 고성 출신이 당선되느냐, 되지 않느냐의 문제가 중요한 것이 아니다. 중요한 것은 고성군민이 "자신감"을 완전히 상실해버렸다고 하는 사실이다.

고성이 피폐해지고 낙후된 것도 문제지만, 더 큰 문제는 우리 고성인의 "자신감" 상실이라고 나는 생각한다. 우리 군민들에게 "자신감"을 심어주는 것이 무엇보다 중요하다는 생각을 했다. 군민들에게 "자신감"을 심어주는 내용이 군정구호에 반드시 포함되어야 한다고 생각했다.

"신고성건설"은 저절로 오지 않는다. 우리에게 저절로 주어지는 혜택이 아니다. 복권 당첨과 같이, 운수대통하여 오는 것도 아니다. 우리가 힘을 하나로 모아 땀 흘려 만들어 내어야 한다. 우리가 혼신의 힘을 바쳐 만들어 내어야 한다.

우리가 한마음이 되어 혼신의 힘을 바쳐 노력할 때 신고성건설은 기적처럼 우리에게 다가올 것이다. 그래서 나는 "기적"이라는 단어를 군정구호에 포함시켜야겠다고 생각했다.

나는 취임사에서 35만 출향인들에게 당부했다.

"죽어서 뼈만 고성에 묻을 것이 아니라 여러분의 사랑과 열정을 고향 고성에 묻어 주십시오."

군수 혼자서 고성을 바꾸어 나갈 수 없다. 군수와 직원들만의 힘으로도 불가능하다. 군수와 직원, 그리고 군민들이 힘을 합할 때 신고성건설의 기적은 이루어지는 것이다. 여기에 35만 출향인들이 힘을 보탤 때 그 기적은 현실로 우리에게 다가올 것이다.

나는 우리 고성의 군정구호에 이런 모든 내용을 포함시켰다.

"신고성건설의 소가야의 기적 우리가 이루어 냅시다."

이 군정구호는 우리 군청 앞에, 각 읍·면사무소 앞에 붙여져 있
다. 그리고 고성의 거리거리마다 많이 붙여져 있다. 나는 오늘도 기
도한다. 진정 신고성건설의 소가야의 기적이 이루어지기를 간절하
게 기도한다.

6

사라진 공룡,
그 새로운 부활

오비랩터

뜻이 있는 곳에 길이 있다

"흙 속에 묻힌 보석을 끄집어 내듯이, 알려지지 않은 공룡발자국의 진가를 알리자.
내셔널 지오그래픽(National Geographic)에서
우리 시대는 공룡 연구의 르네상스에 접어들었다고 말하지 않았던가?
국가축제가 아니라 세계축제로 만들자.
그렇다. 우리 고성에서 공룡세계엑스포를 개최하자."

국가축제 탈락으로 인해 "공룡나라 축제"의 위상은 크게 저하되었다. 세계3대 공룡발자국 화석지라고 하는 귀중한 문화유산을 테마로 하는 공룡나라 축제가 국가축제에서 탈락되는 수모를 어떻게 표현해야 할지 참으로 답답하기만 했다.

"세계3대 공룡발자국 화석지라고 하는 귀중한 문화유산을 테마로 하는 축제가 국가축제에서 탈락되다니!"

있을 수 없는 일이라고 생각했다. 오히려 세계축제로 만들어야 한다는 것이 내 생각이었다.

흙 속에 묻힌 보석은 끄집어 내어 닦아야 비로소 빛이 나는 법이다. 우리 고성의 공룡발자국 화석은 분명히 흙 속에 묻힌 보석이다. 아직 많이 연구되지 않고 널리 알려지지 않아 공룡발자국의 진가를 사람들이 알지 못한다는 생각이 들었다. 나는 결심했다.

"흙 속에 묻힌 보석을 끄집어 내듯이, 알려지지 않은 공룡발자국의 진가를 알리자. 내셔널 지오그래픽(National Geographic)에서 우리 시대는 공룡연구의 르네상스에 접어들었다고 말하지 않았던가?"
"국가축제가 아니라 세계축제로 만들자. 그렇다. 우리 고성에서 공룡세계엑스포를 개최하자."

나는 곧바로 엑스포 유치 준비에 들어갔다. 공룡세계엑스포는 2000년 일본 후쿠이 현에서 개최된 적이 있었다. 6년 만에 우리나라에서 공룡세계엑스포를 개최하게 되는 셈이다. 엑스포 유치 준비를 위해 문화관광과에 엑스포 팀을 별도로 만들었다. 그리고 직원 4명을 발령내었다.
면사무소에 근무하고 있었던 농업직 6급인 김용화 직원을 팀장으로 발령했다. 김용화 직원은 매우 진취적이고 창의적이며 일을 대단히 적극적으로 하는 직원이었다.
고성군에서 한번도 해보지 않았던 국제행사를 처음으로 준비하고 기획하는 팀장으로 임명된 김용화 직원은 중앙부처로, 경남도로 부지런히 뛰었다. 그러나 직원으로서 해결할 수 없는 부분은 내가 담당해야 했다.

재정자립도가 낮은 작은 농촌군에서 세계행사를 한다고 덤벼드니 경남도도, 중앙부처도 냉담한 반응 뿐이었다.

2002년 말 도지사의 중앙부처 방문 때 나는 도지사를 동행했다. 문화관광부 장관에게 엑스포를 설명하기 위해서였다. 도지사는 우리 경남의 몇 가지 현안 사항을 장관에게 설명했다. 노타이 차림에 우리를 맞은 장관은 도지사의 설명을 조용히 들었다. 공룡엑스포 개최에 대해서도 조용히 듣기만 했다. 구체적인 대답은 하지 않고 낮은 목소리로 짤막한 대답만을 해주었다.

"우리 실무 담당자들을 설득시키세요. 담당자들이 설득되면 저도 설득될 겁니다."

장관실을 나온 나는 도지사 일행과 헤어져 문화관광부 실무자들을 만나기로 했다. 어느 과장은 전혀 가능성 없는 기획을 하고 있다면서 점잖은 충고까지 해주었다.

"군수님, 잘 안 될 겁니다. 엑스포 말입니다. 성공한 경우보다 실패한 경우가 훨씬 더 많습니다."

공룡엑스포에 대한 부정적인 이야기를 듣고 얼마나 실망이 컸는지 모른다. 아예 포기하라는 투의 이야기였다. 빈정거리는 것 같기도 했다.

나는 실망스런 표정을 억지로 감추면서 담당부서인 국제관광과로

갔다. 과장을 만나 공손히 인사했다.

"안녕하십니까? 경남 고성군수 이학렬입니다."

인사를 하고 고개를 드는데 국제관광과장의 대답이 나를 어리둥절하게 만들었다.

"선배님, 정말 오랜만입니다. 어떻게 오셨습니까?"
'선배님이라니! 문화관광부 과장이 나를 보고 선배님이라고 호칭하다니!'

나는 마치 꿈을 꾸고 있는 것 같았다. 이 분이 나를 다른 사람으로 착각하고 실수한 것이 아닌가 하는 생각도 해보았다. 그러나 꿈도 아니었고 실수도 아니었다. 엄연한 현실이었다.
국제관광과장은 해군사관학교 2년 후배였다. 전혀 예상치 못하게 시골군수와 중앙부처 과장의 신분으로 만난 우리의 감회는 참으로 컸다. 20여 년 만에 만난 해군사관학교 선후배인 우리는 차 한잔을 나누면서 그 동안의 지나온 이야기를 잠시 나누었다. 나는 ○과장에게 공룡엑스포에 대해서 설명을 했다.

"공룡은 우리 지구를 가장 오랜 기간 동안 지배해 온 동물이라네. 지구상에서 사라진 지 오래지만 공룡에 관한 연구는 우리에게 많은 교훈을 주고 있어. 고성 공룡과 지층은 초등학교 4학년 과학교과서에 무려 3페이지에 걸쳐 소개될 정도로 학술적 가치가 있다네.

공룡엑스포 주제는 '공룡과 지구, 그리고 생명의 신비'가 될 거야. 우리 어른들은 공룡에 대해서 크게 관심이 없지만 어린이들은 공룡에 대해서 대단한 관심을 가지고 있어. 이 엑스포는 반드시 성공할 수 있어."

○과장은 공룡에 대해서 잘 모르는 것 같았고, 엑스포 개최에 대해서도 크게 적극적인 것 같지 않았다. 그러나 사관학교 선배인 내 이야기를 진지하게 들어 주었다. 내가 해야 할 가장 중요한 일은 ○과장에게 믿음을 심어주는 것이라고 판단했다.

"○과장, 나를 믿어 주게. 실망시키지 않을게."

○과장은 내 설명을 차분하게 그리고 인내심 있게 들어 주었다. 고성의 공룡발자국이 학술적·역사적 가치가 아주 크다고 하는 내 설명을 아주 긍정적으로 이해해 주었다. 세계엑스포를 개최하여 공룡발자국의 학술적·문화적 가치를 널리 알리고 지역경제 활성화에 기여해야 한다는 내 주장에 동조해 주었다.

"선배님, 제가 도와드릴게요. 함께 노력해 봅시다."

○과장은 나에 대한 신뢰를 바탕으로 공룡엑스포를 준비하고 기획하는 일에 최선을 다해 주었다. 그 과정을 통해서 ○과장은 공룡

에 대해 점점 더 큰 관심을 가지게 되었고 드디어 공룡에 관한 전문가 수준에 이르게 되었다.

○과장은 사관학교 선배인 나를 믿고 공룡엑스포의 첫 디딤돌을 놓아주었다.

엑스포의 첫 디딤돌을 놓아준 ○과장은 다른 부서로 이동해 갔다. ○과장의 후임으로 발령받아 온 △과장은 고성에서 개최하기로 되어 있는 공룡세계엑스포에 대한 걱정이 보통이 아니었던 것 같았다. 농촌군에서 주최하는 세계행사가 과연 잘 치러질 수 있을지 걱정이 많았던 것 같았다.

부임한 지 얼마 되지 않아 △과장은 고성을 방문했다. 공룡박물관이 있는 상족암과 주행사장인 당항포를 방문한 △과장은 준비과정을 보고 엑스포가 성공리에 치러질 수 있다는 자신감을 가지는 것 같았다.

"군수님, 이번 세계공룡엑스포를 기초지방자치단체가 성공적으로 치러낸 엑스포의 모델로 삼고 싶습니다. 저는 군수님을 믿고 가겠습니다. 준비에 최선을 다해 주시기 바랍니다."

고개숙인 공룡군수

나보고 공룡군수라 일컫기도 한다.
공룡에 미친 군수라 부르기도 한다.
뭐라 부르든 상관없다. 엑스포의 성공을 위해서라면
나는 그저 겸손히 고개 숙이려고 한다.
고성의 역사를 바꾸는 일이기 때문이다.

팔방미인이라는 말이 있다. 못하는 것 없이 무슨 일에나 능통한 사람을 일컫는 말이다. 내 주위에도 팔방미인이 몇 사람 있다.

팔방미인이라고 일컬어지는 내 친구 한 사람을 잠깐 소개한다. 이 친구는 학교 다닐 때 학업성적이 아주 우수했다. 운동에도 소질이 있어 축구, 배구, 탁구, 농구 등 못하는 운동이 없어 항상 우리 반의 대표선수로 뽑혔다. 그림에도 상당한 재질을 가지고 있어 미술대회에도 빠지지 않고 나갔다. 노래솜씨도 훌륭하여 소풍 때는 어김없이 이 친구의 노래가 히트를 쳤다. 웅변대회에서도 이 친구는 카랑카랑한 목소리를 자랑했다.

그런데 이 팔방미인 친구는 자기가 자랑하는 그 어느 부분에서도 아주 뚜렷이 두각을 드러내지는 못했다. 남이 도저히 따라올 수 없는 그런 경지에까지는 가지 못했다는 말이다. 학업성적이 우수했지만 일류대학에 진학하지는 못했다. 운동을 잘했지만 국가대표 선수급이 되지는 못했다. 그림을 잘 그렸지만 이름 있는 미술가가 되지는 못했다. 노래에 매우 소질이 있었지만 유명가수로 성장하지는 못했다. 결국 이 친구는 모든 부분에 다 능통했지만 어느 한 부분도 통달하지는 못했다.

나는 팔방미인이 아니었다. 오히려 그 반대였다. 나는 학교 다닐 때 공부 외에는 잘하는 것이 없었다. 솔직히 말해서, 공부 외에는 그 어떤 것에도 아예 관심이 없었다. 그래서 나는 초·중·고등학교를 다닐 때 공부 잘하는 학생으로 통했다. 공부는 대단히 잘하는 학생, 그 외에는 아무 것도 못하는 학생으로 인식되어 있었다.

나처럼 팔방미인이 아닌 한 친구를 소개한다. 나는 공부만 잘하는 학생이었는데 이 친구는 운동에 특별한 재질이 있었다. 즉 이 친구는 운동만 잘하는 학생이었다. 공부에는 큰 관심도 없었고 잘하지도 못했다. 그런데 이 친구는 지금 우리나라 골프계의 훌륭한 지도자가 되어 있다.

학교 다닐 때 문학 분야에 관심이 있어 소설책, 시집 등 책을 많이 읽던 한 친구가 있었다. 그 분야에서 최선을 다하더니 지금 우리나라 연극계의 큰 기둥이 되어 있다. 팔방미인이 아닌 이 친구들은 한 분야의 최고를 지향했고, 그 분야에서 성공했다.

지금 우리 고성에는 특별히 내세울 만한 특산품이 없다. 성주는 참외로써 유명하다. 나주는 배의 고장으로 널리 알려져 있다. 경남

거창은 사과로 유명하며, 바로 인근의 남해에 가면 온통 마늘밭이다.

그런데 고성에는 우리 고성 특유의 농산물이 없다. 그러나 고성에는 없는 농산물이 없다. 말하자면 고성은 농산물에 있어서 팔방미인이다. 참외도 있고 배도 있고 마늘도 있다. 참다래가 많이 생산되며 취나물도 많이 재배하고 있다. 단감도 있고 찰옥수수도 생산된다. 그런데 그 어느 것도 우리 고성을 전국에 대변하는 그런 특산품으로는 자리매김하지 못하고 있다.

고성은 소가야의 옛 도읍지이다. 송학고분군은 학술적 가치가 있어 지금 복원 공사가 완료되어 가고 있으며 박물관도 곧 들어설 예정이다. 당항포는 이순신 장군의 승전지로서 알려져 있다. 고성은 기후가 온화하여 겨울에도 눈이 잘 내리지 않는다. 고성은 길게 해안선을 끼고 있어 경치가 아름답다. 이처럼 관광분야에서도 고성은 팔방미인이다. 그러나 그 어느 것도 관광객을 사로잡을 아주 특별한 것은 되지 못한다.

그런데 고성에 팔방미인이 아닌, 우리만의 것이 하나 있다. 세계3대 공룡발자국 화석지라고 하는 사실이다. 다른 지역에서는 결코 흉내낼 수 없는 우리만의 것으로 만들기에 부족함이 없는 문화자산이다. 그래서 공룡세계엑스포를 유치하게 되었고 그 성공을 위해서 혼신의 힘을 쏟고 있다.

공룡연구는 국가적 과제이어야 한다. 세계 선진국들은 모두 자랑할 만한 자연사박물관을 가지고 있다. 그러나 우리나라는 아직 자연사 분야에 크게 눈을 뜨지 못하고 있다. 공룡세계엑스포 개최를 계기로 우리나라도 자연사 분야에 눈을 크게 뜰 수 있기를 바란다.

2006 경남고성공룡 세계엑스포를 준비하고 성공시키기 위한 나의 자세는 한 마디로 "고개숙인 군수"여야 했다. 무엇보다 우리 군민들을 설득하는 것이 제일 힘들었다. 농사 지으면서 생계를 유지해나가는 군민들에게 공룡을 이야기하고 자연사를 이해시키고 엑스포를 설명하는 것은 대단히 어렵고 힘든 일이었다.

또한 선거에서 당선된 군수이다 보니 항상 경쟁 상대가 있게 마련이다. 경쟁 상대는 군수의 역점 사업을 어떤 방법으로든 폄하하고 비난하려고 한다. 하나하나의 비난에 대해 군수로서 일일이 대꾸하는 것은 옳지 않다고 생각했다. 사심(私心)을 버리고 고성을 위하는 마음으로 고개 숙이면서 군민들과 대화하려고 노력했다. 군민들도 차츰 차츰 엑스포를 이해하기 시작했다.

중앙부처에 가서도 나는 늘 고개 숙인 군수가 되어야 했다. 문화관광부, 행정자치부, 국무총리실, 기획예산처, 대통령 비서실, 그 어디서도 나는 늘 공룡세계엑스포의 중요성을 설득하고 협조를 구해야 했다.

그 과정에서 때로는 예기치 못한 모멸감도 견뎌내야 했다. 그러나 이제 문화관광부를 비롯한 중앙부처의 공룡세계엑스포에 대한 인식은 완전히 바뀌었다. 기초지방자치단체가 성공시킨 세계엑스포의 모델로 삼겠다는 격려까지 해주고 있다.

경남도청에 가서도 나는 고개 숙인 군수가 되어야 했다. 엑스포 개최에 대한 보고를 처음 했을 때 도지사는 반신반의였다. 그러나 내 의지가 워낙 강하니까 도지사도 점점 많은 관심을 가지게 되었다. 이제 경남관광산업의 선구자 역할을 해달라면서 나를 격려해 주고 있다.

경남도의회 의원들을 설득시키는 과정도 결코 쉽지 않았다. 일부 의원들은 공룡이 가지는 자연사적·학술적 의미를 중요하게 생각해 주지 않았다. 공룡엑스포에 많은 도비를 투자하는 것에 대해 회의적 시각을 가진 도의원도 있었다. 내가 도의원이었다고 해도 똑같은 입장이었을 것이다. 우리나라에서 아직은 자연사의 중요성을 깊이 인식하지 못하는 것이 일반적인 현실이기 때문이었다.

나와 우리 엑스포 사무국 직원들은 도의원 한분 한분을 만나 설명을 하고 브리핑을 했다. 우리 경남 도의회 경제환경문화분과의원회 의원들은 이제 공룡엑스포에 대해 충분한 이해를 하고 있다. 오히려 우리 엑스포 사무국 직원들을 격려해 주기에 이르렀다.

앞으로도 나는 계속 고개 숙인 군수가 될 것이다. 우리 고성의 발전과 변화를 위해서라면 얼마든지 고개 숙일 수 있다.

나보고 공룡군수라 일컫기도 한다. 공룡에 미친 군수라 부르기도 한다. 뭐라 부르든 상관없다. 엑스포의 성공을 위해서라면 나는 그저 겸손히 고개 숙이려고 한다. 고성의 역사를 바꾸는 일이기 때문이다.

의회청사와 엑스포

가슴 뭉클한 순간이었다.
우리 군의회로부터 공식적인 지원을 약속받는 순간이었다.
2006 경남고성공룡 세계엑스포는
나와 우리 직원, 군의회, 군민, 출향인이
하나 되어 준비해 나갈 것이다..

1980년대 초반, 고성군청을 읍 외곽지역으로 옮길 계획이 추진되었다고 한다. 공간도 넓게 확보하고 교통 혼잡도 피하자는 뜻에서 외곽지역으로의 군청사 이전을 검토하게 되었다고 한다. 그러나 그 계획은 큰 저항에 부딪혔다고 한다. 군청사 주위에 상점, 음식점, 토지 등을 가진 유력인사들이 강하게 반발했기 때문이었다.

결국 외곽으로의 군청사 이전 계획은 무산되고 현 위치에 군청사를 신축하게 되었다고 한다. 지금 많은 사람들이 그 당시 군청사를 외곽지역으로 옮기지 못한 것을 크게 안타까워하고 있다.

"그때 군청사를 외곽으로 옮겼으면 고성이 크게 달라졌을 것이

다. 고성의 지도가 바뀌었을지도 모른다. 일부 힘 있는 사람들의 압
력에 못 이겨 결국 이 자리에 군청을 주저앉게 한 것은 정말 잘못된
일이었다.”

“군청에 가서 주차할 때마다 군청사 이전을 못한 그때 생각이 난
다. 주차 장소가 없어서 군청 주위를 맴돌 때면 화가 치민다.”

내가 다른 지역의 군청을 방문할 때 가장 부러운 것은 민원인을
위한 넓은 주차장과 탁 트인 주위 환경이다. 우리 군청은 민원인을
위한 주차장 시설이 절대 부족하다. 주차 장소가 없어 군청 주위를
맴도는 민원인을 볼 때마다 마음이 아프다.

우리 군에는 의회 청사가 따로 없으며 군청 별관을 사용하고 있
다. 군의회 의원들을 만날 때마다 송구스러운 마음이 앞선다.

의회 청사를 신축하고 민원인을 위한 넓은 주차장을 확보해야 되
겠다는 생각을 항상 가지고 있었다. 현재의 본관 건물과 조화를 이
루도록 쌍둥이 건물 형태로 멋있게 지어야 하겠다는 생각을 했다.
드디어 의회 청사 신축을 위한 실시설계비를 확보하고 공사 준비에
들어갔다.

그런데 문제가 발생했다. 주위로부터 내게 들려오는 여러 가지 이
야기들은 내 마음을 몹시 불편하게 했다.

“어려운 군 재정에 당장 의회 청사를 지어야 하느냐?”
“의회 청사를 짓는 데 군민의 의견도 물어보지 않느냐?”
“적어도 엑스포는 치러 놓고 의회 청사를 지어야 하지 않겠느냐?”

의회 청사는 반드시 신축해야 한다는 것이 내 생각이었다. 지금의 의회 청사는 우리 군 의회의 위상에 맞지 않다. 의회 의원과 군민이 편안하게 대화를 나눌 수 있는 공간조차 확보되지 않고 있는 것이 우리군 의회 청사 현실이다. 비가 오면 천정에서 물이 뚝뚝 떨어진다.

의회 청사를 신축하기 위해서 군민의 의견을 물어야 한다는 법률이나 규정은 없다. 또한 엑스포와 의회 청사를 연관 지어 생각할 필요가 없다는 것이 내 생각이었다.

그러나 군민들의 여론은 내 생각과는 달랐다. 의회 청사 신축 계획이 고성신문에 보도되자 많은 사람으로부터 항의성 전화가 빗발쳤다. 공무원 노조와 시민단체에서도 반대 의사를 분명히 했다. 나로서는 전혀 예상하지 못했던 반응이었다.

공무원 노조에서는 의회 청사 신축 계획에 반대하는 이유를 몇 가지 제시했다. 먼저 의회 청사 신축을 좀더 장기적인 관점에서 생각하자는 것이었다. 현 군청사 위치가 시내 중심부에 위치하고 있고 청사앞 도로가 2차선 도로여서, 현 위치보다는 외곽지역으로 옮기는 것이 좋지 않겠느냐는 의견이었다. 그리고 2006년도에 개최될 공룡엑스포는 마무리지어 놓은 후 청사 문제를 생각하는 것이 좋지 않겠느냐는 의견이었다.

고성군 민주단체협의회의 의견도 공무원노조의 의견과 같았다. 그 외 많은 사람들이 내게 조언해 주는 내용도 비슷한 의견이었다.

나는 의회 청사 신축의 당위성을 확신하고 있었다. 예산 문제 역시 지방채를 활용하기 때문에 큰 문제가 되지 않았다. 문제는 군민의 여론을 어떻게 의회청사 신축에 호의적인 방향으로 돌리느냐 하는 것이었다. 군민의 여론을 거스르는 사업을 억지로 밀어붙일 수는 없었다.

의회 청사 신축을 위한 실시설계비가 의회를 이미 통과한 상태였다. 그러나 군민의 여론은 명백히 의회청사 신축에 반대였다. 공무원 노조는 사업이 강행될 시 군청 앞에 텐트를 치고 밤샘농성을 하겠다면서 대단한 각오를 보이고 있었다.

한편 의회에서는 이미 의회를 통과한 예산을 왜 집행하지 않고 머뭇거리느냐면서 담당공무원을 나무랐다. 평소 친분이 두터운 한 군의원과 의회청사 신축과 관련하여 대화를 나눈 적이 있었다.

"군수님, 군수님께서 의회청사 신축을 강행하지 않는다고 하면 엑스포에 협조할 수 없다는 것이 우리들의 입장입니다. 엑스포의 경우에도 반대하는 군민이 있습니다. 그런데 왜 엑스포는 강력하게 추진하시면서 군청사 신축에는 소극적이십니까?"

"○○○ 의원, 그렇게 이야기하지 마세요. 엑스포 추진과 의회청사 신축은 서로 다르지 않습니까?"

"무엇이 다릅니까? 우리 의회에서는 엑스포와 의회청사 신축을 수레의 두 바퀴로 생각하고 있습니다. 한 바퀴만 굴러갈 수 없습니다. 두 바퀴가 같이 굴러가야 합니다."

"○○○ 의원, 엑스포와 의회청사를 관련짓는 것에 나는 동의할 수 없습니다. 두 바퀴라고 하는 말에도 수긍할 수 없습니다. 엑스포는 고성을 살리고 변화시키는 고성의 대역사 아닙니까? 경남 110년

사 최초의 세계엑스포이고 우리나라 최초의 자연사 엑스포가 아닙
니까? 엑스포 성공은 우리 고성인의 임무이자 자존심입니다. 반대
하는 일부 사람들은 아무런 명분이 없어요. 엑스포가 어떤 것인지
정확히 모르는 분들입니다.

　그러나 의회청사 신축 반대는 나름대로 명분이 있지 않습니까?
그래서 그 분들과 좀더 대화하고 설득하면서 일을 추진해야 한다는
것이 내 생각입니다. 의회청사 신축이 고성을 살리고 고성을 변화시
키고 고성을 크게 바꾼다고 생각하는 사람은 없지 않습니까? 의회
청사가 협소해서 군민과의 대화 공간도 없다는 사실을 잘 알고 있습
니다. 비가 오면 천정에서 물이 샌다는 사실도 잘 압니다. 경남에서
가장 볼품없는 의회청사임을 잘 알고 있습니다. 그래서 내가 이 계
획을 세웠지 않습니까?"

나는 의회청사 신축 문제와 엑스포 문제를 연관짓는 것에는 동의
할 수 없었다. 의회청사 신축을 추진하지 않으면 엑스포 예산 통과
가 어려울 것이라고 하는 소문에 대해서는 진실이 아닌 헛소문이라
고 생각했다.

국가축제에서 탈락된 공룡축제를 혼신의 힘을 기울여 국제축제로
승격시켜 놓았다. 국제행사이기 때문에 국비가 지원되고 도비가 지
원되고 있다. 그 과정에서 우리는 문화관광부, 행정자치부, 국무조
정실 등 중앙부처를 설득하기 위해서 얼마나 노력했는지 모른다.

도의회 경제환경문화분과 의원들을 찾아가 엑스포에 대해 설명을
하고 협조를 당부했다. 고성의 행사가 아니라 경남의 행사라고 강조

했다. 경남 110년사에 처음으로 개최되는 세계엑스포임을 강조했다. 성공을 거두게 되면 고성만 잘 사는 것이 아니라 경남이 잘 살게 될 것이라고 힘주어 말했다. 도의회 의원들은 공룡세계엑스포를 호의적으로 이해해 주었다.

그런데 의회청사 문제로 엑스포 준비가 차질을 빚어서야 되겠는가? 의회청사 문제로 우리 군의회 의원들께서 엑스포에 부정적인 시각을 가지게 된다면 심각한 문제가 아닐 수 없었다.

오랜 고민 끝에 나는 공식적인 입장을 밝혔다.

"우리 군의회 청사는 반드시 신축되어야 한다는 것이 저의 소신입니다. 다만 군민들의 의견을 좀더 심도있게 수렴하고 청취하면서 시기와 장소에 대해서 깊이 생각해 보았습니다. 현 청사 위치에 신축시 발생하게 될 문화재 문제, 교통문제 등을 감안하여 읍 외곽지역에 의회청사를 신축하는 방향으로 추진하겠습니다. 엑스포 행사가 끝남과 동시에 청사 신축 착공이 될 수 있도록 차질없이 준비하겠습니다."

엑스포 주제관 기공식에서 군의회 의장께서는 우리 군의회의 입장을 분명히 밝혔다.

"엑스포의 성공을 위해 우리 군의회에서는 전 의정역량을 하나로 모아 나갈 것입니다."

가슴 뭉클한 순간이었다. 우리 군의회로부터 공식적인 지원을 약
속받는 순간이었다. 2006 경남고성공룡 세계엑스포는 나와 우리 직
원, 군의회, 군민, 출향인이 하나 되어 준비해 나갈 것이다.

에펠탑 정상에서

공룡세계엑스포는
우리 고성과 경남의 에펠탑이 될 것이다.
프랑스 국민과 파리 시민이 에펠탑을 노래했듯이,
훗날 우리 고성군민과 경남도민은
공룡세계엑스포를 노래할 것이다.

　전국 시장·군수·구청장협의회 대표로 10명의 시장, 군수, 구청장이 영국, 독일, 프랑스, 스위스를 방문했다. 지방분권에 대한 선진국 모델을 공부하기 위해서였다. 유럽의 지방자치제도에 대해서 공부할 수 있는 참으로 소중한 기회였다.

　유럽의 지방자치와 우리의 지방자치는 근본적으로 출발이 다르다는 생각을 했다. 유럽은 기초지방정부가 가지고 있는 권한을 효율성 측면에서 광역정부로 또는 중앙정부로 이양하는 형태를 취하면서 지방자치제도가 발전해 왔다. 그러니까 아래로부터 위로의 권한 이양이 지방자치제도의 발전 역사였다.

　우리나라의 지방자치제도 발전은 유럽 선진국과는 그 과정을 달리한다. 우리의 경우에는 중앙정부가 모든 권한을 가지는 중앙집권형 제도로부터 출발했다. 그러다가 불과 10여년 전 지방자치제도를 도입하기 시작했다. 따라서 우리나라에서는 유럽과는 달리, 중앙정부가 가지고 있는 권한을 지방자치단체, 즉 지방정부에 이양하는 형태를 취하면서 지방자치를 발전시켜 가고 있다.

유럽방문을 통해서 선진국 지방자치에 대해서 많은 공부를 했다. 그러나 이에 못지않게 소중했던 것은 프랑스 파리의 "에펠탑"에서 얻게 된 소중한 교훈이었다. 에펠탑 정상에서 내려다 본 세느강과 파리 시내는 에펠탑이 겪어온 수난의 역사를 침묵으로 말해주고 있었다.

에펠탑은 1889년 프랑스혁명 100주년 기념으로 개최된 만국박람회의 상징물로서 세워졌다. 에펠탑을 설계한 에펠은 미국 뉴욕에 있는 자유의 여신상을 설계한 프랑스의 유명한 공학자였다.

에펠탑은 높이 320m로서 건축 당시 세계 최고의 높이였다. 세계 7대 불가사의 중의 하나로 알려진 이집트의 피라미드 높이보다 두 배나 더 높았다.

에펠탑의 건축은 당시 프랑스 국민과 파리 시민들의 엄청난 반발에 부딪혔다. 에펠탑 건축을 반대하는 이유는 크게 두 가지였다고 한다.

그 첫 번째 이유는 철탑인 에펠탑은 파리의 고딕건물과 조화를 이루지 못하며 따라서 파리의 전체 미관을 해친다는 것이었다.

두 번째 이유는 아직까지 한 번도 그렇게 높은 철탑을 세워본 적이 없다는 것이었다.

에펠탑 건축에 대한 파리 시민들의 반발은 말할 수 없이 컸다. 공사가 진행되는 동안 나폴레옹 3세는 공사 현장에 대포를 설치했다. 그리고는 철탑 반대를 부르짖는 시위대를 향해 대포를 쏘아 철탑 가까이로의 접근을 막았다.

그러나 반발은 걷잡을 수 없을 정도로 컸다.

전제군주였던 나폴레옹 3세도 결국 파리 시민들과 협상을 하기에 이르렀다. 10년만 유지한 후 철탑을 철거하기로 했다. 그러나 10년 후 에펠탑은 세계 최초로 라디오 전파를 쏘게 됨으로써 철거 신세를 면하게 되었다.

파란만장한 수난의 역사를 가진 에펠탑이었다. 그러나 오늘 에펠탑은 그 웅장한 자태를 뽐내면서 프랑스를 전 세계에 알리고 있다. 유유히 흐르는 세느강을 굽어보면서, 그리고 파리 시내를 내려다보면서, 그 위용을 자랑하고 있다.

에펠탑은 파리 시민의 자랑이 되었으며 프랑스 국민의 자존심이 되었다. 반대의 목소리를 높였던 파리 시민들은 지금 에펠탑을 바라보면서 감탄사를 연발하고 있다.

"오! 에펠탑이여! 어쩌면 쇳덩어리가 저렇게 아름다울 수 있을까?"

에펠탑이 세워진 후 인류는 교량을 철로써 만들기 시작했다. 말하자면 에펠탑은 인류 역사에 철(鐵)의 시대를 여는 효시가 되었다.

에펠탑은 프랑스를 세계 제1의 관광국으로 만드는 선구자 역할을 했다. 연 4,000만명의 관광객을 프랑스로 불러들이고 있으며 이는 프랑스의 부(富)를 창출하는 원천이 되고 있다.

2000년 1월 1일 0시 에펠탑에서 거행된 불꽃축제는 우리나라를 비롯한 전 세계에 생중계 되었다. 파리 시민들은 감격의 눈물을 흘렸다고 한다.

"우리의 에펠탑이여! 그대는 진정 우리 파리의 상징이며 자존심 이로다."

21세기는 문화시대다. 문화가 경쟁력이 되었다. 특히 지방문화가 경쟁력이 되었다. 그러나 많은 사람들은 아직도 이러한 시대적 흐름을 깨닫지 못하고 있다. 시대를 거꾸로 가려고 악을 쓰는 사람도 있다. 에펠탑이 세워질 때 파리 시민들이 철의 시대가 도래한 것을 깨닫지 못했듯이 말이다. 그리고 반대의 목소리를 높였듯이 말이다.

에펠탑이 "철의 시대"를 여는 효시가 되었듯이, 2006 경남고성공룡 세계엑스포는 "지방문화 시대"를 여는 효시가 될 것이다.

그러나 우리 군민들은 엑스포의 진정한 의미와 엑스포가 우리에게 가져다 줄 엄청난 경제적 효과에 대해 아직 잘 알지 못하고 있다. 당장 농로 포장해 주면 고마워한다. 마을 안길 포장해 주면 군수 잘한다고 칭찬한다.

농업은 현 상태로는 경쟁력이 없다. 그래서 농촌의 살림살이가 점점 어려워지고 있다. 그러다 보니 먼 안목을 가질 수 있는 여유가 없다. 군수가 엑스포에 모든 행정력을 쏟는다고 불평을 한다. 우선 눈앞에 보이는 어려움을 해결해 주지 않는다고 불만의 소리를 낸다.

공룡세계엑스포는 우리 고성과 경남의 에펠탑이 될 것이다. 프랑스 국민과 파리 시민이 에펠탑을 노래했듯이, 훗날 우리 고성군민과 경남도민은 공룡세계엑스포를 노래할 것이다.

에펠탑이 프랑스 국민과 파리 시민의 자존심이듯이, 공룡세계엑스포는 경남도민과 고성군민의 자존심이 될 것이다.

나폴레옹 3세는 전제군주였다. 그는 대포를 쏘면서 에펠탑을 세웠다. 그러나 나는 고성군민의 지지에 의해서 당선된 군수다. 나는 대포로써 엑스포를 치를 수는 없다. 공룡세계엑스포는 고성군민과 경남도민의 이해와 사랑 속에 치러져야 한다. 그렇게 될 수 있도록 우리 군민과 도민을 설득해 나갈 것이다. 힘들고 어렵더라도 군민과 도민의 이해를 구할 것이다.

엑스포의 주체가 군수인 내가 아니라 우리 고성군민, 경남 도민이 될 수 있도록 설득하고 이해시키는 노력을 아끼지 않을 것이다. 그 일이 힘들고 어렵더라도 내가 해야 할 일이라고 믿는다.

7

가장 성공적인 세계엑스포를 위하여

세계 최대높이(24m)의 고성공룡탑

세계3대 공룡박물관을 찾아가다

일본의 후쿠이 공룡박물관, 중국의 자공 공룡박물관, 캐나다의 로얄티렐 공룡박물관을 세계3대 공룡박물관이라 일컫는다. 우리가 공룡엑스포를 성공적으로 치러 내기 위해서는 이들 박물관과 교류를 하고 협조를 얻는 것이 중요했다. 그래서 엑스포 준비팀과 나는 이들 박물관을 방문할 계획을 세웠다.

우리가 제일 먼저 방문을 계획한 곳은 일본 후쿠이 공룡박물관이었다. 후쿠이 공룡박물관은 일본 후쿠이현 가츠야마시에 위치하고 있으며 "2000 후쿠이 세계공룡엑스포" 개최를 위해 건립된 박물관이다.

일본에서 발견된 화석의 80%를 차지하고 있는 후쿠이현은 일본에서도 잘 알려져 있지 않은 작은 현이었다. 그러나 엑스포 개최 이후 그 지명도가 급격히 부상했다고 한다.

나의 일본 방문에는 고성군청의 엑스포 준비팀, 군의원, 경남도청 문화관광국 직원, 문화관광부 국제관광과 직원이 함께 동행했다.

일본 영사관에서 우리의 일본 방문을 도와주었다. 후쿠이 공룡박물관이 소재하고 있는 가츠야마시의 시청에 도착한 시간은 오전 11시였다. 그런데 이게 웬일인가? 우리 일행은 깜짝 놀랐고 마치 꿈을 꾸는 것 같은 착각에 잠시 빠져들었다. 시청 앞에서부터 학생, 주민, 그리고 공무원들이 태극기와 일장기를 흔들며 우리를 참으로 뜨겁게(?) 맞아 주었다.

우리는 공식 회담을 가졌다. 나와 가츠야마 시장이 나란히 앉고 그 주위에 양국의 간부들이 앉았다. 가츠야마 시장은 따뜻한 마음으로 우리를 맞아 주었다.

"고성 군수님을 비롯한 여러분의 우리 시 방문을 진심으로 환영합니다. 공룡을 매체로 하여 우리 두 도시가 서로 협조할 수 있기를 간절히 소망합니다."

나도 깊은 감사의 마음을 전했다.

"시장님을 비롯한 여러분들의 따뜻한 환영에 대해서 감사를 드립니다. 1억년 전 고성의 공룡과 가츠야마시의 공룡은 한 대륙이었던 두 지역을 서로 오고갔을 것입니다. 오늘 이렇게 만난 우리 두 도시는 서로 가슴을 열고 대화하면서 협조하는 관계가 되기를 바랍니다."

후쿠이 공룡박물관은 400여억원의 예산을 들여 2000년 완공된 박물관이다. 박물관으로서 갖추어야 할 시설, 설비, 조직을 거의 완벽하게 갖추고 있었다. 무엇보다 정부의 공룡 연구, 자연사 연구에 대한 인식이 앞서 있음을 알 수 있었다. 공룡에 관한 세계적인 학자 아주마 박사가 이 박물관을 관리하면서 공룡연구팀을 이끌어 가고 있었다.

아주마 박사는 한국의 공룡학자들과도 자주 교류를 가진다고 말했다. 2006 경남고성공룡 세계엑스포에 관해서도 큰 관심을 가져주었으며 후쿠이 공룡박물관이 함께 참여하기로 합의했다. 아주마 박사는 그 후 두 차례나 고성을 방문했다.

다음 해, 우리는 세계3대 공룡박물관의 다른 두 곳을 방문하게 되었다. 중국 자공 공룡박물관과 캐나다 로얄티렐 공룡박물관 방문은 10일이라고 하는 많은 시간을 필요로 했다. 물론 이번 여행에서는 상해 자연사 박물관, 연길 자연사박물관, 미국의 LA자연사 박물관 방문도 포함되어 있었다.

먼저 우리는 중국의 자공시를 방문했다. 자공시는 인구 320만 도시였으며 공룡 이외에도 소금과 유등으로 유명했다.

자공시는 바다와 멀리 떨어져 있는 내륙지방이다. 그런데 지하에 많은 양의 소금이 매장되어 있으며 그 질도 아주 양질(良質)이라고 하는 사실에 놀라지 않을 수 없었다.

아주 오래 전 이 지역은 내륙이 아닌 바다였다고 한다. 커다란 지

각 변동이 있었고, 그 과정에서 자공시는 바다에서 육지로 변했다고
한다. 그리고 바다는 땅속 깊숙이 묻혀 버렸다고 한다. 지하에 있는
그 바다가 계속 소금을 생산해 내고 있다는 것이다.

자공시의 큰 자랑인 소금박물관은 소금을 지하로부터 처음 퍼올
리게 된 역사, 내륙 지방에 소금이 생성된 경위 등을 자세히 설명해
놓았다. 자공시 입장에서 보면 참으로 고마운 지각변동의 역사였다.

나는 혼자 생각했다.

"아! 지각변동이 그렇게도 되는구나. 우리 한반도와 일본열도가
한 대륙이었다는 것도 충분히 사실일 수 있겠구나. 지각변동에 의해
서 공룡이 멸종되었다는 학자들의 주장이 이제 이해가 되는구나."

우리는 자공 시장의 따뜻한 영접을 받았다. 중국식 건배를 나누면
서 우정을 다졌고 2006 경남고성공룡 세계엑스포에 자공 공룡박물
관이 동참하기로 합의했다. 중국의 자공 공룡박물관은 공룡뼈가 발
견된 장소에 세워져 있었다. 발굴과정을 그대로 보존하면서 박물관
을 지은 것이 아주 특징적이었다.

중국 방문을 끝낸 우리는 인천공항을 경유하여 캐나다로 향했다.
캐나다의 로얄티렐 공룡박물관은 드럼헬러시의 한쪽 끝, 공룡화석
이 발굴된 지역에 있었다. 드럼헬러시의 모든 건축물, 상징물들이
공룡을 소재로 하여 만들어져 있는 것이 특징적이었다. 로얄티렐 박
물관도 고성공룡 세계엑스포에 참여하기로 합의하고 양해각서에 서

명했다.

캐나다를 출발한 우리 일행은 복잡한 항공기 탑승 절차를 거쳐 미국으로 향했다. 공룡전문가 래리 마틴 교수를 만나는 것이 우리의 첫 미국 일정이었다. 마틴 교수는 2002년 8월 한국을 방문하여 고성 공룡발자국을 보고 감탄사를 연발했던 세계적인 공룡학자다. 마틴 교수와 우리는 LA에서 만나 공룡엑스포에 적극적으로 참여하기로 약속했다.

중국, 일본, 미국 등지의 유명한 자연사 박물관을 관람하면서 내가 느낀 것은 자연사 박물관의 주인공은 한결같이 공룡이라는 사실이었다. 자연사 박물관에 들어섰을 때 관람객을 제일 먼저 맞이하는 것은 거대한 공룡이었다. 우리 지구를 1억 5천만년 동안 지배한 동

중국 자공공룡박물관 방문시 자공시장과 함께

물이니 자연사박물관의 주인공이 될 충분한 자격이 있다는 생각을
했다.

2002년 발간된 "내셔널 지오그래픽(National Geographic)"에서는
우리는 지금 공룡연구의 르네상스 시대에 접어 들었다고 설명하고
있다. 1억 5천만년 동안 이 지구를 지배한 거대한 동물, 그 동물이
살아온 발자취를 더듬고, 사라지게 된 원인을 연구하는 것은 참으로
흥미 있는 일일 것이다.

우리 시대는 문화시대다. 자연사는 문화의 대표적인 테마다. 그
자연사의 주인공은 공룡이다. 그런데 우리나라에서는 아직 공룡 연
구의 중요성에 대한 인식이 많이 부족하다. 어린이들이 공룡에 대한
큰 관심을 가지고 있어 그나마 다행이다.

"어린이 여러분, 공룡에 많은 관심 가져 주시고 공룡을 사랑해 주
셔서 감사합니다."

나비와 공룡이 만나다

우리는 "나비와 공룡의 만남"이라는
역사적인 만남을 만들어 내었다.
작은 나비와 거대한 공룡, 오늘날의 나비와 1억년 전의 공룡,
호남의 나비와 영남의 공룡은 지역을 발전시키고 변화시키는
문화메신저의 역할을 하는 데 친구가 되기로 했다.

전남 함평의 나비축제에 관한 이야기는 군수로 당선되기 전부터 언론을 통해 많이 들었다. 작은 농촌군에서 성공적인 축제를 만들어 내었다고 언론이 모두 들떠 있었다. 가난한 농촌을 살리는 견인차 역할을 하고 있다며 칭찬이 이만저만이 아니었다.

이석형 함평군수는 나비축제를 성공시킴으로써 전국에 널리 알려지게 되었다. 물론 나와는 한 번도 만난 적이 없었다. 그러나 나는 이 분이 함평을 "신함평"으로 만들어 가고 있는 "신지식인"이라는 점에서 개인적으로 존경하고 있었다.

2003년 5월 1일은 일요일이었다. 나비축제 개막식에 참석하기 위해 아침 일찍 전남 함평을 향해 출발했다(지금까지 함평에는 한 번도

가본 적이 없었다). 성공적인 축제의 모습을 보기 위해서였다. 고성에서 자동차로 약 3시간 거리에 있는 함평까지의 길은 대부분 시골 길이었다.

함평에 들어서자 나비의 상징물들이 보이기 시작했다. 나비꽃밭, 나비전등, 나비동산, 나비승강장 등 함평 전체가 온통 나비 세상이었다. 하늘로 날아다니는 실제 나비는 보이지 않았지만.

함평군청에 도착하여 이 군수와의 첫 만남을 가졌다. 나는 이 군수의 안내를 받아 행사장을 둘러보게 되었다. 제5회 대회이니만큼 다섯 번의 준비과정을 거친 흔적이 역력했다. 성공적인 축제로 자리 매김하기까지에는 이 군수의 고독한 결단과 추진력이 함께 했음도 실감할 수 있었다. 함평군청 직원들의 노력과 땀방울이 영글어 있음도 피부로 느낄 수 있었다.

우리 고성의 거류산 나비는 나비학자들 사이에는 잘 알려져 있을 정도로 유명하다. 일본의 나비가 한반도로 건너와 거류산에 서식하면서 거류산 나비라고 하는 이름을 가지게 되었다고 한다. 그러나 함평군은 나비와는 특별한 관계가 없는 평범한 농촌이었다. 농업인구가 70%를 넘는 전형적인 농촌이었다.

함평군수로 당선된 이 군수는 함평의 큰 그림을 그리고 싶었다. 아무리 생각해도 경쟁력을 상실해 가고 있는 농업 자체에 함평의 승부를 걸 수는 없었다. 고민에 고민을 거듭한 끝에 이 군수는 나비라는 동물을 생각해 내었다.

"친환경의 대명사이며 어린이가 좋아하는 나비를 우리 함평의 테마로 정하자. 나비에 함평의 승부를 걸자.”

이 군수는 나비축제를 계획하게 되었다. 나비축제를 개최한다고
했을 때 군의회와 군민들의 반대가 없었느냐고 물어 보았다.

　“젊은 군수를 뽑아 놓으니까 이상한 짓을 한다.”
　“농사에 대해서는 아무 것도 모르니 저런 엉뚱한 축제나 계획을
　한다.”

온갖 소리가 군수의 귓전을 때렸다고 한다. 그러나 뚝심의 이 군
수는 이런 소리에 기죽지 않고 소신 있게 밀어 붙였다고 한다. 지금
은 군의회에서도 나비축제에 대해서 아주 호의적이라고 한다. 군민
들도 나비축제가 함평의 경쟁력을 향상시키는 문화산업임을 이해하
게 되었다고 한다. 나비넥타이를 만들고, 나비스카프를 만들고, 나
비쌀 상표를 사용하면서 군의 수익도 상당하다고 일러 주었다.
　“남이 하는 것을 따라 하면 아무것도 이룰 수 없다”는 진리를 함
평의 이 군수는 잘 알고 있었다. 남이 하지 않는 함평만의 특징을 살
려 함평을 상품화하자는 것이 이 군수의 전략이었다. 함평만의 특징
있는 문화적 자산을 만들어 내는 것이 함평의 경쟁력을 높이는 것임
을 그는 정확히 알고 있었다.
　그러나 불행하게도 함평에는 전국적으로 내세울 수 있는 그 어떤
문화적 자산도 존재하지 않았다. 함평 전체를 아무리 둘러보아도 산
과 들판 뿐이었다. 그래서 생각한 것이 나비였다. 무모하고 외로운

도전이었다.

나는 이 군수가 참으로 존경스러워 보였다.

"이 군수님, 고성에는 내세울 수 있는 문화적 자산으로 어떤 것이 있습니까?"

"우리 고성은 소가야의 옛 도읍지입니다. 지금도 성터와 고분군이 발굴되고 있답니다."

고성이 소가야의 옛 도읍지라는 나의 설명에 이 군수는 큰 관심을 기울이지 않았다. 오히려 소가야에 대한 더 이상의 설명을 제지하는 듯했다.

전남 함평군의 나비축제와 경남 고성군의 공룡축제가 결연을 맺은 후.
이석형 함평군수 일행과 함께

“그리고 다른 것은 없습니까?”

“고성오광대와 고성농요는 국가중요무형문화제 제7호와 제84호로서 우리 고성의 자랑입니다. 고성오광대는 국내는 물론 해외에서도 많은 공연을…”

“오광대와 농요로써 고성의 승부를 걸 수는 없습니다.”

이 군수는 나에게 결론부터 내려 주면서 말을 가로막았다.

“그리고 고성은 세계3대 공룡발자국 화석지로서 우리나라에서 공룡발자국이 처음으로 발견된 곳이며…”

“공룡은 전남 해남에서 승부를 걸고 있던데요.”

그는 또 다시 내 말을 가로막았다. 사실 해남에서는 우리보다 더 많은 국비를 지원받아 공룡발자국 화석지를 문화상품화하기 위한 투자를 하고 있는 중이었다.

나는 이 군수에게 고성 공룡의 우수성을 차근차근 설명했다. 고성의 공룡발자국은 역사적인 면에서나 학술적인 면에서 세계적으로 인정을 받고 있다는 사실, 미국 캔자스대학의 래리 마틴 교수가 한국을 방문하여 고성 공룡발자국의 학술적 가치를 크게 평가한 사실이 4대 일간지에 크게 보도된 사실, 초등학교 4학년 교과서에 고성의 공룡발자국과 고성지층이 무려 3페이지에 걸쳐 소개된 사실 등을 설명했다. 공룡은 어린이가 좋아하며 관심을 가지는 동물이라는 사실도 강조했다. 나의 이 말에 이 군수는 무릎을 쳤다.

"아, 그러면 '나비와 공룡의 만남'으로 하여 서로 협조하여 축제를 잘 만들어 나가도록 합시다."

이렇게 하여 함평의 나비축제와 고성의 공룡축제는 우리나라에서 처음으로 축제간의 결연을 맺게 되었다. 그 뒤 이석형 군수가 우리 군을 방문하였고 내가 함평군을 방문하였다. 우리는 "나비와 공룡의 만남"이라는 역사적인 만남을 만들어 내었다. 작은 나비와 거대한 공룡, 오늘날의 나비와 1억년 전의 공룡, 호남의 나비와 영남의 공룡은 지역을 발전시키고 변화시키는 문화메신저의 역할을 하는 데 친구가 되기로 했다.

드림팀이 떴다

이들은 드림팀이다.

축구국가 대표 드림팀이 멋있는 골을 넣듯이,

탁구 남녀복식조 드림팀이 환상의 콤비를 이루듯이,

우리 드림팀은

멋있는 골을 넣고 환상의 콤비를 이룰 것이다.

"엑스포 드림팀 떴다."

2004년 5월 20일 발행된 고성신문 1면 기사 제목이었다. 그리고 5월 17일자로 발령받은 26명의 엑스포 사무국 직원을 설명했다.

드림팀이라고 하는 말은 운동경기에서 가끔씩 들어본 말이었다. 국가대표 축구팀이 이상적으로 아주 잘 구성되었을 때, 남녀 혼합복식 탁구대표팀이 환상의 콤비를 이루었을 때, 그 팀을 우리는 드림팀이라고 불렀다. 드림팀이라는 말은 손발이 아주 잘 맞고 서로 멋있게 조화를 이루는 이상적인 팀을 일컫는 말이다. 드림팀이라고 하는 그 말을 고성신문은 엑스포 사무국 팀에 붙여 주었다.

어렵게, 정말 어렵게, 행정자치부로부터 엑스포 사무국 정원을 승인받았으며 26명을 발령하기에 이르렀다.

엑스포 팀은 "2006 경남고성공룡 세계엑스포"를 준비하는 특수팀으로서의 역할을 할 것이다. 그 과정에서 말할 수 없는 온갖 어려움을 겪을 것이다. 좌절감도 느끼게 될 것이다. 그러나 나는 이들 26명을 믿는다. 반드시 엑스포 성공의 고지에 도달할 것이라고.

나는 우리 엑스포 직원들을 바라보면서 최종진 선생의 "행진(두꺼비)"이라는 시를 떠올렸다.

> "이 길 지나 웅덩이까지
> 온 힘을 다하여 앞으로 가네
>
> 차들 빠르게 달리는데
> 아그작 아그작 떼지어 가네
>
> 깔려죽는 동료를 넘어
> 두 눈 부릅뜨고 기어이 가네"

"우리 엑스포 팀은 온 힘을 다하여 달릴 것이다. 우리 앞에는 위험도 따를 것이다. 희생당하는 동료도 있을 수 있을 것이다. 그러나 우리는 두 눈 부릅뜨고 기어이 엑스포 성공의 고지를 점령할 것이다."

이것이 우리 엑스포 팀의 굳은 각오라고 나는 생각한다.

우리 조직에 중요하지 않은 부서가 어디 있겠는가? 모든 부서가

저마다의 역할을 하고 있다. 서로의 역할이 다를 뿐 모든 부서가 중
요하다. 우리 몸의 모든 부분이 중요하듯이, 우리 조직 역시 모두 중
요하다. 그래서 나는 자기 부서가, 자기 보직이, 자기 위치가, 중요
한 부서가 되고 중요한 보직이 되고 중요한 위치가 될 수 있도록 창
의적인 자세로 일하라고 늘 강조해 왔다.

농구선수에게는 볼을 잘 던질 수 있는 팔이 중요하다. 마라톤 선
수는 심폐기능이 튼튼해야 한다. 축구선수에게는 멀리 그리고 정확
하게 볼을 보낼 수 있는 다리가 중요하다. 작가에게는 무한한 상상
력을 발휘할 수 있는 두뇌가 중요하다.

그러나 무슨 일을 하든 가슴, 머리, 팔, 다리, 위 등 모든 신체 부
위가 결코 무시할 수 없는 부분들이다. 농구선수가 볼을 잘 던질 수
있는 팔만 있어서는 안 될 것이다. 볼을 잘 던지기 위해서는 가슴,
머리, 팔, 다리, 위 등이 모두 튼튼해야 하기 때문이다. 어느 부분에
승부를 거느냐 하는 것이 개인마다 다를 뿐이다. 농구선수는 볼을
잘 던지는 것에 승부를 거는 것이 다를 뿐이다.

우리 고성은 문화부분인 공룡엑스포에 승부를 걸었다. 그러나 다
른 부분도 모두 중요하다. 농구선수가 팔만 튼튼해서는 안 되듯이,
엑스포 팀만 튼튼해서는 안 된다.

운동선수가 훌륭한 경기를 하기 위해서는 몸의 모든 부위가 튼튼
해야 한다. 특히 위장이 튼튼해야 한다. 위장은 온 몸을 튼튼하게 하
기 위해서 가장 중요한 신체 부위이기 때문이다. 마찬가지로 우리
고성이 엑스포를 성공시키기 위해서는 우리 고성의 위장에 해당되
는 농업부분이 튼튼해야 한다. 농업기술센터가 제 역할과 기능을 충

실히 해야 엑스포가 성공할 수 있다고 내가 강조하는 이유가 바로
여기에 있다.

26명의 엑스포 팀! 고성신문에서 드림팀이라 불렀던 그들! 엑스포
사무국 직원을 발령내면서 나는 많은 고심을 했다. 엑스포 팀을 어
떻게 구성할 것인가? 엑스포의 승패가 달린 문제였다. 먼저 문화관
광과장으로 있는 토목직 빈영호 과장을 엑스포 운영사업부장으로
내정했다. 문화관광과장으로 발령받아 근무하면서 우리 시대에 문
화사업이 얼마나 중요한가를 충분히 느끼고 배운 사람이다. 성격이
차분하며 매사에 빈틈이 없는 사람이다.

문제는 총괄기획부장으로 누구를 임명하느냐였다. 운영사업부장
이 차분하고 빈틈없는 성격의 소유자라고 하면 총괄기획부장은 추
진력 있는 사람이 좋겠다고 생각했다. 또한 홍보의 중요성을 충분히
인식하는 사람이 좋겠다고 생각했다. 경남도, 중앙부처와의 협조관
계를 원만하게 해 나갈 수 있는 사람이 좋겠다고 생각했다.

사회복지과장인 이지환 과장을 생각했다. 도에서 파견되어 온 공
무원이었다. 일에 대한 열정, 추진력이 뛰어나고 도청과의 연결도
무난할 것이라고 생각했다.

이지환 과장을 집무실로 불렀다.

"이 과장, 엑스포 팀에서 일해 주게. 엑스포를 한번 멋있게 성공
시켜 보자. 힘들지만 보람있는 일이 될 거야."

이 과장은 전혀 예상치 못한 내 제의에 어쩔 줄 몰라했다. 당황하

는 눈빛이 역력했다.

　"군수님, 저는 엑스포를 주도적으로 치러 나갈 수 없습니다. 제가 엑스포를 치르는 것은 현실적으로 어렵다고 생각합니다. 옆에서 적극적으로 협조하겠습니다."

거절의 의사가 너무도 분명했다. 그냥 한번 해보는 말이 아니었다. 이 과장의 뜻을 꺾을 수 없었다.
나는 며칠 후 이 과장을 다시 불렀다.

　"이 과장, 다시 한 번 생각해 보게. 나 좀 도와주게."

그러나 이 과장의 대답은 변함없었다.

　"저는 이 지역 출신이 아닙니다. 고성 출신으로 하시는 것이 좋을 것 같습니다. 타 지역 출신인 제가 엑스포를 주도적으로 이끌어 나가기는 어렵습니다."

며칠 후 나는 다시 이 과장과 마주 앉았다. 세 번째 시도였다. 그러나 이 과장의 태도에는 변함이 없었다.

　"옆에서 최선을 다해 도와드리겠습니다. 그러나 제가 엑스포 사무국에서 주도적인 역할을 하기에는…."

나는 내 자신도 모르게 버력 화를 내고 말았다.

"아니, 이 과장, 내게 이렇게 할 수 있어? 내 마음을 이렇게 몰라 주는 거야?"

이 과장은 내가 이렇게 화를 낼 것이라고는 전혀 생각을 못했던 것 같았다. 어쩔 줄 몰라 했다.

"군수님, 그게 아니라… 제가 군수님께….."

채 말을 잇지 못했다. 군수가 과장 앞에서 세 번을 부탁했고, 그것을 거절한 과장, 그리고 화를 낸 군수, 한참의 침묵이 흘렀다. 이 과장이 드디어 입을 열었다.

"군수님, 열심히 하겠습니다. 대신 직원은 제가 추천할 수 있도록 허락해 주십시오."

이렇게 해서 엑스포 팀의 두 부장은 빈영호와 이지환으로 결정되었다. 직원은 두 사람의 추천에 의해서 구성되었다. 이들은 드림팀이다. 축구국가 대표 드림팀이 멋있는 골을 넣듯이, 탁구 남녀복식조 드림팀이 환상의 콤비를 이루듯이, 우리 드림팀은 멋있는 골을 넣고 환상의 콤비를 이룰 것이다.

주춧돌이 사라지다

지난 1년간 그는 무(無)에서 유(有)를 창조해 내었다.
국가축제에서 탈락된 공룡을 국제축제로
이끌어 내는 수훈을 세웠다.
중앙부처에 근무하는 공무원들도
그의 열정에 감동했다는 생각이 들었다.

엑스포 사무국은 행사장인 당항포에 그 터를 잡았다. 경남 110년사 최초의 세계엑스포, 우리나라 최초의 자연사 엑스포를 준비해야 하는 직원들로서는 대단한 각오가 필요했다.

언론에서는 "엑스포팀"을 "드림팀"이라 불렀다. 차분한 성격의 토목직 사무관 빈영호 운영사업부장, 추진력이 강한 행정직 사무관 이지환 부장, 이 두 사람이 이끄는 26명의 직원은 내가 보기에도 드림팀이라 부르기에 부끄러움이 없다는 생각을 했다.

2004년 6월 19일부터 이틀 동안 국제친선연맹(IFC)의 협조로 엑스포 홍보를 위한 주한 외교사절단 및 특파원 팸투어(Fam Tour) 일정을 가지게 되었다. 그런데 행사의 준비 및 진행이 나를 많이 실망시켰다. 내용을 파악해 보니, 엑스포팀 내 직원들 간의 협조가 잘 이루어지지 않았으며 정보 공유도 제대로 되어 있지 않았다.

드림팀이라 불리는 엑스포팀이 이런 방식으로 일을 해서는 안 된다고 생각했다. 혹시 엑스포팀 직원들이 지나치게 자만심에 빠져 있는 것은 아닌가 하는 생각도 해보았다. 나는 이번 행사의 잘못된 준비 및 진행이 앞으로 교훈이 되기를 바라면서 직원들을 많이 나무랐다.

그런데 팸투어단의 고성 방문 행사 후유증은 생각보다 컸다. 엑스포 계획 단계에서 많은 고생을 했던 김용화 팀장이 사직서를 내었다. 이번 팸투어단 행사는 김용화 팀장이 주도적으로 했다. 내게서 받은 강한 질책에 마음이 상했는가 싶어 내 마음이 편하지 못했다.

지난 1년 동안 엑스포 준비를 위해 혼신의 힘을 다해 온 김 팀장이었다. 나는 김 팀장이 마음을 다시 가다듬고 본연의 업무로 돌아와 주기를 바랐다. 그가 가지고 있는 특유의 추진력으로 엑스포 업무를 추진시켜 주기를 바랐다.

그런데 상황은 내 기대대로 진행되지 않았다. 김 팀장이 나를 찾아왔다.

"군수님, 사직서를 제출했습니다."

나는 그를 달래기보다 오히려 책망했다.

"이 사람아, 겨우 이 정도가 김용화인가? 내가 자네를 믿고 이 중요한 일을 맡겼네. 지난 1년 동안 얼마나 많은 시련이 있었던가? 앞으로 더 많은 시련이 있을 것이네. 그래, 겨우 이 정도의 질책에, 이 정도의 일에, 마음이 상해서 직장을 그만 둔단 말인가?"

"아닙니다. 군수님께 불만이 있어서가 아닙니다. 엑스포팀에 불만이 있어서도 아닙니다. 사실은 제가 오래 전부터 계획해 온 제 나름대로의 할 일이 있습니다. 이제 그 일을 할 때가 되었다는 생각이 듭니다."

김용화 팀장은 남다른 추진력이 있는 직원이었다. 모든 면에서 보통 사람과는 다른 독특한 시각을 가진 개성 있는 직원이었다. 그래서 동료 직원 또는 상급자와 약간의 마찰을 일으키는 경우도 있었다. 생각이 너무 앞서가기 때문에 요즘 유행하는 말로 다른 사람과 코드를 맞추어 내지 못하기 때문이었다. 그래서 나는 그에게 이런 말을 해주었다.

"이 사람아, 보통 사람보다 두세 발자국 앞서 가야 하네. 열 발자국 앞서 가면 남들이 따라오지 못할 뿐만 아니라 자네를 오히려 돈키호테식으로 취급해 버릴 수도 있네."

나는 김용화 팀장을 흙속에 묻힌 진주라 생각해 왔다. 일에 대한 그의 추진력은 타의 추종을 불허했다. 그의 창의력은 현실 안주에 물들어 있는 우리 공무원 사회에서는 보석과 같은 것이었다. 단지 그의 재능과 열정을 어떻게 잘 활용하는가 하는 것이 문제라고 생각했다. 그래서 나는 면사무소에 근무하는 그를 고성의 최대 역점사업부서인 엑스포팀에 발탁하게 되었다.

지난 1년간 그는 무(無)에서 유(有)를 창조해 내었다. 국가축제에서 탈락된 공룡을 국제축제로 이끌어 내는 수훈을 세웠다. 중앙부처에 근무하는 공무원들도 그의 열정에 감동했다는 생각이 들었다. 면사무소에 근무하던 6급 지방직 공무원이 행자부, 문화관광부, 국무조정실, 기획예산처 등 중앙부처의 3급, 4급 공무원들을 만나면서 그만이 가지고 있는 특유의 열정을 유감없이 발휘했다. 그 결과 고성공룡세계엑스포는 정부로부터 당당하게 국제행사로 승인을 받게 된 것이다. 국가축제 탈락의 수모를 국제축제 승인으로 만회해 내는 역전의 드라마를 연출했다.

그런 김 팀장이 사직서를 제출했다. 내 개인이나 엑스포팀에 불만이 있어서가 아니라 개인적인 일이라 했다. 부부도 싸울 수 있다. 하물며 직장에서 일을 하다 보면 약간의 갈등은 있을 수 있는 일이다. 그러나 사직서를 제출하는 것은 함부로 할 수 있는 일은 결코 아니다. "세계엑스포라고 하는 큰일을 앞에 두고 주무팀장이 어떻게 이렇게 함부로 사직서를 던질 수 있는가?" 하고 생각하니 안타까울 뿐이었다.

직속상관인 이지환 총괄기획부장이 몇 번이고 만류했다. 가지고 온 사직서를 찢어 버리기까지 했다. 그러나 김 팀장에 관한 소문은 우리 직원들 사이에 널리 퍼져 더 이상 수습할 수 없는 지경에까지 이르렀다. 그의 사직서는 접수되었고 처리되었다.

김용화 팀장은 2006 경남고성공룡 세계엑스포의 주춧돌을 만들어 놓았다. 아무 것도 없는 허허벌판에 터를 닦고, 바닥을 다지고,

주춧돌까지 놓았다. 아무도 할 수 없는 일을 그는 해내었다. 나는 그가 엑스포를 성공리에 마무리 짓는 대역사의 주인공이 되기를 간절히 바랐다. 엑스포가 끝난 후 그와 함께 기쁨의 눈물을 흘리고 싶었다. 그러나 그는 엑스포를 향해 가는 길에 놓여 있는 많고도 많은 장애물들을 모두 남겨 놓은 채 홀홀히 떠났다.

나는 믿는다. 김 팀장은 공무원 사회보다 훨씬 더 넓은 사회에서 그의 멋진 포부를 펼칠 수 있을 것으로 믿는다. 그에게 우리 공무원 사회는 너무 좁은 무대였는지도 모른다. 그의 말대로 그에게는 해야 할 일이 있을 것이다. 단지 그 시기를 잡지 못하고 현실에 머물러 있었을 것이다.

또 다른 세계에서 창의력을 발휘하고 정열을 불태운다면 그는 새로운 분야의 선도자가 될 것이라 믿는다. 그의 앞날에 행운을 빈다.

내가 할 일은 그가 놓아준 이 엑스포 주춧돌이 헛되지 않도록 튼튼한 집을 지어 엑스포를 반드시 성공시키는 일이다. 그도 우리 엑스포의 성공을 기원하고 있을 것이다.

공룡세계엑스포는 마라톤이다

나는 어릴 적부터 달리기에 소질이 있었다. 친구들 사이에서는 달리기 잘하는 학생으로 불리어질 정도였다. 100m에 12초 가까이 뛰었으니 프로선수는 되지 못해도 시골학교 운동회에서는 나름대로 실력을 발휘할 수 있었다. 그래서 늘 학교 대표선수로 뽑혀서 여러 대회에 출전하여 상을 받기도 했다.

내 달리기 실력은 해군사관학교에 입학하여 본격적으로 그 진가를 발휘하기 시작했다. 1971년 가입교 훈련시절, 2월의 진해 앞바다 추위는 살을 에는 듯했다. 그 추위 속에서 우리는 M1 소총을 자식처럼 소중히 가슴에 안고 달리고 또 달렸다. 해군사관학교 연병장을 수도 없이 달렸다. 진해 시내를 누비고 달리면서 해군가를 힘차게 불렀다.

나는 원래 건강 체질이 아니었다. 그런데도 달리는 것에는 어느 누구에게도 뒤지지 않았다. 오랫동안 달리면 건장한 체격의 친구들도 체력의 한계를 느끼면서 넘어지곤 했다. 나는 동료 생도의 M1 소총까지 받아 뛰기도 했다. 어떤 경우에는 3개 또는 4개의 소총을 들고 뛰기도 했다.

해군사관학교에서는 매년 6월 6일 현충일날 마라톤 대회를 한다. 해군사관학교에서 작전사령부 입구까지 갔다 오는 마라톤 거리는 하프코스 정도 되는 것으로 기억이 된다. 6월의 더운 날씨에 죽기를 각오하고 달리는 마라톤이었다.

이 마라톤은 개인 기록도 중요하지만 각 중대별로 성적이 매겨지게 되며 명예중대 결정에 크게 반영되었다. 따라서 마라톤 동호인들처럼 즐기는 마라톤이 아니라 마치 전쟁을 치르듯이 하는 마라톤이었다. 입에서 초콜릿 같은 거품을 내면서 헛소리를 하는 생도도 있었다. 이 마라톤 대회에서 나는 꼭 1등이나 2등을 했다.

마라톤은 자기 자신의 몸 관리가 완전하게 되어 있지 않으면 완주가 불가능한 경기다. 따라서 마라톤에 참가하여 완주한다는 것은 그만큼 건강하다는 것을 의미한다. 자기 자신의 몸 관리가 완벽하다는 의미다. 건강한 신체를 가졌다는 것을 증명해 준다.

의지가 강하지 않은 사람은 마라톤을 완주할 수 없다. 처음 출발하여 결승점에 도착할 때까지 자기 자신과 극한투쟁을 계속해야 하기 때문이다. 왜 출발했는지 후회를 하기도 한다. 당장 포기하고 싶은 생각이 간절할 때가 있다. 몸이 쓰러질 것 같다. 호흡이 정지될 것 같은 느낌이 든다. 한 발자국 옮기는 것이 천근만근처럼 무겁게 느껴진다. 그러나 그 모든 것을 극복하면서 한 발자국 한 발자국 옮긴 결과가 마라톤의 완주다. 혀를 깨물어 가며 견뎌낸 강력한 의지의 결과 마라토너에게 주어진 월계관이 완주다. 완주는 결코 편안하게 그리고 쉽게 얻어진 것이 아니다. 그래서 마라톤 완주는 아무나 할 수 있는 쉬운 것이 아닌 것이다.

마라톤을 완주하기까지에는 몇 번의 고비가 있다. 이 고비의 순간에는 정말 주저앉고 싶은 마음, 포기하고 싶은 마음밖에 없다. 온 세상이 싫어질 정도다. 이 고비를 넘기는 것이 중요하다. 자기 자신과의 극한투쟁이 있어야 한다. 혀를 깨무는 의지가 있어야 이 고비를 넘길 수 있다.

마라톤을 올림픽의 꽃이라고 일컫는다. 어떤 경기의 금메달보다 마라톤의 금메달은 귀하고 가치 있다. 마라톤은 그 어떤 경기보다 힘들고 고되기 때문에 그 영광 또한 큰 것이다.

마라톤을 중도에 포기하게 되면 건강에 자신이 없어질 뿐만 아니라 모든 일에 자신감을 상실하게 된다. 그 반대로 마라톤을 완주하고 나면 건강에 자신이 생길 뿐만 아니라 모든 일에 자신이 생기게 된다. 어떤 난관도 극복할 수 있다는, 어떤 어려움도 헤쳐 나갈 수 있다는 용기가 생기게 된다. 일에 임하는 태도가 수동적인 것에서 능동적인 것으로 바뀌게 된다. 난관에 봉착했을 때, 어려움에 처했을 때 포기하지 않고 견뎌내는 인내심도 생기게 된다.

마라톤은 이처럼 어렵고 힘들지만 우리에게 중요하고 가치 있는 스포츠다. 우리 인생을 살찌게 하고 윤택하게 하는 스포츠다. 마라톤을 할 때는 정말 최선을 다해야 한다. 혼을 바쳐야 한다. 마라톤을 할 때는 몸에 걸쳐 있는 작은 실오라기도 무겁게 느껴진다. 그래서 마라톤을 출발할 때는 몸에 걸치고 있는 장식물을 모두 벗어 버려야 한다. 잡념도 떨쳐 버려야 한다.

우리가 계획하고 있는 경남고성공룡 세계엑스포는 문화 분야에서의 마라톤이다. 고성을 살찌게 하고 윤택하게 하기 위한 마라톤이다. 고성을 작은 농촌군에서 세계 속의 도시로 만드는 대역사다. 고성을 "경남고성"에서 "세계고성"으로 바꾸는 대하드라마다. 이 엑스포가 성공하면 고성군민들은 무엇이든 해낼 수 있다는 자신감을 가지게 될 것이다. 고성도 발전할 수 있다는 자신감을 가지게 될 것이다. 작은 농촌군에서 엄청난 국제행사를 성공시켰다고 하는 뿌듯한 자부심을 가지게 될 것이다.

마라톤이 올림픽의 꽃이듯이, 엑스포는 모든 문화산업의 꽃이다. 마라톤이 축구, 농구, 배구, 야구, 핸드볼 등 올림픽의 다른 모든 종목을 대표한 대표종목이듯이, 엑스포는 지금 우리 고성이 계획하고 있는 다른 문화산업, 즉 마라톤 코스 개발, 골프장 건설, 요트장 건설, 엄홍길 등산로 개발, 바이오스포츠로드 건설 등을 대표하는 대표산업이 될 것이다.

마라톤은 그 준비과정과 경기과정이 다른 경기에 비해 훨씬 더 힘들고 어렵다. 마찬가지로, 엑스포는 유치에서부터 준비, 성공에 이르기까지 힘난하고 가파른 길이었다. 왜 이 일을 시작했는가 하는 후회를 할 때가 한두 번이 아니었다. 그만 두고 싶은 생각이 몇 번이나 들었다.

그러나 마라톤 완주가 가지는 의미를 생각하면서 마음을 추스르고 다잡아 간다. 마라톤 선수가 자기 자신과의 싸움을 이겨 나가듯이, 나도 내 자신과 힘든 투쟁을 해 나가고 있다.

올림픽에 참가한 마라톤 선수에게 필요한 것은 온 국민의 뜨거운 응원이다. 42.195km를 달리는 그 멀고도 먼 거리에서 자신과 싸워야 한다. 그 싸움에서 국민의 뜨거운 응원은 용기를 준다. 태극기를 흔들면서 "파이팅"을 외치는 국민들의 응원은 힘을 생기게 한다. 꼭 영광의 월계관을 국민에게 바쳐야 하겠다는 각오를 다지게 한다.

공룡세계엑스포는 우리 고성군민이 함께 참여하는 국제 마라톤 경기다. 우리 군민은 모두 힘을 합쳐야 한다. 우리 군민이 하나 될 때 공룡세계엑스포는 고성 역사에 빛나는 금자탑을 쌓을 수 있을 것이다.

군민이 주체가 된다

1863년 11월 19일 미국의 제16대 대통령 에이브러햄 링컨은 남북전쟁의 전환점이 된 혈전지 게티스버그를 방문한다. 전몰자를 위한 국립묘지 봉헌식에 참석하기 위해서다. 여기서 링컨은 역사적인 연설을 한다. 불과 266단어로 된 2분간의 짧은 연설이었다. 그러나 이 짧은 연설은 미국 역사의 기념비적 연설로 널리 알려져 있다. 링컨의 연설은 "국민의, 국민에 의한, 국민을 위한 정부(Government of the people, by the people, for the people)"를 강조하는 내용이었다.

중앙정부든, 지방정부든 링컨이 말한 이 대원칙은 똑같이 적용된다고 생각한다. 우리 고성군의 행정도 군민의, 군민에 의한, 군민을 위한 행정이어야 할 것이다. 우리 고성군이 역점 사업으로 추진하고

있는 공룡엑스포도 군민의, 군민에 의한, 군민을 위한 엑스포여야
할 것이다. 군민의, 군민에 의한, 군민을 위한 엑스포를 한 마디로
요약한다면 "군민주체형 엑스포"라고 표현할 수 있을 것이다.

먼저, 2006 경남고성공룡 세계엑스포는 "고성군민의" 엑스포여
야 한다. 군수인 나만의 엑스포가 되어서는 안 된다. 우리 직원들만
의 엑스포가 되어서도 안된다. 나와 우리 직원들과 6만 고성군민과
35만 출향인사 모두의 엑스포여야 한다.

두 번째로, 2006 경남고성공룡 세계엑스포는 "고성군민에 의한"
엑스포여야 한다. 즉 고성군민에 의해서 치러지는 엑스포여야 한다
는 뜻이다. 군수 혼자서 치르는 엑스포가 되어서는 안 된다. 우리 직
원들 만에 의해서 치러지는 엑스포가 되어서도 안 된다. 군수와 우
리 직원과 6만 군민과 35만 출향인사 모두에 의해서 치러지는 엑스
포여야 한다.

세 번째로, 2006 경남고성공룡 세계엑스포는 "고성군민을 위한"
엑스포여야 한다. 특정인, 특정계층을 위한 엑스포가 아닌, 모든 고
성군민을 위한 엑스포여야 한다.

어떤 사람은 이런 이야기를 한다.

"2006년에 개최되는 공룡엑스포는 이학렬 군수의 정치적 승부수
다. 여기서 성공하면 이학렬 군수는 전국적 인물이 될 것이다. 만일
실패하면 이학렬 군수의 정치적 입지는 크게 약화될 것이다."

이 말을 전적으로 부인하고 싶지는 않다. 공룡엑스포가 성공하면

내가 전국적 인물이 될 수 있을지도 모른다. 그러나 이 말은 공룡엑스포가 "군민주체형 엑스포" 즉 "군민의" "군민에 의한" "군민을 위한" 엑스포임을 모르고 하는 말이다.

이렇게 말하는 사람들은 엑스포를 유치하기 위해서 내가 얼마나 많은 고충을 겪었는지 모르는 사람들이다. 말로 표현하기조차 힘든 온갖 어려운 과정을 거치면서 엑스포를 유치한 내 진심을 모르는 사람들이다. 너무 힘들고 고통스러워 중도에 포기하고 싶은 마음이 몇 번이나 들었는지 그 과정을 모르는 사람들이다.

나는 30년 가까이 해군사관생도를 가르치는 일에 전념한 사람이다. 정치에는 그야말로 초년생이다. 공룡엑스포에 정치적 승부를 걸 정도의 정치승부사는 아직 아니다. 만일 공룡엑스포가 내 정치적 승부수였다고 하면 유치과정에서 너무 힘들고 고통스러워 포기하고 말았을 것이다.

군수로 취임한 후 나는 우리 고성이 처한 어려운 현실을 뼈저리게 느꼈다. 농업은 경쟁력을 상실해 가고 있고, 젊은이들은 고성을 떠나고 있고, 고성지역의 교육환경은 갈수록 열악해져 가고 있고, 고성의 인구는 점점 줄어들고 있었다.

"이처럼 어려움에 처해 있는 고성을 잘사는 고성으로 바꾸기 위해서 내가 해야 할 일이 무엇인가?"

내 고민은 태산 같았다. 밤잠을 설쳤다.
다음 선거만 생각한다면, 즉 군수라는 자리에만 관심이 있었다고 하면 이처럼 어렵고 힘든 고민을 할 필요가 없었다. 밤잠을 설쳐야 할 이유도 없었다. 마을마다 찾아다니면서 작은 민원들, 예를 들면 도로포장, 농로포장, 배수로 정비 등과 같은 문제를 해결해 주면서 생색내면 다음 선거에서 당선은 무난할 것이다. 군민들은 나더러 일 잘하는 군수라고 칭찬할 것이다. 서민을 보살피는 서민군수라고 소문을 낼 것이다.

이처럼 내가 다음 선거를 준비하면서 행정을 펼쳐 나가게 되면 나는 아주 편할 것이다. 그러나 고성은 대단히 어려운 위기의 상황에 빠져들고 말 것이다. 고성 농업의 경쟁력은 크게 줄어들고, 교육환경은 더욱 나빠지고, 일자리와 인구는 계속 감소하게 될 것이다. 고성은 망망대해에서 방향 잃고 표류하고 있는 선박과 같은 신세가 되고 말 것이다. 고성은 치열한 지방경쟁에서 영원히 뒤쳐지고 말 것이다.

나는 군수포괄사업비를 읍면장들에게 모두 주어 버렸다. 해당지역 군의원과 상의하여 주민 숙원사업을 해결하는 데 사용하도록 했다. 어찌 보면 내가 바보라는 생각까지도 들었다. 내가 100% 생색내면서 사용할 수 있도록 법으로 보장되어 있는 예산을 읍면장들과 군의원들에게 주어 버리니 말이다. 그러나 읍면의 주민 숙원사업은 나보다 읍면장들과 군의원들이 훨씬 더 잘 알고 있다는 것이 내 생각이었다.

군수는 고성호의 선장이다. 고성호가 항해할 정확한 방향을 제시하고, 효율적인 항해가 될 수 있도록 하는 것이 선장의 역할이다. 그래서 고성호가 원하는 항구에 도착할 수 있도록 모든 책임을 지는 것이 군수의 임무다. 주방의 문제는 주방장이 책임질 것이며, 기관실의 문제는 기관장이 책임질 것이고, 갑판 관리는 갑판장이 책임질 것이다. 선장이 주방일까지 간섭하고, 기관실의 사소한 문제까지 챙기고, 갑판 관리까지 신경쓰게 되면, 고성호는 엉뚱한 방향으로 가 버릴 수도 있다. 선장은 주방장과 기관장을 믿어야 하고 갑판장을 믿어야 한다. 마찬가지로, 고성호의 선장인 나는 우리 실, 과장들과 읍면장들을 믿어야 한다.

목적지 항구에 무사히 도착하기 위해서는 선장 혼자의 힘만으로는 안 된다. 승무원들이 최선을 다해 각자 맡은 일을 수행해야 한다. 승객들 또한 안전항해, 효율항해가 될 수 있도록 힘을 합해야 한다. 고성호가 꿈의 종착 항구에 도달하게 되면 그 열매를 선장이 전부 가지는 것이 아니라 승무원과 승객들이 함께 나누어 가지게 될 것이다.

엑스포가 성공하기 위해서는 승객인 군민들이 힘을 합해야 한다. 고성군의 농·수·축산인 단체, 여러 사회단체, 봉사단체, 학교, 종교단체, 언론이 힘을 합해야 한다.

2006 경남고성공룡 세계엑스포는 "군민의 엑스포"여야 한다. "군민에 의한 엑스포"여야 한다. "군민을 위한" 엑스포여야 한다. 이것이 바로 "군민참여형 엑스포"를 넘어 "군민주제형 엑스포"다.

2006 경남고성공룡 세계엑스포는 군민이 주체가 되고 군민이 참여하여 성공시키는 우리나라 최초의 엑스포가 될 것이다. 그렇게 될 때 우리 고성은 전국에서, 아니 전세계에서 가장 앞서가는 지방자치군이 될 것이다.

8

왜 엑스포를 유치하여 생고생을 합니까

미국의 공룡 전문가 래리 마틴 교수가 2006 경남고성공룡세계엑스포에 참여키로 협약

유리창론

더러운 유리창을 닦다가 실수로 유리창을
깨뜨리는 사람은 저는 용서할 것입니다.
그러나 더러운 유리창을 보고도
닦으려고 시도조차 하지 않는 사람은
저는 용서하지 않을 것입니다.

나는 취임사에서 우리 직원들에게 강조했다.

"존경하는 공무원 여러분,

저는 모든 일에 능동적이고 적극적이고 창의적인 공무원을 좋아
합니다. 반면 수동적이고 소극적이고 무사안일의 사고에 젖어 있는
공무원을 저는 좋아하지 않습니다.

더러운 유리창을 닦다가 실수로 유리창을 깨뜨리는 사람은 저는
용서할 것입니다. 그러나 더러운 유리창을 보고도 닦으려고 시도조
차 하지 않는 사람은 저는 용서하지 않을 것입니다.

신고성건설을 위해 저와 함께 고민하고 열심히 땀 흘리는 공무원

여러분이 되어 주시기 바랍니다."

더러운 유리창을 닦다가 실수로 유리창을 깨뜨리는 직원은 용서할 수 있지만 유리창이 깨어질 것을 두려워하여 유리창을 닦으려고 시도조차 하지 않는 직원은 결코 용서하지 않겠다는 나의 이 결연한 취임사는 우리 직원들에게 적지 않은 충격을 주었다. 그 뒤 이 내용은 "유리창론"으로 불리어지면서 능동적이고 적극적인 업무 자세를 강조하는 대명사가 되었다.

우리 공무원 사회는 한때 가장 효율적인 집단으로 평가받았다. 그리고 공무원은 업무상 행위로 인해서 신분상 불이익을 받지 않도록 법으로 규정하여 소신있게 일할 수 있도록 했다. 일반 회사에서도 공무원 조직으로부터 많은 것을 배우려고 노력했다. 공무원 사회는 선진화되고 경쟁력 있는 사회로 인정받았다. 공무원으로 근무한다는 것은 대단히 자랑스러운 일로 여겨졌다.

그런데 지금 우리 공무원 조직은 어떠한가? 가장 경쟁력 있는 조직인가? 소신있게 일할 수 있도록 하기 위해서 신분상 불이익을 받지 않도록 보장해 놓았는데, 그 신분상 보장이 무소신과 복지부동의 장치로 되어 버린 오늘의 현실이다.

소신을 가질 필요 없이, 지시받는 일만 하면 법적으로 신분이 보장되어 있는데 굳이 소신있게, 열심히, 창의적으로 일할 필요를 느끼지 않는 것 같다. 열심히 창의적으로 일하다가 실수라도 하게 되면 그 실수로 인해서 벌을 받게 되고, 진급을 포함한 모든 인사에서 불이익을 받게 된다. 이런 분위기에서 어느 공무원이 소신있게, 창

민선 제3대 고성군수 취임식

의적으로 일하겠는가?

　지시받는 일만 하는 형태의 공무원은 중앙집권시대의 공무원이다. 지방분권, 지방자치시대의 공무원은 중앙집권시대의 공무원과는 달라야 한다. 좀더 창의적인, 좀더 적극적인, 좀더 능동적인 자세로 일해야 한다.

　중앙집권시대에는 모든 지역의 공무원이 똑같은 일을 하게 된다. 중앙에서 지시하고 지방은 그 지시를 받아 일하기 때문이다.

　중앙집권시대에는 모든 지역의 공무원이 똑같은 사고를 가지게 된다. 중앙에서 지시받아 똑같은 일을 하기 때문에 다른 사고를 가져야 할 이유가 없기 때문이다.

　그러나 지방분권시대인 지금은 다르다. 서울시 영등포구 공무원과 경남 고성군 공무원은 서로 다른 일을 하게 되고 서로 다른 사고를 가지게 된다. 영등포구의 지역 테마, 시스템과 고성군의 지역 테마, 시스템이 서로 다르기 때문이다. 지역이 서로 다르고, 테마가 서로 다르고, 시스템이 서로 다르고, 운용 방법도 서로 다르기 때문에, 두 지역 공무원의 생각과 하는 일이 서로 다를 수밖에 없다.

오랫동안 중앙집권 체제에 익숙해 온 공무원 사회다. 우리 공무원 사회가 지방분권 체제에 즉각적으로 적응해 주기를 기대할 수는 없다. 공무원이 수동적 자세에서 벗어나 능동적 자세를 가진다는 것이 결코 하루 아침에 이루어질 수는 없다. 늘 지시를 받아 일하는 것에 익숙해 왔기 때문이다. 스스로 일을 찾아 창의적인 자세로 업무에 임하는 것이 오히려 이상하게 여겨질 정도다.

전국을 떠들썩하게 했던 고성군 삼산면 병산리 폐광 문제를 설명하기 위한 주민자치회의를 개최했다. 옛날의 반상회에 해당되지만 이름을 바꾸었다. 이름에 걸맞게 주민자치, 즉 지방자치를 실현하는 회의가 주민자치회의다.

주민지원과에서 폐광 문제를 설명하는 주민자치회보를 만들었다. 회의가 끝난 후 확인해 보니 회보가 아주 형식적으로 창의성 없이 만들어져 있었다. 폐광 문제를 정확히 설명하고 이해시키려는 직원의 혼이 담겨 있지 않았다. 그래서 나는 지시했다.

"주민자치회의를 좀더 적극적으로 활용하세요. 회보를 만들 때도 군민의 이해를 돕도록 더 신경을 쓰세요."

담당직원이 대답했다.

"예, 군수님. 주민자치회의에 관해서 행정자치부에서 지침이 곧 내려올 겁니다."

"아니, 주민자치회의입니다. 행정자치부에서 무슨 지침이 내려옵니까? 주민자치회의는 우리 주민, 즉 우리 군민들이 스스로 알아서 회의를 하고 계획을 세우는 것입니다. 그리고 우리 행정에서는 주민들이 스스로 할 수 있도록 도와주는 것입니다."

지시가 내려와야 무슨 일이든지 하는 것으로 머리에 꽉 박혀 있었다. 우리 지역 고성은 우리가 책임지는 것이다. 우리가 할 수 없는 일은 광역정부인 경남도가, 그리고 경남도가 할 수 없는 일은 중앙정부가 하는 것이다. 오랫동안 박혀 있는 중앙집권적 사고 때문에 창의력이 상실되어 버렸다. 유리창론은 이러한 공무원의 자세를 바꾸기 위한 혁명적인 사고다.

내가 군수로 취임하고 나서 채 한 달도 되기 전에 모 면장에게 심각한 문제가 발생했다. 그 내용은 이렇다. 고성군과 마산시 진동면을 잇는 동진교 개통 이후 그 지역에 관광객이 많아지게 되었고 그 결과 쓰레기 문제가 심각하게 대두되었다. 그래서 면장이 지역경제과에 공익요원을 추가 요청했다. 그 요구가 관철되지 않자 면장이 지역경제과에 항의전화를 했다. 전화를 받은 사람은 지역경제과장이 아닌 여직원이었다.

"지역경제과장 좀 바꿔."
"과장님 안 계신데요."

그때부터 적절하지 못한 언어들이 면장의 입에서 터져 나왔고 그 전화를 받은 여직원은 펑펑 울고 말았다.
우리 군 공무원노조의 항의가 거세게 일어났다.

"여직원에 대한 심각한 성희롱에 해당됩니다."
"면장에게 중징계를 내려야 합니다."

공무원 노조에서는 해당 면사무소 앞에서 항의시위까지 했다. 기획감사실에서 진상을 조사하여 면장에게 훈계 조치를 내렸다.
여직원에게 적절하지 못한 언어를 사용한 것은 옳지 못하다. 그러나 일을 하려고 하는 적극적인 자세는 옳다고 생각했다. 일하려고 하는 의욕이 없었다고 하면 공익요원을 더 받으려고 악착같이 애쓰지도 않았을 것이다.

"면장께서는 유리창을 닦으려고 하다가 실수로 깨뜨리고 말았구나."

유리창론 모델케이스로 그 면장은 얼마 후 본청 핵심부서 과장으로 전보되어 왔다. 유리창론을 우리 직원들에게 인식시켜 주기 위한 나의 몸부림이었다.

메기론

상위직 자리가 하나 있다. 직렬이 정해져 있다.
나이 젊어 그 자리를 차지하게 된다.
옛날 임금님처럼 아예 종신 집권을 한다.
메기 없이 살아가는 연못의 미꾸라지 세계,
바로 그것이다.

"한 연못에 미꾸라지들이 무리를 지어 살고 있었습니다. 상류로부터 먹을 것이 많이 떠내려 왔습니다. 물도 항상 충분했습니다. 열심히 노력하지 않아도 하루하루 생활하는데 아무 지장이 없었습니다. 연못은 미꾸라지들의 천국이었습니다. 어떤 장애물도 없었습니다. 조용했습니다. 아니 고요했습니다. 평화 그 자체였습니다.

그런데 연못의 미꾸라지들은 결코 행복하지 않았습니다. 활동을 많이 하지 않아 미꾸라지들의 근육은 쇠퇴할 대로 쇠퇴했습니다. 똑같은 일상생활로 인해 무력감에 빠져 있었습니다. 많은 병이 미꾸라지 사회에 생겼습니다. 미꾸라지들은 이런 저런 병에 걸려 많이 죽었습니다.

그런데 어느 날 이 연못에 메기 한 마리가 나타났습니다. 메기에게 미꾸라지는 참으로 좋은 먹이감이었습니다. 메기는 닥치는 대로 미꾸라지를 잡아 먹었습니다. 큰일 났습니다. 난리가 났습니다. 평화의 연못에 나타난 메기는 미꾸라지들에게 위험천만한 존재였습니다. 메기에게 붙잡히면 미꾸라지는 절대 살아남지 못합니다. 미꾸라지들의 눈에 힘이 주어졌습니다. 주위를 살펴야 했습니다. 메기에게 붙잡히지 않기 위해서 항상 긴장해야 했습니다. 열심히 도망 다녀야 했습니다.

연못의 분위기는 완전히 바뀌었습니다. 고요와 평화가 깃들여 있던 연못이었습니다만 이제 그런 고요와 평화는 옛날 이야기가 되어버렸습니다. 잡아먹기 위한 그리고 잡히지 않고 살아남기 위한 숨바꼭질 전투가 벌어졌습니다. 얼마 지나지 않아 미꾸라지는 모두 메기밥이 될지도 모른다는, 모두 멸종될지도 모른다는, 팽팽한 긴장감이 연못에 감돌았습니다.

그런데 이상한 일이 벌어지고 있었습니다. 이 연못의 미꾸라지는 모두 메기의 밥이 되지 않았으며 멸종되지도 않았습니다. 오히려 미꾸라지의 숫자가 훨씬 더 증가되었습니다. 그리고 미꾸라지들은 옛날처럼 무기력하지 않았으며 생기가 펄펄 넘쳤습니다. 미꾸라지들의 근육은 훨씬 튼튼해졌습니다.

메기가 나타남으로써 미꾸라지들은 긴장하기 시작했고 움직이기 시작했습니다. 살아남기 위해서 항상 준비했습니다. 그 결과 미꾸라지들은 건강해졌습니다. 번식력이 훨씬 커졌습니다. 물론 메기에게 잡혀먹는 미꾸라지들도 많았습니다만 병에 걸려 죽는 미꾸라지의 숫자보다 많지 않았습니다. 따라서 미꾸라지의 숫자는 점점 증가하게 된 것입니다.

직원 여러분!

이 이야기에서 우리는 대단히 큰 교훈을 얻어야 합니다. 우리는 결코 메기 없는 연못의 미꾸라지로 남기를 기대해서는 안 될 것입니다. 차라리 우리는 메기를 끌어들여야 할 것입니다. 우리 스스로가 더 강해지고 더 큰 경쟁력을 가지기 위해서 말입니다.

이제 우리 자신을 치열한 경쟁 세계에 냉정하게 내던집시다.”

위의 내용은 우리 고성군 농업기술센터 소장 직렬 문제로 경남도가, 아니 전국이 떠들썩할 때 내가 우리 직원들에게 들려준 이야기다.

우리 군 공무원들은 행정직, 토목직, 건축직, 세무직, 수산직, 환경직, 산림직, 전산직, 농업직, 지도직 등 여러 직렬로 나누어져 있다. 그리고 이들 직렬 사이에 엄청난 벽이 가로막고 있다. “행정과장 자리는 행정직 자리이고 농업정책과장 자리는 농업직 자리다”라는 식으로 각 자리마다 직렬이 못 박혀 있다. 다른 직렬을 가진 사람은 그 자리에 임용될 수 없다.

그러다 보니 어떤 직렬의 경우에는 한 사람이 한 자리에 십수년을 그대로 있어야 했다. 해당자가 제한되어 있기 때문이었다.

아무리 능력이 있다 하더라도 진급할 수 없는 경우도 있었다. 그 직렬에 해당되는 상위직급이 없기 때문이었다.

상위직 자리가 하나 있다. 직렬이 정해져 있다. 나이 젊어 그 자리를 차지하게 된다. 옛날 임금님처럼 아예 종신 집권을 한다. 메기 없이 살아가는 연못의 미꾸라지 세계, 바로 그것이다.

나는 이런 인사형태를 "폐쇄형인사"라 명명했다. 다른 직렬과는 아예 담을 쌓은 인사이기 때문에 붙인 이름이다. 나는 과감하게 "개방형인사"를 선언했다. 어느 정도 직위가 되면 직렬에 상관없이 능력에 따라 임용될 수 있어야 한다는 것이 나의 인사 철학이다. 말하자면 행정과장 자리에 토목직도 갈 수 있고 농업기술센터소장 자리에 행정직도 갈 수 있어야 한다고 생각한다.

나는 먼저 문화관광과장 자리에 토목직을 임명했다. 현실적으로 볼 때 문화관광과장 자리는 토목직이 임명되는 것이 올바른 인사였다. 우리 군만 하더라도 문화체육센터 건립, 남해안관광벨트사업 진행, 공룡테마파크 조성, 씨름장 건립, 탈박물관 건립 등 엄청난 토목사업들이 문화관광과 업무였다. 그런데도 자리가 행정직으로 정해져 있어 계속 행정직이 임용되었다. 토목사업에 익숙하지 못한 행정직에게 문화관광과장 업무는 대단히 힘든 업무였다. 예산이 이월되고 또 이월되어 반납해야 할 지경에까지 간 사업들이 줄을 서 있었다.

내가 문화관광과장 자리에 토목직을 임명한 것은 이러한 문제들을 해결하고 사업을 원만하게 진행시키기 위한 것이었다. 그러나 명백한 직렬 위배였다. 왜 직렬을 위반했느냐는 질타성 군정질문이 우리 군 의회에서 쏟아져 나왔다. 그러나 그동안 밀려 있었던 문화관광과 업무가 대부분 해결되어 토목직을 임명한 덕을 톡톡히 보고 있다.

지도직만으로 되어 있는 농업기술센터소장 자리도 지도직, 농업직, 축산직으로 개방시켰다. 지도직들의 반발이 아주 심하게 일어났다. 경남도내 지도직들이 벌집을 쑤셔 놓은 듯 나를 향해 공격의 화

살을 퍼부었다. 경남도 농업기술원 간부들이 우리 군의회 의원들을 1대1로 방문하여 조례 통과 저지를 시도했다. 농촌진흥청장으로부터 항의성 전화가 왔다. 언론을 동원했다. 한 언론사는 아예 지도직의 입장에서 나를 비판하는 기사를 1면 톱으로 장식하기도 했다. 직렬 이기주의의 적나라한 모습을 내 눈으로 똑똑히 목격했다.

그러나 우리 고성군 농업단체들이 나의 진실된 마음을 이해해 주었다. 그것이 나에게는 큰 힘이 되었다. 만일 그때 우리 고성군 농업단체들이 나를 이해해 주지 않았다고 하면 농업기술센터 소장 자리는 개방형으로 갈 수 없었을지도 모른다. 그리고 고성군 농업발전은 많이 늦어졌을 것이다. 내 뜻을 이해해 주고 협조해 준 고성군 농업인단체 여러분들께 감사의 말씀을 드린다.

지금 우리 고성군 농업기술센터 소장 자리는 지도직, 농업직, 축산직으로 되어 있으며 현재 농업직이 농업기술센터소장에 임용되어 그 역할을 충실히 수행하고 있다.

미꾸라지들만 사는 연못에 메기가 들어옴으로써 미꾸라지들의 숫자가 더 늘어나고 미꾸라지들이 더 건강해졌다고 하는 이야기가 우리에게 주는 의미를 다시 한 번 되새겨 본다.

해병론과 정주영론

무(無)에서 유(有)를 창조한다고 해병은 외치지만
사실은 무에서 유를 창조하는 것이 아니고
무에서 유를 발견한다고 나는 생각한다.
길은 있는 것이다. 단지 우리가 그 길을
발견하지 못하고 있을 뿐이다.

"아무나 해병이 될 수 있다면 나는 결코 해병이 되지 않았을 것이다."

한국 해병의 긍지를 한 마디로 요약한 말이다.

"해병은 아무나 될 수 있는 것이 아니다. 그런데 나는 해병으로 선택되었다. 만일 아무나 될 수 있는 해병이었다고 하면 나는 해병이 되지 않았을 것이다."

이런 뜻을 담고 있다. 훈련병으로서의 해병은 이 말을 외우면서 힘든 훈련을 이겨낸다. 기간병으로서의 해병은 이 말을 되새기면서 어려운 해병생활을 지탱해 나간다.

해병에는 또 이런 말도 있다.

"귀신 잡는 해병은 무(無)에서 유(有)를 창조한다."

사람이 어떻게 귀신을 잡겠는가? 그런데 해병은 귀신을 잡는다고 한다. 그 귀신 잡는 해병이 아무 것도 없는 상태에서 무엇이든 만들어 낸다고 한다. 어찌 보면 생떼를 쓰는 것 같다.

그런데 한국 해병에게 이 말은 진리다. 해병에게 이유나 변명은 필요하지 않다. 상부로부터 명령이 떨어지면 기어이 해내는 것이 한국 해병이다.

나는 해병정신이 깃들인 이 말들을 우리 직원들에게 자주 강조하고 있다. 우리 직원들의 느슨한 자세를 보고, 자신 없어 하는 모습을 보고, 내가 들려줄 수 있는 가장 좋은 말이라 생각했기 때문이다. 무슨 일을 지시하면 곧바로 입에서 쏟아져 나오는 말이 있다.

"군수님, 예산이 없는데요."
"군수님, 인원이 없는데요."

예산이 다 있고 인원이 다 있으면 누가 일을 못하겠는가? 조건이 다 갖추어져 있으면 누가 일을 못하겠는가? 조건이 갖추어져 있지 않은 상태에서도 일을 잘 해내는 것이 능력 아니겠는가?

고 정주영 명예회장의 저서 "시련은 있어도 실패는 없다"에 나오는 이야기를 잠시 소개한다.

정주영 회장이 어느 날 새벽 일찍 울산 현대조선소로 출근한다. 날이 채 밝지도 않은 이른 새벽이었다고 한다. 손수 운전해 가다가 차가 바다에 빠지고 만다. 경비실과 멀리 떨어져 있지 않은 장소다. 차에서 겨우 빠져나온 정 회장은 헤엄치면서 경비실을 향해 고래고래 소리를 지른다.

"어이, 나 회장이야. 나 물에 빠졌어. 밧줄 던져줘."

이 소리를 들은 경비원이 정 회장을 향해서 외친다.

"회장님, 밧줄 어디 있습니까?"

기가 막힌 정 회장이 다시 소리를 질렀다고 한다.

"야. 밧줄이 어디 있는지 내가 어떻게 알아? 빨리 던져줘. 이 새끼야."

스스로 찾아서 할 줄 모르는 경비원의 수동적인 자세를 질타하는 정회장의 심정이 헤아려진다. 물에 빠진 그룹의 회장을 건져내는 막중한 임무를 스스로 해내겠다는 마음 자세가 경비원에게는 필요했다.

고 정주영 회장 이야기를 하나만 더 하겠다.

청년 정주영이 인천부두에서 막노동을 할 때였다. 추운 겨울이었다. 날씨는 춥고 배는 고팠다. 청년 정주영은 추위를 참고 배고픔을 참으면서 열심히 짐 나르는 일을 했다. 잠자리는 부두 인근 창고를 이용했다. 창고 바닥에 이불을 깔고 잤다.

그런데 창고에 빈대가 많아 살을 물어 뜯었다. 배고픔과 추위는 참아도 빈대가 살을 뜯는 것은 견디기 어려웠다. 정주영은 곰곰이 생각해 보았다. 어떻게 이 빈대로부터 해방될 수 있을까 하고 깊이 생각에 잠겼다. 정주영은 큰 탁자 하나를 발견했다. 탁자를 깨끗이 닦고 그 위에 이불을 덮고 잤다. 그런데 빈대는 여전히 정주영의 살을 물어 뜯었다. 빈대들이 탁자 다리를 타고 기어올라 왔기 때문이었다.

청년 정주영은 다시 생각에 깊이 잠겼다. 드디어 기막힌 한 가지 방법을 생각해 내었다. 물통을 네 개 구하여 물을 가득 채운 다음 탁자의 다리를 물통에 담갔다. 말하자면 빈대가 탁자에 오를 수 있는 길을 완전히 차단해 버렸다.

물통에 다리가 담겨져 있는 탁자를 쳐다보면서 정주영은 회심의 미소를 지었다. 좋은 꿈꾸기를 기대하며 청년 정주영은 잠을 청했다. 그런데 이게 웬일인가? 빈대가 더 심하게 정주영의 살을 물어뜯는 것이 아닌가? 잠을 제대로 자지 못하고 아침을 맞은 정주영은 이해할 수 없다는 듯이 탁자 주위를 살펴보았다.

아무리 살펴보아도 빈대가 탁자에 오를 수 있는 길은 없었다. 빈대가 물통의 물을 건너 탁자 위에 오른다는 것은 한 마디로 불가능이었다. 전혀 불가능이었다.

아! 그런데 이게 무슨 일인가? 빈대들이 탁자 위 천정에 가득 붙어 있는 것이 정주영의 눈에 들어 왔다. 탁자 다리를 타고 오를 수 있는 길이 막혀 버린 빈대들이 탁자 위 천정에 붙어 탁자 위로 바로 낙하한 것이었다.

"아, 빈대들이 천정에서 낙하하여 나를 물어 뜯었구나. 인간인 내가 전혀 불가능한 것으로 생각했는데 빈대들은 그 불가능을 가능으로 만들었구나. 내가 빈대보다 못하단 말인가?"

이때부터 불가능을 가능으로 바꾸는 청년 정주영의 개척정신이 점화되었다고 한다. 정주영 회장은 그 어떤 공장도 자기 자신이 직접 터를 닦고 기둥을 세웠다. 남이 불가능하다는 것을 가능으로 바꾸었다. 빈대에게서 배운 교훈 덕택이었다. 현대라고 하는 대그룹을 창업했다. 소떼방북이라고 하는 역사를 만들었다.

무(無)에서 유(有)를 창조한다고 해병은 외치지만 사실은 무에서 유를 창조하는 것이 아니고 무에서 유를 발견한다고 나는 생각한다. 길은 있는 것이다. 단지 우리가 그 길을 발견하지 못하고 있을 뿐이다.

안타까운 고성의 현실이다. 고성을 다시 살려내기 위해서는 신고성건설의 소가야의 기적을 이루어 내어야 한다. 그래서 공룡엑스포라고 하는 힘든 일을 추진하고 있다.

해병론과 정주영론을 가끔씩 생각한다. 그리고 힘든 하루하루를 버터 나간다.

신지식인과 신고성

"신지식인"이라는 말이 생겨난 것은 그렇게 오래 전의 일이 아니다. 농업 분야에서의 신지식인, 요리 분야에서의 신지식인 등 각 분야에서 신지식인이 탄생되었다는 보도를 우리는 종종 듣는다. 신지식인으로 선정된 분들을 보면 보통 사람들하고는 다른 무엇인가를 느낄 수 있다. 신지식인으로 선정된 분들을 유심히 살피면서 나는 내 나름대로 신지식인에 대한 정의를 내릴 수 있게 되었다.

먼저, 신지식인은 학력과 관련이 없다는 사실을 알 수 있다. 신지식인이 되기 위해서 일류 대학을 졸업해야 할 필요도 없고 박사학위를 받아야 할 필요는 더욱 없다. 초등학교를 졸업한 사람도 당당하게 신지식인으로 선정될 수 있다. 물론 대학을 졸업한 사람도 신지식인이 될 수 있다. 그러니까 신지식인은 학력과는 무관하다는 사실을 알았다. 말하자면 신지식인은 학력 파괴의 상징이었다.

신지식인으로 선정된 분들의 공통된 특징은, 모두 자기가 하고 싶어하는 일, 자기의 적성(適性)에 맞는 일을 하고 있다는 사실이었다. 자기가 좋아하지 않고 자기의 적성에 맞지 않는 일을 억지로 하면서 신지식인으로 선정된 사람을 나는 아직 보지 못했다.

자기의 적성에 맞는 일, 자기가 좋아하는 일이라 하더라도 그 일이 우리 사회에서 경쟁력(競爭力)을 가질 수 있을 것인가를 냉정히 판단해야 할 것이다. 경쟁력을 가질 수 없다고 판단되면 아무리 적성에 맞는다 하더라도 그 일에 승부를 걸 수 없기 때문이다.

신지식인에게 있어서 또 한 가지 중요한 사실이 있다. 자기가 좋아하는 일을 한다고 해서 신지식인이 될 수 있는 것은 아니라고 하는 사실이다. "열심히" 해야 신지식인의 대열에 합류할 수 있다.

자기가 하는 일을 열심히 하는 사람은 많다. 그러나 신지식인으로 선정되기 위해서는 보통 사람들이 열심히 하는 몇 배의 정열을 가지고 일을 해야 한다. 그러니까 그냥 "열심히" 하는 것이 아니라 "아주 열심히" "미치도록 열심히" 해야 신지식인이 될 수 있다는 말이다. 보통 사람들이 감히 흉내낼 수 없는 뜨거운 열정을 가지고 일을 해야 신지식인이 될 수 있다는 말이다. 그래서 보통 사람들이 보기에는 일에 미친 것처럼 보일 수 있다. 그래야 남들이 이루기 힘든 그 무엇인가를 이루어낼 수 있다.

자기가 좋아하는 일을 미치도록 열심히 한다고 해서 반드시 신지식인이 되는 것은 아니다. 남이 하는 일을 단순히 흉내내어 열심히 따라해서는 절대로 신지식인이 될 수 없다. 미치도록 열심히 하되 "생각하면서" 그리고 "고민하면서" 열심히 해야 한다. 신지식인으로 일컬어지는 사람들이 불가능한 것처럼 보이는 일을 이루어내고 새롭고 창의적인 일을 만들어내는 이유가 바로 여기에 있다.

그러나 위에 열거한 모든 조건이 갖추어져도 "신지식인"이 될 수 없는 경우가 있다.

어릴 적 내 친구 중에는 남의 물건을 잘 훔치는 친구가 있었다. 이 친구는 남의 물건 훔치는 것이 자기의 적성에 맞는 것 같았다. 만일 이 친구가 물건 훔치는 일이 자기의 적성에 맞다 하여 그 일에 혼을 바치고 최선을 다하고 또 생각하면서 새로운 도둑 방법을 개발해 내어 도둑 분야에서 최고의 경지에 도달했다고 하자. 이 사람이 신지식인이 될 수 있겠는가? 결코 신지식인이 될 수 없다.

신지식인이 되기 위한 모든 조건을 다 갖추었는데 왜 신지식인으로 분류될 수 없는가? 그것은 사회적 가치 창출을 할 수 없기 때문이다. 즉 올바른 방향으로 사회에 기여할 수 없기 때문이다.

신지식인이 되기 위해서는 자기가 하고 있는 일이 사회적 가치를 창출해야 한다. 그래서 신지식인에게 중요한 것은 IQ(Intelligent Quotient: 지능지수)가 아니라 EQ(Emotional Quotient: 감성지수)라고 한다. IQ가 높은 사람은 자기 자신을 위해서 일을 하지만 EQ가 높은 사람은 남을 위해서, 그리고 사회를 위해서 일을 한다.

신지식인은 정보시대인 우리 사회를 선도해 나간다. 우리 사회가 발전해 나가기 위해서는 여러 분야에서 많은 신지식인이 탄생되어야 한다.

지방자치시대를 맞아 지방의 발전도 신지식인의 개념을 도입해야 할 것이다. 다른 지역에서 하니까 우리 지역도 따라 하는 방식으로는 우리 지역이 경쟁력을 가질 수 없기 때문이다.

이제 지역도 "신지식인"의 개념과 같은 "신지역"을 만들어 가야 할 것이다.

군수인 내게 많은 사람이 건의를 한다.

"군수님, 우리도 충남 태안처럼 꽃을 많이 재배하여 꽃박람회를 합시다. 우리 고성은 기후가 온화하여 꽃 재배에 아주 좋습니다."

"인근 통영에서는 트라이애슬런 국제경기를 합니다. 우리도 합시다."

"경기도 양평에는 완전히 친환경농업을 하는데 우리도 그렇게 합시다."

"군수님, 우리 지역을 전남 보성처럼 대단위 녹차단지로 만듭시다."

심지어 경남에 무려 6개 시군에서 하고 있는 소싸움대회를 우리 고성에 유치하자고 건의하는 사람도 있다. 다른 지역에서 하니까 우리도 하자는 것이다.

우리 고성을 "신지역"으로 만들어야 한다. 신지역으로 만들기 위해서는 우리 고성의 적성, 즉 고성의 특징이 무엇인가를 먼저 찾아내어야 한다. 남의 지역에서 하는 것을 흉내내어 따라할 것이 아니라, 먼저 고성만이 가진 특징을 찾아내어야 한다. 그 특징이 경쟁력을 가질 수 있을 것인가를 판단해야 한다.

　그런 다음 우리는 그 특징을 살려내기 위해서 혼을 바쳐야 할 것이다. 고성인의 모든 에너지를 모아야 할 것이다. 생각하고 고민하면서 창의적으로 일을 해야 할 것이다. 우리 고성이 하는 일이 우리 사회 전체에 가치를 창출해 내어야 할 것이다. 그것이 "신지식인"에 해당되는 "신고성"이기 때문이다.

왜 엑스포를 유치하여 생고생을 합니까

정치꾼은 주민들에게 맛있는 사탕을 준다.
정치가는 주민들에게 입에 쓴 약을 준다.
대부분의 주민들은 입에 쓴 약보다 입에
달콤한 사탕을 좋아한다. 그래서 정치가보다
정치꾼을 좋아하는 것이 오늘의 우리 현실이다.

"군수님, 왜 엑스포를 유치하여 생고생을 합니까? 제가 군수라고 하면 엑스포를 유치하지 않습니다. 엑스포 유치해서 생고생하는 대신, 마을마다 다니면서 사람들 만나고 마을안길 포장해 주면서 다음 선거운동 할 것입니다. 엑스포 때문에 바빠서 얼굴 보이지 않는다고 욕 얻어먹지 말고 주민 자주 만나면서 민원 해결해 주면 아주 합법적인 선거운동 하는 것 아닙니까? 다음 선거 준비하지 않고 왜 이렇게 생고생을 하십니까?"

어느 신문기자가 내게 한 말이다. 경남에는 20개 시 · 군이 있다. 20개 시 · 군 중에서 오직 고성만이 이 어렵고 힘든 세계엑스포를 추진하고 있다. 다른 시장·군수들은 이런 사업을 하지 않기 때문에 나보다는 여유있게 시정·군정을 수행해 나갈 수 있다. 군민들을 만날 수 있는 시간 만들기도 나보다는 많이 수월하다.

그런데 나는 세계엑스포라고 하는 국제행사를 추진하다 보니 다른 시장·군수들보다 시간적으로나 정신적으로나 더 쫓기고 있다. 중앙정부, 경남도로부터 예산을 확보하기 위해 더 많이 노력해야 한다. 별도의 예산을 확보한다는 것이 어디 그렇게 쉬운가?

해당부서를 설득해야 하고, 예산부서를 설득해야 하고, 의회의원들을 찾아가 사업내용을 설명하고 협조를 구해야 한다. 이 과정을 중앙정부에서도 해야 하고, 경남도에서도 해야 한다. 우리 군 의회 의원들도 설득해야 한다.

우리 직원들도 노력해야 하지만 군수인 내가 직접 움직여야 훨씬 더 효과적인 경우가 많다. 엑스포 예산 확보를 위해서 내가 빼앗기는 시간과 에너지는 정말 엄청났다.

처음으로 하는 세계엑스포이기 때문에 기획, 홍보, 준비 등에서 생소하기만 했다. 벤치마킹을 통해서 배워야 했고 가끔씩 시행착오를 일으킬 수밖에 없었다. 따라서 엑스포 준비 과정은 많은 시간을 빼앗기는 일일 수밖에 없었다.

세계 행사를 처음 해보는 우리 직원들 중에는 이 사업의 중요성, 시기의 촉박성 등을 이해하지 못하는 경우도 있었다. 내가 직접 직원들을 독려해야 했고, 현장 지휘해야 하는 경우도 있었다.

옆에서 이를 지켜본 기자가 답답하고 안쓰러워 내게 던진 질문이 바로 "왜 엑스포를 유치하여 생고생을 하느냐"는 항의(?)였다. 엑스

포 때문에 하는 고생의 1/10만으로도 고성군 전체 마을을 여유있게
다니면서 합법적인 선거운동을 할 수 있을 것이라는 것이 그 기자의
말이었다.

그러나 기자의 그 말은 그의 진심이 아니었다. 그 기자는 다시 말
했다.

"군수님, 힘드시더라도 용기를 내십시오. 군수님께서 이렇게 고
생하시니까 고성이 바뀔 것입니다. 군수님께서 군민들의 일시적인
마음을 사기 위해 활동하신다면 다음 선거 당선은 쉽겠지만, 고성에
무슨 희망이 있겠습니까? 그리고 군수님께서도 후세들로부터 훌륭
한 지도자로 인정받지 못할 것입니다. 군수님께서 하시는 오늘의 이
고생을 훗날 고성군민들께서 반드시 알아주실 것입니다."

내 눈가에는 눈물이 핑 돌았다. 내게 얼마나 큰 용기를 준 말인지
모른다. 사실 내 자신도 이 엑스포를 추진하면서 몇 번이고 주저앉
고 싶었다. 내 진심을 몰라주는 우리 고성군민들이 원망스럽기도
했다.

"군수 얼굴 보기가 너무 힘들다."
"한 번 더 군수 출마해야 될 것 아닌가?"
"다음 선거 준비가 결코 빠르지 않다."

이런 말들이 내 귀에 쉬지 않고 들려 왔다. 엑스포 준비하고, 공식

행사에 참가하는 것만으로도 너무 바쁜데, 개인적으로 시간을 내기란 정말 힘들었다. 그러나 많은 사람들은 군수와 개인적으로 만나기를 원했다. 군수와 식사라도 같이 하기를 바랐다.

이 많은 분들의 요구를 다 수용한다는 것은 불가능이었다. 엑스포라고 하는 세계행사를 준비하는 나로서는 개인적으로 시간 할애하는 것이 정말 힘들었다.

"정치꾼이 되지 말고 정치가가 되라"는 말이 있다. 이 말은 이론적으로는 맞는 말이지만 현실적으로는 전혀 맞지 않은 말이다.

정치꾼은 주민들에게 맛있는 사탕을 준다. 정치가는 주민들에게 입에 쓴 약을 준다. 대부분의 주민들은 입에 쓴 약보다 입에 달콤한 사탕을 좋아한다. 그래서 정치가보다 정치꾼을 좋아하는 것이 오늘의 우리 현실이다.

"정치꾼은 다음 선거를 걱정하고, 정치가는 사회와 지역의 미래를 걱정한다."

이것이 정치꾼과 정치가의 차이다. 사람들은 정치꾼이 아닌 정치가가 되어야 한다고 충고한다. 그러나 사람들은 정치가보다 정치꾼을 좋아하는 이중성(二重性)을 드러내고 만다.

지역 발전을 위해 열심히 일하다 보면 개인적인 시간을 내기가 힘들고 군민들을 개인적으로 만나기도 어렵다. 군민들은 이러한 군수를 좋아하지 않는다. 고성이야 어떻게 되든 말든 우선 군민들을 자주 만나고, 식사 같이 하고, 술 한잔 같이 나누면 군민들은 아주 좋아한다.

군민들도 자주 만나고, 지역 발전을 위해 일도 열심히 할 수 있다면 얼마나 좋겠는가? 그러나 현실적으로 이 두 가지 사항을 동시에 만족시킨다는 것은 불가능에 가깝다. 어느 하나가 희생되어야 다른 하나가 가능하다. 한정된 시간과 에너지를 이 두 부분에 나누어야 하기 때문이다. 한정된 수입으로 소비도 많이 하고 저축도 많이 할 수 없는 것과 마찬가지 원리다.

어느 것이 우선인가? 군민의 비위를 맞추는 것이 우선인가? 다 쓰러져 가는 고성을 살리는 것이 우선인가?

아기가 울고 있다. 엄마더러 사탕을 사달라고 조르면서 울고 있다. 사탕을 사서 손에 쥐어 주면 아기는 참으로 좋아할 것이다. 울음을 그칠 것이다. 그러나 그 사탕은 아기의 이빨을 썩게 하고 아기의 건강을 해칠 것이다.

아기를 진정 아끼고 사랑하는 엄마는 아기의 건강을 살펴야 한다. 아기가 건강하게 자라기 위한 영양소를 공급해야 한다. 아기에게 병이 있으면 치료해야 한다. 아기는 주사 맞기를 싫어할 것이다. 수술이라도 하게 되면 아프다고 울 것이다. 그러나 아기의 건강을 위한 일이라면, 아기의 울음을 아픈 마음으로 견딜 수 있는 엄마가 되어야 할 것이다.

나는 쓰러져 가는 고성을 살리는 것이 우선이라고 생각했다. 우리 군민들께서, 특히 나의 친척, 일가, 친구, 동문들께서 군수 만나기 힘들다고 불평을 한다고 해도, 더 시급한 것은 침몰하는 고성호를 건져내는 일이라고 생각했다.

우리 군민들은 정말 훌륭한 군민이라고 나는 확신하고 있다. 나를 군수로 선택해 준 우리 군민들이다. 지난 군수 선거 때 나는 다른 후보들처럼 돈을 많이 쓰지 않았다. 대신 나는 군민들에게 호소했다.

"자랑스러운 군수 가졌다고 떳떳이 말할 수 있도록 하겠습니다. 어디에 내놓아도 부끄럽지 않는 자랑스러운 군수 되겠습니다. 역사에 이름을 남기는 훌륭한 군수 되겠습니다."

자랑스러운 군수는 다음 선거 준비하는 군수가 아니라 고성의 내일을 위해 큰 역사를 이루어 놓는 군수다. 훌륭한 군수는 군민들 입에 사탕 넣어주는 군수가 아니라 군민들의 아픔을 치료해 주는 군수다.

"2006 경남고성공룡 세계엑스포"는 고성군민을 살리는 큰 처방이다. 입에 달콤한 사탕은 아니다. 우선은 입에 쓸 수도 있을 것이다. 그러나 고성의 이름이 살아나고, 고성 농·축·수산물이 홍보되고 신뢰를 얻게 되는 훌륭한 처방이다.

우리 고성군민들이 언젠가는 나를 이해하고 고성 사랑하는 내 마음을 알아 주리라 믿는다. 그러한 믿음이 있기에 이렇게 생고생을 하면서도 마음은 즐겁다.

9

왜 공룡엑스포인가

서울에서 재경향우회 회원들과 함께 공룡나라쌀 홍보·판매행사를 하면서

문화를 선점한다

어릴 때 친구들과 어울려 놀던 기억이 난다. 마을 뒷산에 올라가 나무를 꺾어 집을 짓기도 하고 흙을 파서 개미집을 찾기도 했다. 산비탈을 이용해 미끄럼을 타기도 했다. 보물찾기도 했고 땅 따먹기도 했다. 전쟁놀이도 했다. 전쟁놀이에서는 우리 편 진지를 먼저 좋은 위치에 차지하는 것이 중요했다. 우리 편 진지를 좋은 장소에 차지하게 되면 전쟁놀이의 판세가 훨씬 유리해지기 때문이었다.

어떤 것이든, 먼저 차지하는 것을 선점(先占)이라 한다. "선점"은 대단히 중요하다. 선점한 사람에게는 선점에 대한 권리가 주어진다. 길에서 불법으로 장사를 하는 노점상조차도 선점한 위치에 대한 권리를 가지고 있다. 일단 자리를 잡고 나면 남들이 함부로 침해하기 어렵다. 이것을 선점권(先占權)이라고 해야 하지 않을까?

공항 대합실 내에 경주빵 가게가 있었다. 다른 빵과 어떤 차이가 있는가 하고 먹어 보았더니 내 입맛으로는 크게 구분되지 않았다. "경주빵이라는 고급빵 이름을 먼저 선점했구나" 하는 생각이 들었다.

어린 시절의 여름밤이 생각난다. 반딧불이가 온 들판과 산을 수놓았다. 그러나 지금은 지나친 농약 사용으로 인해 반딧불이를 많이 볼 수 없다. 반딧불이는 친환경적이어야 서식할 수 있기 때문이다.

전북 무주에서 그 반딧불이를 테마로 하여 축제를 만들었다. 이름을 "반딧불이 축제"라 하였다. 만일 다른 지역에서 반딧불이를 축제의 테마로 먼저 정해 버렸다고 하면 무주에서는 반딧불이를 축제의 테마로 정할 수 없었을 것이다. 즉 반딧불이를 전북 무주에서 선점해 버린 것이다. 어디에서나 볼 수 있는 반딧불이가 "전북 무주의 반딧불이"가 되어 버렸다.

선점이 얼마나 중요한가를 강조하기 위해 전남 함평 이야기를 다시 한다.

함평에는 특별히 내세울 만한 문화적 자산이 없었다. 우리 고성에는 공룡발자국, 소가야 성터, 절경의 바다, 국가중요무형문화재인 오광대, 농요 등 문화적 자산이 많이 있지만 함평에는 두드러진 문화적 자산이 없었다. 함평을 아무리 둘러보아도 보이는 것은 넓은 들판뿐이었다. 그래서 군수가 생각해 낸 것이 나비였다.

당시 나비에 관심을 가지고 있는 지방자치단체가 더러 있었다. 다른 지역에서 나비를 지역의 테마로 먼저 만들어 버리게 되면, 즉 다른 지역에서 나비를 선점하게 되면 함평은 나비를 지역의 테마로 사용할 수 없게 된다. 함평은 나비를 선점하기 위해 서둘러 나비축제를 계획했다.

이제 함평의 나비축제는 성공적인 축제로서 자리를 잡았다. 말하자면 함평은 나비를 선점했으며 성공했다.

선점했다는 것은 1등의 위치를 확보했다는 말이다. 1등의 위치는 대단히 중요하다. 나는 "왜 공룡엑스포인가?"라는 제목으로 우리 직원들에게 강연을 하면서 물었다.

"우리나라에서 제일 높은 빌딩이 어느 빌딩입니까?"

우리 직원은 대답했다.

"예, 63빌딩입니다."

나는 다시 물었다.

"우리나라에서 두 번째로 높은 빌딩은 어느 빌딩입니까?"
"…잘 모르겠는데요."

제일 높은 빌딩, 즉 1등은 잘 알면서 두 번째 높은 빌딩, 즉 2등은 잘 몰랐다. 나는 다시 물었다.

"세계에서 가장 높은 산은 어느 산입니까?"

우리 직원은 쉽게 대답했다.

"에베레스트 산입니다."

나는 다시 물었다.

"세계에서 두 번째로 높은 산은 어느 산입니까?"
"…잘 모르겠습니다."

제일 높은 산은 쉽게 대답하는데 두 번째 높은 산은 대답하지 못했다. 우리는 1등을 잘 기억한다. 그러나 2등은 잘 기억하지 못한다. 선점이 중요한 이유가 바로 여기에 있다.

공룡발자국은 고성 이외에도 여러 지역에서 발견되고 있다. 그러나 공룡과 관련해서 고성은 당연히 우리나라에서 1등이 되어야 한다. 학술적 측면에서 모든 학자들이 이 점을 인정하고 있다. 그러나 다른 지역에서 공룡을 지역테마로 하여 성공하게 되면, 즉 다른 지역에서 공룡을 선점해 버리면 고성은 공룡을 빼앗겨 버리게 된다.

고성에서 개최되던 공룡나라축제는 처음부터 국가축제였다. 그런데 안타깝게도 공룡나라축제가 국가축제에서 탈락됨으로써 그 위상이 낮아져 버렸다.

"공룡을 우리의 테마로 선점할 수 있는 방법이 무엇인가?"

그 해답이 "2006 경남고성공룡 세계엑스포" 유치 성공이었다. 정부로부터 국제행사로서 당당히 승인을 받았으니 이제 공룡은 우리 고성의 테마로서 자리를 잡았다.

"2006 경남고성공룡 세계엑스포"를 성공적으로 치르고 나면 매 2년마다 엑스포를 개최하게 된다. "공룡" 하게 되면 우리 고성을 떠올리게 될 것이다.

공룡은 우리 고성을 살릴 것이다. 고성을 알릴 것이다. 공룡은 우리 고성의 상징이 될 것이다. 고성 공룡은 고성을 넘어 경상남도 전역을, 전국을, 아니 전 세계를 누빌 것이다.

이미 투자된 예산의 효율성을 극대화한다

어느 화장품 회사에서 신상품을 개발하여 대대적인 홍보판매에 들어갔다고 한다. 많은 여성들이 쉽게 구입할 수 있도록 가격도 비싸지 않게 하였다. 큰 호응을 얻을 것으로 예상했는데 결과는 전혀 반대였다. 많은 노력을 기울여 신상품을 개발했고, 누구나 쉽게 구입할 수 있도록 가격도 싸게 하였는데, 호응이 좋지 않은 이유를 알 수 없었다. 중역들이 모여 회의를 했다. 한 중역이 말했다.

"가격을 비싸게 합시다. 가격이 싸니까 소비자들께서 화장품 품질이 낮은 것으로 판단을 해 버린 것 같습니다. 똑같은 만년필이라도 문방구에 진열하면 문방구 만년필이 되고 백화점에 진열하면 백화점 만년필이 된다는 사실을 생각하면 되지 않겠습니까?”

논란 끝에 가격을 대폭 인상하기로 했다. 아무나 쉽게 접근할 수 있는 가격이 아니었다. 그런데 참으로 놀라운 일이 발생했다. 고급 포장지로 잘 포장하여 가격을 대폭 인상했더니 화장품이 불티나게 팔리기 시작했다. 똑같은 화장품인데도 포장을 고급으로 하고 가격을 인상시켰더니 판매량이 급격하게 증가되었다고 하는 이 놀라운 사실을 어떻게 설명해야 할까?

“똑같은 만년필이라도 문방구에 진열하면 문방구 만년필이 되고 백화점에 진열하면 백화점 만년필이 된다”고 하는 이 평범한 진리, 그러나 우리가 잘 깨닫지 못하는 이 진리를 나는 깊이 생각해 보았다. 문방구에 진열된 만년필은 가끔씩 초등학생들이 싼 값으로 구입할 뿐 많은 사람들의 관심을 끌지 못한다.

예쁘게 포장되어 백화점에 진열된 만년필은 사람들이 선물용으로 비싼 가격에 구입한다. 어떻게 포장하느냐, 어디에 진열하느냐가 중요한 것이다.

우리 고성의 대표적인 관광지인 당항포와 상족암은 그 동안 남해안관광벨트사업 및 공룡테마파크 사업으로 각각 340억원과 205억원의 국비가 투입되었다. 결코 적은 예산이 아니다. 두 관광지에 투입된 예산은 합해서 545억원이나 된다. 이렇게 많은 예산이 투입되었지만 두 관광지는 각광받는 관광지로 알려져 있지 않다.

당항포와 상족암은 1,000원의 입장료를 받고 있다. 가족단위로, 또는 단체모임 형태로 찾는 경우가 많다. 술과 음식을 준비해 와서 부담없이 놀 수 있는 3류 관광지로 알려져 있다.

어쩌다 휴일에 두 관광지를 둘러보면 여기 저기 10명 안팎의 사람들이 모여 앉아 고기도 굽고 술판도 벌이고 있다. 술에 취해 비틀거리는 사람들이 군데군데 보인다. 관광객들이 지나간 뒤에 남는 것은 술병과 음식물 찌꺼기 등 온통 쓰레기뿐이다. 이들로부터 받는 입장료로는 청소를 포함한 관리비를 충당하기도 어렵다.

그 동안 당항포와 상족암은 문방구에 진열해 놓은 문방구 만년필이었다. 아주 헐값에 팔리는 싸구려 만년필이었다. 따라서 당항포와 상족암의 가치에 대해 깊은 관심을 가지는 사람은 아무도 없었다. 내용을 깊숙이 들여다볼 생각도 하지 않았다.

당항포와 상족암이 어떤 곳인지 잠시 소개한다. 과연 이 두 관광지가 문방구 만년필이어야 하는지 아니면 백화점 만년필이 될 수 있는지 살펴보기로 한다.

먼저 당항포에 대해서 살펴보자. 당항포는 충무공 이순신 장군의 승전지로서 고성군민의 성금에 의해서 관광지로 만들어진 지 25년이 경과되었다. 충무공 전적지로서 한산도, 노량바다, 명량바다, 진해만, 아산 현충사 등도 당항포에 못지 않게 많이 알려져 있다.

그러나 당항포에는 다른 승전지가 가지지 못한 특징이 있다.

당항포해전과 관련된 한 기생의 애틋한 나라 사랑 이야기가 바로 당항포의 특징이다.

왜장을 안고 강물에 뛰어든 진주의 논개 이야기는 전국적으로 널리 알려져 있다. 그러나 고성 당항포의 월이 이야기는 500년 긴 세월동안 우리 고성인에게는 입에서 입으로 전해져 오고 왔지만 전국적으로는 잘 알려져 있지 못하다.

당항포해전과 관련된 기생 월이 이야기를 잠시 소개한다.

임진왜란을 일으키기 위해 일본은 첩자를 조선에 보내어 은밀하게 지형을 살핀다. 고성 송학리 주막에서 술에 취해 잠든 일본 첩자의 가슴에서 고성지역의 지도를 발견한 월이는 깜짝 놀란다. 월이는 얼른 붓을 꺼내어 일본 첩자의 지도에서 고성만과 당항만 사이의 고성평야를 바다처럼 푸른색으로 칠해 버린다. 말하자면 일본 첩자의 지도를 바꾸어 버린다. 그래서 육지인 고성평야가 일본 첩자의 지도에서는 바다로 바꾸어지게 된다. 일본 첩자는 이 잘못된 지도를 가지고 일본으로 돌아가게 된다.

기생 월이가 몰래 바꾸어 버린 잘못된 지도로 인해서 왜군들은 고성만과 당항만이 분리되어 있지 않고 서로 이어져 있는 것으로 착각을 하게 된다. 고성만과 당항만이 이어지게 됨으로써 왜군의 지도에서 통영은 섬이 되어 버린다.

이 잘못된 지도로 인해서 왜군은 작전상 큰 실수를 저지르게 된다. 고성만으로 가기 위해 당항만으로 깊숙이 진격한 왜군의 뒤에는 이순신 함대가 뒤쫓고 있었다. 당황한 왜군의 모습을 상상할 수 있지 않는가?

충무공 이순신 장군의 호국정신과 기생 월이의 애국정신이 깃들여 있는 당항포가 3류 관광지가 되어 있다. 문방구의 싸구려 만년필이 되어 있다. 충무공을 모신 사당 앞에서 술판을 벌이고 노래를 부르면서 흥청망청하는 모습을 예사로 발견할 수 있다. 당항포를 IMF 관광지라 부르는 이유를 알 수 있을 것 같았다. 부담 없이 올 수 있고 아무렇게나 행동해도 괜찮은 관광지라는 뜻이었다.

당항포는 충무공 이순신 장군의 승전지라고 하는 테마와 함께 또 하나의 테마가 있다. 그것은 상족암에 못지않은 공룡발자국 화석지라는 사실이다. 그러나 당항포의 공룡발자국 화석지는 일반인에게는 잘 알려져 있지 않다. 상족암은 우리나라에서 공룡발자국 화석이 처음 발견된 곳이다. 상족암의 공룡발자국과 지층은 초등학교 과학 교과서에 무려 3페이지에 걸쳐 수록되어 있다.

그러나 학술적인 측면에서 당항포 공룡발자국이 상족암 공룡발자국에 뒤지지 않는다는 것이 공룡학자 및 지질학자들의 공통된 견해다. 당항포를 이제 단순한 충무공 승전지로서만 알릴 것이 아니라 공룡발자국 화석지로서도 알려야 할 것이다.

말하자면 당항포는 충무공의 승전지와 공룡발자국 화석지라고 하는 두 개의 테마를 가지고 있다.

다음 상족암에 대해서 살펴보자. 상족암은 공룡발자국 화석지로서 그 이름이 전국적으로 널리 알려져 있다. 1982년 국내 최초로 공룡발자국 화석이 발견된 곳이다. 그리고 천연기념물 제411호로 지정되어 있으며 고성군 군립공원으로 지정되어 오늘에 이르고 있다.

상족암의 공룡발자국과 지층은 대단히 가치 있는 문화자산으로 초등학교 학생들이 야외학습을 와야 할 장소다. 중학교 학생들도 지층 공부, 공룡발자국 공부하러 와야 할 장소다. 유치원 학생들이 와서 1억년 전 공룡의 세계로 상상 여행을 떠나야 할 장소다. 신비로운 지층에 매료되어 부모님의 손을 끌고 질문 공세를 퍼부어야 할 장소다.

그런데 상족암은 그런 분위기가 되어 있지 않다. 공룡발자국 화석 옆에 둘러앉아 술판을 벌이고, 고기를 굽고, 춤추면서 노는 모습은 눈뜨고 쳐다보기가 민망스럽다. 3류를 넘어서서 4류 관광지로 변해가고 있는 상족암 군립공원의 모습이다. 문방구 한쪽 구석에 진열되어 있는 싸구려 만년필의 모습이 틀림없다.

고성의 두 관광지, 당항포와 상족암은 대단히 중요한 역사적인 의미를 가지고 있는 곳이다. 많은 국가 예산이 투입되었다. 그럼에도 불구하고 두 관광지 모두 이처럼 그 가치를 발휘하지 못하고 있다. 말하자면 품질이 우수한 만년필이 아무렇게나 포장되어 문방구에 진열되어 주목을 받지 못하고 천대받고 있다.

두 관광지를 고급포장지로 잘 포장해야 할 필요가 있다. 진열 장소 또한 문방구에서 백화점으로 옮길 필요가 있다.

"2006 경남고성공룡 세계엑스포"는 주행사장이 당항포이고 특별행사장이 상족암이다. 공룡엑스포는 이 두 관광지를 고급포장지로 잘 포장해서 백화점에 새롭게 진열하는 대역사다. 공룡엑스포로 인해서 당항포와 상족암은 다시 태어난다. 다시 잘 포장되어 문방구에서 백화점으로 진열 장소가 바뀐다.

선택/집중으로 국·도비를 확보한다

"고성공룡엑스포"는 정부와 경남이 경쟁력 있는 테마로 선택했다.
그리고 행정적·재정적 지원을 집중하고 있다.
공룡엑스포가 고성에 유치되지 않았다고 하면
중앙정부와 경상남도가 고성과 고성 공룡에 어떻게 관심을 가질 수 있겠는가?
어떻게 그 많은 예산을 고성에 집중 투자할 수 있겠는가?

우리는 지금 "국제화(globalization)"시대에 살고 있다. 그리고 동시에 우리는 지금 "지방화(localization)"시대에 살고 있다. 그래서 이 두 단어를 합성한 "국제지방화(glocalization)"라는 신조어가 탄생했다. 국제지방화시대의 특징은 세계의 각 지방들이 치열한 경쟁을 하게 되고, 그 경쟁에서 살아남는 지방만이 풍요를 누릴 수 있다는 것이다.

지금 농촌지역은 대단히 어려운 상황에 처해 있다. 경쟁력을 점점 상실해 가고 있다. 치열한 국제경쟁에서 살아남기 어려운 것이 오늘의 농촌 현실이다. 경쟁에서 살아남기 어렵다는 말은 무슨 뜻인가? 풍요를 누릴 수 없다는 말이며 낙오되고 만다는 뜻이다. 지금 농촌

지역은 바로 그러한 상황에 처해 있다.

젊은 사람들을 찾아보기 힘든 것이 오늘의 농촌 현실이다. 온통 노인뿐인 동네도 있다. 어떤 농촌군에서는 아기가 1명 태어나면 군수가 직접 산모를 방문하여 축하하고 아기용품을 선물한다고 한다.

그 아기가 계속 그 지역에서 살게 될지, 아니면 부모와 함께 다른 도시 지역으로 이사를 갈지, 주거이전의 자유가 있는 우리나라에서 알 수 없는 일 아닌가? 그럼에도 불구하고, 오죽 답답했으면 군수가 산모를 방문하는 계획까지 세웠겠는가? 농촌의 현주소를 적나라하게 나타내 주는 이야기다.

내가 어릴 적에는 농촌학교가 학생들로 넘쳐 났다. 내 모교 초등학교도 학년당 2개 반이 있었는데 각 반마다 학생수가 60명이 넘었다. 그런데 지금 내 모교는 폐교되어 버렸다. 이런 사정은 농촌의 어느 지역이나 다를 바가 없다. 농촌의 인구는 급감하고 있다.

지난 30여년간 우리나라는 눈부신 산업발전, 아니 산업혁명을 이루어 내었다. 서방 선진국이 17세기 후반부터 300여년에 걸쳐 이루어 놓은 산업혁명을 우리는 불과 30년 만에 이루어 내는 기적을 만들어 내었다.

경부고속도로를 건설했고 동해안 허허벌판에 포항종합제철을 세웠다. 농업이 천직인 것으로 생각하고 있던 우리들에게 이러한 산업화의 물결은 하나의 충격이었다.

서울이 변화했고 부산이 변화했다. 대도시가 변화했다. 인구의 대이동이 시작되었다. 농촌에서 대도시로 인구는 이동하고 또 이동했다. 서울을 비롯한 대도시는 발 디딜 틈도 없이 인구가 넘쳐났다. 대신 농촌은 텅텅 비어 갔다. 결국 농촌을 지키고 있는 것은 변화를 싫어하거나 변화에 적응할 수 없는 노인들이었다.

이런 농촌을 살리겠다고 정부가 나섰다. 정부에서 농업경영인을 양성하고 후원했다. 어업경영인을 양성하고 후원했다. 정부의 그러한 노력에도 불구하고 농촌은 점점 경쟁력을 상실해 가고 있다.

그 이유가 무엇인가? 왜 농촌은 젊은이들이 떠나가고 노인들만 지키고 있는가? 농산물 개방 때문인가? 농산물 개방이 우리에게 문제가 된 것은 불과 몇 년 전부터다. 그러나 우리의 농촌이 어려움에 처하게 된 것은 오래 전부터다. 따라서 농산물 개방으로 인해서 우리 농촌이 더 힘들어진 것은 사실이지만 농산물 개방이 농촌 피폐화의 직접 원인은 되지 못한다는 사실을 알 수 있다.

농촌이 피폐화되고, 인구가 줄어들고, 살기 힘들어지게 된 직접 원인은 농촌이 역사적인 흐름에서 경쟁력을 상실했다고 하는 사실이다.

1차 산업인 농업에서 2차 산업인 제조업으로 전환되는 시대를 맞아 1차 산업인 농업은 경쟁력을 잃게 되었다. 많은 농촌 사람들이 경쟁력 있는 제조업으로 이동하게 되었다. 그 결과 농촌의 인구는 줄어들게 되었고 서울을 비롯한 대도시의 인구는 증가하게 되었다.

지금 대부분의 농촌군은 재정자립도가 20%에도 미치지 못하고 있다. 말하자면 지금 농촌군은 중앙정부로부터 재정지원을 받지 않으면 직원들 봉급조차 충당하기 힘든 상황에 처해 있다. 그래서 농촌지역의 군수들은 중앙정부에서 조금이라도 예산 지원을 더 받기 위해서 모든 노력을 기울이고 있다.

지금 우리 정부는 지방분권과 지역혁신을 부르짖고 있다.

지방분권이란 지방정부가 그 지역의 정치, 경제, 교육, 문화 등 제반 사항에 대한 권한을 가지며 동시에 책임을 진다는 뜻이다.

참여정부 출범 때부터 강한 의지를 보인 지방분권이 2년이 지나도록 별로 진전이 없다. 지방공무원 사무관 시험승진 문제로 지방자치단체와 행정자치부가 신경전을 벌이는 것을 보면서 우리의 지방분권이 오히려 후퇴하고 있다는 생각을 지울 수 없다.

그러나 지방분권은 시대적 흐름이다. 따라서 시간의 문제이지 반드시 이루어질 것이라고 확신한다.

지방분권이 이루어지기 위해서는 지방자치에 대한 국민들의 인식도 바뀌어야 한다. 어떤 학자는 우리나라 국민들의 지방정부에 대한 인식을 이렇게 말하고 있다.

"지방정부, 즉 지방자치단체는 영원히 부도나지 않는 부실기업이라고 국민들은 믿고 있다."

재정자립도가 20%에도 미치지 못하는 지방정부는 분명 부실기업과 같다. 그러나 자기 지역이, 즉 자기가 속해 있는 지방정부가 부도로 망할까 걱정하는 사람은 없다. 재정자립도가 낮으면 중앙정부에서 지원해 줄 것으로 믿고 있다. 군수가 부지런히 중앙부처를 쫓아다니면서 예산 확보해 오면 된다고 생각하고 있다.

그러나 국민들의 이런 잘못된 믿음은 언젠가는 무너지게 될 것이다. 흥하는 지방정부와 망하는 지방정부가 생겨나게 될 것이다. 국민들은 "아, 잘못하면 지방정부도 망하게 되는구나" 하고 생각을 고치게 될 것이다.

지방분권을 잘 준비한 지방정부는 발전하고 흥할 것이다. 그러나 지방분권을 준비하지 못한 지방정부는 부도가 나서 망하고 말 것이다. 그리고 자치권을 광역지방정부에 빼앗기는 결과를 낳을 것이다.

지방분권을 위해서는 지역혁신(地域革新)이 이루어져야 한다. 지역혁신이란 말 그대로 지역의 대변화다. 중앙정부에 모든 것을 의지하던 마음의 자세부터 바꾸어야 할 것이다. 지역 일을 지역인 스스로 처리해 나가고자 하는 마음자세, 즉 자립정신을 길러야 할 것이다. 그리고 무엇보다 중요한 것은 자기 개인보다 지역 전체를 위하는 공익정신(公益精神)을 가져야 할 것이다.

지방분권이 정착되면 중앙정부에서 지방정부로 권한과 재정이 이양된다. 그 권한과 재정을 개인 또는 특정집단이 아닌 지역 전체를 위해서 활용할 수 있어야 할 것이다. 행정, 의회, 언론, 기업, 학교, 사회단체 등 모든 조직이 각자 제 목소리를 내면서 갈등을 일으키는 것은 지역혁신을 거스르는 것이다. 여러 목소리가 조화와 화합에 의해 지역발전을 위한 에너지로 승화될 때 지역혁신이 이루어질 수 있다.

지금 정부는 선택(選擇)과 집중(集中)을 강조하고 있다. 전국 234개 지방정부에 골고루 예산을 분배해서는 국가경쟁력을 키울 수 없다는 것이 선택과 집중의 기본정신이다. 경쟁력 있는 테마를 선택하여 그 테마를 개발하고 발전시키기 위해 행정적으로, 재정적으로 집중 지원한다는 것이다.

"2006 경남고성공룡 세계엑스포"는 아주 경쟁력 있는 테마다. 고성의 경쟁력이 될 것이며 경남의 경쟁력이 될 것이다. 아니 대한민국의 경쟁력이 될 것이다.

세계 3대 공룡발자국 화석지인 고성에 전국의 어린이들과 세계의 어린이들을 불러 모을 것이다. 우리 고성을 세계 공룡의 어머니 땅으로 만들 것이다.

경남 110년사에 처음으로 개최되는 이 세계엑스포는 고성과 경남을 세계 속에 우뚝 세울 것이다.

"고성공룡엑스포"는 정부와 경남이 경쟁력 있는 테마로 선택했다. 그리고 행정적 · 재정적 지원을 집중하고 있다.

공룡엑스포가 고성에 유치되지 않았다고 하면 중앙정부와 경상남도가 고성과 고성 공룡에 어떻게 관심을 가질 수 있겠는가? 어떻게 그 많은 예산을 고성에 집중 투자할 수 있겠는가?

관광 인프라를 구축한다

고성은 통영, 거제, 사천, 진주, 마산, 진해 등 여섯 개 시에 둘러싸여 있는 작은 농촌군이다. 군과는 전혀 인접해 있지 않고 오직 시와 인접해 있는 대한민국 유일의 군이다. 그러다 보니 우리 군민들은 왠지 모르게 마음이 위축되어 있는 것 같다. 인접한 시에 의해서 우리 군이 점점 압박을 받고 있는 것 같은 느낌이 들기도 한다. 고성이 해체되어 여섯 개 시에 나누어지게 될 것이라고 하는 비관적인 이야기를 하는 사람도 있다.

몇 년 전 마산 진동면과 고성 동해면을 연결하는 동진교가 개통되었다. 통영, 거제에 가는 차량이 고성읍을 통과하지 않고 이 동진교를 이용하는 경우가 많이 있다.

고성을 지나면서 고성에서 식사도 하고, 차량 기름도 넣어, 고성 경제에 도움이 되기를 바라고 있다. 그런데 동진교 개통으로 인해 차량들이 고성읍을 경유하지 않고 곧바로 통영, 거제로 가게 된다고 볼멘소리를 하는 사람들이 있다.

33호선이 개통되었다. 진주와 통영을 왕래하는 차량들이 고성읍을 통과하지 않고 고성읍 외곽을 지나가 버린다고 불평을 하는 사람들이 있다. 이제 고성은 말 그대로 스쳐 지나가는 도시로 바뀌었다고 한숨을 쉰다.

얼마 후면 고속도로가 개통된다. 고속도로가 개통되면 고성은 통영, 거제를 가는 길목으로 전락하고 말 것이라고 태산같이 걱정을 하고 있다.

"고성은 통영, 거제에 비해 지명도가 낮다. 인구도 적다. 관광자원도 부족하다. 그래서 관광객 수도 통영, 거제에 비해서 훨씬 적다."

우리 고성 사람들은 이 사실을 불변의 진리인 것처럼 아예 인정해 버린다. 그래서 통영, 거제로 가는 차량들이 고성에서 잠시 머물러 주기를 바라는 것이 고작이다. 예를 들어, 고성에 잠시 들러 식사도 하고 기름도 넣어 주기를 바란다.

그런데 도로 사정이 좋아지면서 그런 효과를 볼 수 없게 되었다는 것이다. 말하자면 이웃 덕 좀 보려고 했는데 그 덕을 보기 힘들게 되었다는 것이다. 그래서 걱정을 하고 불평을 하고 한숨을 쉬고 있다.

요즘 경쟁력이라는 말이 많이 사용되고 있다. 경쟁력이 있다는 말은 이길 수 있는 힘이 있다는 뜻이다.

경쟁력에는 자생적 경쟁력(自生的競爭力)과 의존적 경쟁력(依存的競爭力)이 있다. 자생적 경쟁력은 자기 스스로 가지는 경쟁력으로서 항구적이며 진정한 의미의 경쟁력이 될 수 있다. 반면 의존적 경쟁력은 자기 스스로 가지는 경쟁력이 아니라 주위 환경에 의해서 얻어지게 되는 경쟁력으로서 일시적일 수밖에 없다. 의존하고 있는 대상이 사라지면 경쟁력 또한 상실되기 때문이다.

나는 모든 일에 있어서 자생력(自生力), 즉 자생적 경쟁력이 중요하다고 생각한다. 사전적 의미에서 자생력은 "스스로 살길을 찾아 살아나가는 능력이나 힘"이라고 되어 있다.

부모가 잘살기 때문에 그 덕으로 잘 살아가고 있다고 하면 그 사람은 자생력이 없는 사람이다. 친척의 배경을 업고 사업을 하는 사람이 있다고 하면 그 사람의 사업은 자생력이 있다고 할 수 없다. 이와 같이, 주위의 배경이나 힘에 의한 경쟁력은 자생적 경쟁력이 아니며 의존적 경쟁력이다.

의존적 경쟁력은 진정한 경쟁력이라 할 수 없다. 의존적 경쟁력은 그 주위가 무너지면 금방 경쟁력을 상실하게 된다. 주위와의 의존 관계가 무너질 경우에도 경쟁력을 잃어버리게 된다.

그동안 우리 고성은 자생적 경쟁력, 즉 자생력이 없었다. 통영, 거제로 가는 관광객들이 고성에 남기는 간접효과를 기대했다. 즉 통영, 거제에 의존하는 의존적 경쟁력만 가졌다. 그러다가 동진교 개통, 33호선 개통, 고속도로 개통으로 의존 효과가 무너지게 된 것을 안타까워하고 있는 것이다.

의존적 경쟁력은 항구적일 수 없다. 의존적 경쟁력은 반드시 무너지게 되어 있다. 시간문제일 뿐이다. 통영, 거제에 의존하여 그 효과를 보려고 하는 의존적 경쟁력은 반드시 무너지게 되어 있다. 우리에게 지금 그 시기가 온 것뿐이다.

사전에서 정의한 바와 같이 자생력, 즉 자생적 경쟁력은 주위나 배경의 힘이 아닌 스스로의 능력과 힘에 의해서 가지게 되는 경쟁력을 의미한다. 주위에 의존하는 의존적 경쟁력과는 근본적으로 다르다. 우리 스스로가 경쟁력의 주체가 된다. 그래서 자생적 경쟁력은 진정한 경쟁력이라 할 수 있다. 자생적 경쟁력은 결코 무너질 수 없다. 우리가 자생력을 잃지 않는 한 경쟁력은 점점 더 강화되어진다.

이제 우리 고성의 경쟁력도 의존적 경쟁력에서 자생적 경쟁력으로 바꾸어야 한다. 우리가 경쟁력의 객체가 아닌 주체가 되어야 한다.

의존적 경쟁력의 경우에는 동진교, 33호선, 고속도로 개통이 악조건이 된다. 그러나 자생적 경쟁력의 경우에는 이들 도로 개통이 오히려 유리한 조건이 된다. 의존적 경쟁력의 경우에는 지나가기 쉬운 조건이 되지만 자생적 경쟁력의 경우에는 고성에 오기 쉬운 조건이 되기 때문이다.

고성이 통영, 거제에 비해 더 우수한 관광자원, 더 경쟁력 있는 관광자원을 만들어 내면 고성의 자생적 경쟁력이 커지게 된다. 우리가 경쟁력의 주체가 될 수 있으며 우리의 경쟁력이 의존적 경쟁력에서 자생적 경쟁력으로 바꾸어질 수 있다.

"공룡엑스포"는 우리 고성이 자생적 경쟁력을 가지기 위한 가장 효율적인 방법이다. 국내에서뿐 아니라 세계적으로 경쟁력을 가지기 위한 방법이다.

엑스포를 준비하면서 고성은 중앙정부로부터 그리고 경남도로부터 200억에 가까운 예산을 지원받는다. 이 예산은 우리 고성에 공룡관련 관광인프라를 구축해 내는 역할을 할 것이다. 공룡박물관, 공룡탑이 세워졌다. 공룡엑스포 주제관이 들어서고 있다. 공룡놀이터가 만들어진다. 공룡엑스포와 관련하여 도로가 다시 만들어진다. 숙박시설도 정비될 것이다.

공룡엑스포가 끝나고 나면 우리 고성은 국내외에 널리 알려지게 될 것이다. 고성이 브랜드화될 것이다. 관광인프라가 구축됨으로써 많은 관광객들이 고성을 찾아오게 될 것이다.

동진교, 14호선, 33호선, 고속도로는 고성을 스쳐 지나가는 도로가 아니라 고성을 찾아오는 도로가 될 것이다. 고성은 의존적 경쟁력이 아닌 자생적 경쟁력을 가지게 될 것이다. "왜 공룡엑스포인가?" 그 답이 바로 여기에 있다.

고성을 상품화한다

2006년이 지나고 나면 고성은 달라지게 될 것이다.
이 행사가 끝나고 나면
"고성"은 "삼성"처럼 우수한 상품이 될 것이다.
"삼성"이라는 상표가 믿음을 의미하듯이,
"고성"이라는 상표도 지방문화를 선도하는 상표가 될 것이다.

우리나라의 대표 기업이라고 일컬어지는 삼성은 창업에서부터 오늘에 이르기까지 "삼성"이라고 하는 이름을 믿음과 신용으로 지켜 왔다.

이제 삼성이라는 이름만 붙으면 세계의 소비자들은 믿음을 가지게 되었다. 무엇이 삼성을 이렇게 만들었을까? 그 비결은 무엇일까?

삼성을 이렇게 세계적인 우수 기업으로 만들게 된 무대 뒤에는 "삼성인"들이 있었다. 삼성인들은 다른 회사 직원들과는 분명히 달랐다. 삼성인들은 시대 흐름에 따라 변화와 개혁을 선도해 왔다. 새로운 제품 생산에 혼을 쏟아 부었다. 삼성이라고 하는 이름을 가꾸어 왔다. 삼성을 홍보하는 데 전력을 기울였다.

삼성은 "삼성인"을 만들기 위해 "사람"을 가장 중요시했다. 시스템도 중요하지만 결국 일을 하는 것은 사람이라고 확신했기 때문이었다.

그래서 직원 채용시 다른 회사와는 달리 삼성에서는 지원자의 인성(人性)까지 점검을 한다. 인사 청탁은 생각도 할 수 없다. 주위 배경의 힘으로 삼성에 입사했다는 소리를 들어본 적이 있는가? 나는 아직 그런 소리는 들어보지 못했다. 능력 있는 직원, 인성이 좋은 직원을 채용하는 것은 바로 삼성이 가진 첫 번째의 경쟁력이다.

삼성에서는 직원들의 "교육"에 심혈을 기울인다. 능력 있는 직원을 채용하는 것도 중요하지만, 교육을 통해서 그 능력을 키워 나가는 것도 중요하다는 사실을 삼성은 깊이 깨닫고 있다.

삼성에서는 직원들의 "사기"에 특별히 관심을 가진다. 능력 있는 직원을 채용하고, 교육을 통해서 그 능력을 키워 나가는 것도 중요하지만, 직원들로 하여금 "자부심"을 가지고 일할 수 있도록 하는 것이 대단히 중요하다고 여겼기 때문이다.

삼성에 근무한다는 사실 자체가 자부심이 되고 긍지가 되도록 한다. 그래서 삼성의 노사관계는 어느 회사의 노사관계보다 원만하다.

노사관계가 악화되어 있는 회사는 경쟁력을 가질 수 없으며 건실한 회사로 성장해 갈 수 없다. 우리나라 기업의 경쟁력이 떨어지는 주요 원인 중의 하나가 경직된 노사관계 아닌가?

삼성이 가지는 또 하나의 특징은 시대 흐름에 따른 "변화와 개혁"이다. 삼성은 시대 흐름에 따라 변화와 개혁을 선도해 나간다.

변화와 개혁을 거부하는 것은 도태를 의미하는 것이다. 삼성은 시대를 읽을 줄 알며 변화할 줄 아는 기업이다. 그래서 삼성은 시대 흐름에 따라 무역, 건설, 항공, 전자, 정보, 문화로 주산업을 변화시켜 왔다.

변화와 개혁이 결코 쉬운 것은 아니다. 마키아벨리는 군주론에서 변화와 개혁의 어려움을 다음과 같이 표현하고 있다.

"변화와 개혁은, 적은 많고 아군은 적은 대단히 위험하고 어려운 일이다."

이렇게 위험하고 어려운 변화와 개혁을 선도해 왔기 때문에 삼성은 경쟁력을 가질 수 있었다. 세계적인 기업으로 발돋움할 수 있었다.

삼성은 "홍보"를 대단히 중요하게 생각하고 있다. 전 세계인에게 삼성을 알리고 삼성의 이미지를 올바로 심어 주기 위해서 엄청난 노력을 기울이고 있다. 그 결과 삼성은 우리나라 기업 중 외국에 가장 널리 알려진 대표적인 기업이 되었다. 많은 스포츠 선수들이 삼성전자 마크를 달고 국제 경기에 참가하면서 삼성전자를 홍보하고 있다. 외국의 큰 도시 중요한 위치에 삼성전자를 홍보하는 대형 간판이 서 있다. 외국의 중요 공항에는 삼성전자에서 만든 텔레비전이 설치되어 있다.

삼성이라고 하는 기업은 "사람"과 "변화"와 "홍보"의 3박자가 만들어 낸 하모니 작품이다. 능력 있는 직원들이 변화에 적응하면서 좋은 제품을 생산해 내고 이를 잘 홍보하여 오늘의 삼성을 만들어

내었다. 삼성이라는 상표가 붙어 있으면 세계의 소비자들은 믿음을 가지고 구입한다.

우리 나라에는 고성이라는 이름을 가진 군(郡)이 두 개 있다. 우리 우편물이 강원도 고성으로 가기도 하고, 강원도 고성 우편물이 우리 고성으로 오기도 한다. 그러나 안타깝게도 중부 지방으로 가게 되면 경남 고성보다 강원도 고성이 더 많이 알려져 있다.

경남 고성은 중부 지방에는 별로 알려져 있지 않다. 경남도민들은 우리 고성을 잘 알지만 다른 지역 사람들은 경남 고성을 잘 모른다. 알려져 있지 않다는 것은 경쟁력이 없다는 뜻이다.

삼성이 전 세계에 잘 알려져 있다는 것은 삼성이 세계적으로 경쟁력을 가지고 있다는 뜻이다. 삼성이 세계적으로 알려져 있듯이, 그래서 경쟁력을 가지고 있듯이, 우리 고성도 전국에, 아니 전 세계에 알려야 할 것이다. 전국적으로, 전 세계적으로 경쟁력을 가지기 위해서다.

지방자치단체, 즉 지방정부도 회사와 같은 원리로 경영을 해야 한다. 그래야 경쟁력을 가질 수 있고 살아남을 수 있기 때문이다.

"2006 경남고성공룡 세계엑스포"는 경남 110년사 최초의 세계엑스포이며 우리나라 최초의 자연사엑스포다. 이 엑스포로 인해서 우리 직원들과 우리 군민들은 세계적인 안목을 가지게 될 것이다. 우리 직원들의 능력이 향상될 것이다.

엑스포를 성공시킨 후 우리 직원들은 뿌듯한 자부심과 긍지를 가지게 될 것이다. 엑스포를 성공시킨 후 우리 군민들은 자신감을 가지게 될 것이다. 고성도 할 수 있다는, 고성도 잘 살 수 있다는 자신감을 가지게 될 것이다.

공룡세계엑스포는 우리 고성군 직원들을 바꿀 것이다. 우리 고성군민들을 변화시킬 것이다. 우리 고성군 직원들과 군민들은 변화에 적응할 줄 아는 능력을 가지게 될 것이다.

공룡세계엑스포는 고성을 전국에, 전 세계에 알리는 가장 좋은 방법이다. 함평 나비축제가 함평을 전국에 알렸듯이, 공룡세계엑스포는 고성을 전국에 그리고 전 세계에 알릴 것이다. 우리가 다른 어떤 방법으로 고성을 널리 알리겠는가?

공룡세계엑스포는 다른 지역에서는 할 수 없는 행사다. 우리만이 할 수 있는 행사다. 세계적인 관심을 끌 수 있는 행사다. 학술적으로도 가치 있는 행사다. 경쟁력 있는 행사다.

2006년이 지나고 나면 고성은 달라지게 될 것이다. 이 행사가 끝나고 나면 "고성"은 "삼성"처럼 우수한 상품이 될 것이다. "삼성"이라는 상표가 믿음을 의미하듯이, "고성"이라는 상표도 지방문화를 선도하는 상표가 될 것이다. 고성지역에서 생산되는 농산물도, 수산물도 고성의 상표를 자랑스럽게 사용할 것이다.

얼굴 있는 농·수·축산물을 만든다

"고성"이 상품화되면 고성 지역에서 생산되는 농·수·축산물이 단순한 농·수·축산물이 아니라 "얼굴 있는" 농·수·축산물이 된다. 얼굴 있는 농·수·축산물이 된다는 것은 다른 일반 농산물과는 달리 품질을 인정받는 농·수·축산물이 된다는 뜻이다. 다시 말하면 고성의 농·수·축산물이 경쟁력을 가지게 된다는 뜻이다.

고성의 농·수·축산물이 얼굴을 가지게 되면 소비자들로부터 믿음과 신뢰를 얻게 된다. 삼성이라는 이름이 붙으면 세계의 소비자들이 믿음과 신뢰를 가지듯이, 고성이라는 이름이 붙으면 전 국민이 그리고 전 세계인이 믿음과 신뢰를 가지게 될 것이다.

"2006 경남고성공룡 세계엑스포"는 고성을 상품화할 뿐만 아니라 고성 농·수·축산물을 얼굴 있는 농·수·축산물로 만드는 큰 역할을 해낼 것이다.

농산물 개방을 막기 위해서 농업인 단체들이 몸부림을 치고 있다. 너무도 처절한 그들의 모습을 볼 때마다 눈물이 나오려고 한다. 그러나 세계화·개방화의 큰 물결이 시대적인 흐름인데 그 흐름을 어떻게 막을 수 있겠는가?

그 흐름을 막으려고 발버둥칠 것이 아니라 그 흐름에서 이길 수 있는 방법을 찾기 위해서 몸부림치는 것이 더 현명한 방법이 아닐까? 그 흐름을 헤쳐 나갈 수 있도록 지혜를 모으는 것이 우리가 해야 할 일 아닐까?

중국 농산물이, 중국 한약재가, 중국 수산물이 우리 시장에 물밀듯이 밀려 들어온다. 그것을 들어오지 못하게 막으려고만 한다면 역부족일 수밖에 없다. 그래서 우리는 두려워하지 않고 당당히 맞서 싸우고 있다. 우리 농산물, 우리 한약재, 우리 수산물의 경쟁력을 높여서 밀려 들어오는 중국 제품과 싸워 나가고 있다.

한번 살펴보자. 우리 농산물, 우리 한약재, 우리 수산물이 중국 제품을 이겨 나가고 있지 않은가? 소비자들은 중국 제품을 뒤로하고 우리 농산물, 우리 한약재, 우리 수산물을 찾고 있지 않은가? 우리는 품질로써, 신뢰로써 중국산을 당당히 이기고 있는 것이다.

전남 함평의 나비축제가 전국적으로 유명해지면서 나비쌀이 잘 팔리고 있다. 나비쌀은 나비가 날아다니는 청정지역에서 생산된 무공해쌀인 것으로 인식되었다. 그래서 소비자의 사랑을 받고 있다. 전남 함평이 상품화되었다. 함평쌀이 얼굴 있는 쌀이 되었다. 함평에서 생산되는 농산물이 모두 얼굴 있는 농산물이 되었다. 다른 지역에서 생산되는 농산물과는 차별성을 가지게 되었다. 다른 지역과 다른 농사 방법을 사용하여 얻어진 차별성이 아니라 나비축제의 성공으로 인해서 얻어진 차별성이다.

경기도 이천쌀이 유명하다. 임금님쌀이라고 알려져 있다. 농사를 특별히 다른 방법으로 짓는 것이 아니다. 경기도 이천쌀이라고 하는 이름이 널리 알려졌고 그래서 이천쌀은 얼굴 있는 쌀이 되었다. 이천쌀이라는 상표만 붙으면 품질 좋은 쌀인 것으로 믿어 버린다. 똑같은 쌀이라도 이천쌀이라는 상표가 붙으면 품질이 달라 보인다. 가격이 다르게 매겨진다. 얼굴 있는 쌀이 되었기 때문이다.

고성쌀에 대해서 전해 내려오는 이야기가 있다. 옛날 일본 천황이 고성쌀을 즐겨 먹었다고 하는 이야기다. 이 이야기를 나는 어린 시절부터 들어 왔다. 일본과 고성은 거리상으로 멀지 않다. 그래서 일본사람들이 고성 해안에 자주 상륙을 했다고 한다(지금의 통영도 옛날에는 모두 고성이었다).

고성쌀을 일본에 가져가서 먹어보니 아주 맛이 있었고 그래서 추천되어 천황의 밥상에 오르게 되었다. 고성쌀을 먹어본 일본 천황은 고성쌀의 맛에 매료되었다. 그 후로 천황은 다른 쌀을 찾지 않고 고성쌀만 먹었다고 한다. 나는 어릴 적부터 그렇게 들어왔고 그렇게 믿어 왔다. 고성평야에서 생산되는 쌀은 품질이 아주 우수한 것으로 굳게굳게 믿어 왔다.

내가 어릴 적부터 들어온 이 말은 결코 거짓말은 아닐 것이다. 왜 고성쌀이 그렇게 맛이 있느냐고 고성의 어느 노인분께 여쭈어 보았다.

"고성쌀은 맛이 있어. 고성에는 낮은 산이 많은데 그 산에서 몸에 좋은 성분이 계속 흘러 내려온대. 그 성분을 점토질인 고성흙이 꼭 잡고 있다가 쌀에 전달한다고 해. 그래서 고성쌀은 질이 좋고 맛이 있어."

이 노인분의 설명이 학술적으로 어느 정도 근거가 있는지 나는 모른다. 아마 이 노인분도 어릴 적부터 그렇게 들어 왔을 것이다. 그리고 그 들은 이야기를 내게 전해 주었을 것이다.

품질 좋은 고성쌀을 생각하면 최종진 선생의 시가 떠오른다.

"논두렁길 걸어오는
주인의 발소리에
내 키는 쑥쑥 자라

참새떼 쫓는
주인의 목소리에
내 낟알은 점점 익어

고개 숙일 때쯤
마침내 나는 죽어
내 주인을 살리느니"

고성쌀은 주인인 고성군민도 살리고, 일본 천황도 기쁘게 했던 것 같다. 고성쌀은 이렇게 노래했을 것이다.

"마침내 나는 죽어
내 주인 고성 사람을 살리고
멀리 일본 천황까지 기쁘게 하느니"

그러나 안타깝게도 지금 고성쌀을, 내가 어릴 적부터 품질 좋은 것으로 들어온 고성쌀을, 품질좋은 쌀로 인정해 주는 사람은 많지 않다. 전남 함평의 나비쌀은 알아도, 경기도 이천쌀은 알아도, 고성쌀은 잘 모른다. 얼굴이 알려져 있지 않고 이름이 홍보되지 않았기 때문이다.

"2006 경남고성공룡 세계엑스포"는 고성쌀을 알릴 것이다. 고성쌀의 얼굴을 알릴 것이다. 옛날 일본 천황이 고집했던 그 시절의 영광을 찾을 것이다. 쌀뿐만이 아니다. 고성에서 생산되는 모든 농·수·축산물을 얼굴 있는 농·수·축산물로 만들 것이다.

일자리를 창출한다

지난 30여년간 우리나라에서는 농촌으로부터 도시로의 인구 대이동이 있어 왔다. 그 결과 농촌 학교는 텅텅 비게 되었고 도시 학교는 콩나물 교실이 되었다. 농촌인구 감소, 도시인구 증가라고 하는 대변화가 발생했다. 그것은 커다란 물결이었으며 큰 흐름이었다. 그 물결은, 그 흐름은, 어떤 힘으로도 막을 수 없었다.

농촌의 경쟁력이 점점 떨어지고 있다. 쌀농사, 보리농사, 땀 흘려 지어도 자녀 교육비도 제대로 감당해 내지 못할 정도로 농촌의 경쟁력이 상실되어 가고 있다. 경쟁력이 없는 곳에 일자리가 있을 수 없다.

그래서 사람들은 농촌을 떠나갔다. 경쟁력 있는 도시지역으로 삶의 터전을 옮겨갔다. 일자리가 있는 도시지역으로 가족과 함께 대이동을 해갔다.

농촌으로부터 도시로의 인구 대이동 과정에 동참하지 않고 꿋꿋이 농촌을 지켜온 분들이 계신다. 그 분들은 땅을 사랑하고 쌀을 사랑해 오신 분들이었다. 그리고 그 분들은 1차 산업으로부터 2차 산업으로의 변화를 인정하고 싶지 않으신 분들이었다. 비록 시대의 흐름을 따르지는 못했지만 그 분들은 우리 농촌을 지켜 오신 농업투사들이었다.

그 분들의 생활은 참으로 힘들었다. 문화생활은 고사하고, 자녀교육은 말할 것도 없고, 기본적인 생활마저도 힘들었다. 그래도 그 분들은 우리의 농촌을 지금까지 지켜 왔다. 이제 그 분들도 나이 70을 넘기고 땅을 일구어 나갈 기력도 쇠해졌다. 그래도 그 분들은 지금도 우리의 농촌 들녘을 지키고 있다. 참으로 존경스러운 어르신들이다.

농업 자체도 기계화 과정을 겪었다. 옛날에는 손으로 모를 심고, 손으로 논잡초를 제거하고, 손으로 벼를 베고 타작을 했다. 그러나 지금은 모심기, 벼 베기, 타작이 모두 기계화되었다. 논잡초 제거는 농약이 대신 한다. 농사짓는 데 많은 일손을 필요로 하지 않게 되었다.

모심기하던 농촌의 정겨웠던 풍경도 사라졌다. 모 심는 기계가 넓은 논을 한 바퀴 돌고 나면 모내기는 싱겁게 끝나 버린다. 벼베기, 타작도 한꺼번에 그리고 일순간에 끝나 버린다. 이제 농업도 완전히 기계화되었다.

쌀농사가 기계화되면서 옛날의 쌀농사와는 모습을 달리하게 되었다. 물론 오리농법을 비롯한 친환경농법이 도입되기도 하지만 그렇더라도 옛날처럼 많은 일손을 요구하지는 않는다.

젊은이들이 떠나간 우리의 농촌은 점점 노령화, 황폐화되어 가고 있다.

대도시에는 제조업의 성황에 따라 많은 공장이 들어섰고, 그 공장에서는 제품 생산을 위해 인력을 필요로 했다. 일손이 필요한 도시는 인구가 계속 증가하였고, 일손이 필요하지 않은 농촌은 인구가 점점 감소해 갔다.

이 과정에서 공장 유치가 가능했던 지방은 그래도 인구 유출을 감소시킬 수 있었다. 그러나 대부분의 농촌은 여건상 공장 유치가 어려웠다. 그래서 인구 감소를 막을 방법이 없었다.

어떤 농촌군은 인구가 17만에서 3만으로 감소된 경우도 있었으니 농촌지역의 인구 감소가 얼마나 심각했는지 알 수 있다. 우리 고성도 예외는 아니어서 한때 인구 13만을 넘어섰는데 지금 6만선마저 무너져 버렸다.

도시지역에서도 드디어 문제가 발생하기 시작했다. 2차산업의 마지막 석양녘에서 도시인들도 큰 어려움을 겪고 있다. 사람이 할 일을 기계가 대신 하는 자동화 시스템으로 바꾸어져 나가기 때문에 인력 수요는 점점 줄어들고 있다.

특히, 우리나라는 노사관계가 가장 경직된 나라 중의 하나다. 그래서 어느 기업 할 것 없이 사람 채용하기를 두려워하고 있다. 오히려 고용을 감소시키고 있다.

일자리를 잃고 가정을 떠나 도심을 헤매는 사람들이 늘어가고 있다. 이들을 우리는 노숙자라 부르고 있다. 노숙자는 공장이나 회사에서 일하다가 일자리를 잃은 사람들이 대부분이다. 새로운 직장을 찾아 헤매다 직장을 구하지 못하고 가정으로 돌아가지도 못하고 결국 거리를 헤매는 사람으로 전락해 버렸다. 제조업의 몰락이 우리 시대에 남겨놓은 슬픈 유산이다.

이제 우리 시대는 제조업시대를 마감하고 문화시대에 접어들었다. 한참 인기를 누리던 공대의 인기가 바닥에 내려앉았다. 공대를 살려야 한다고 목소리를 높이지만 불가항력이다. 시대의 큰 흐름을 누가 막을 수 있겠는가? 문화관련 분야, 정보관련 분야의 인기가 커지게 되었다.

우리 고성에는 큰 공장이 없다. 농공단지가 두 개 있고 농공단지 한 개를 추가로 조성 중에 있다. 2차 산업시대에도 1차 산업을 전혀 배제할 수 없듯이, 3차 산업시대인 지금도 2차 산업을 완전히 배제할 수는 없기 때문이다.

그래서 우리 고성도 가능한 범위 내에서 공장 유치를 추진하고 있다. 그러나 공장 유치에 고성의 승부를 걸 수는 없다.

고성의 인구 증가를 위해서는 공장 유치가 제일 좋다면서 공장 유치를 강력히 권유하는 분들이 더러 있다. 그러나 우리 고성은 큰 공장을 유치할 입지조건이 되지 못한다. 뿐만 아니라 공장 유치의 효과는 시대적으로 이미 그 막을 내려가고 있다. 사람이 할 일을 기계가 대신하는 자동화 시대로 접어들어 일자리 창출의 효과가 크지 않기 때문이다. 물론 작업공정에 따라 많은 인력을 필요로 하는 경우도 있기는 하지만 공장의 큰 흐름은 자동화(自動化)다.

시대 흐름에 맞게 우리 고성이 나아가야 할 방향을 잡아야 할 것이다. 많은 공장을 유치하는 것은 시대 흐름에도 맞지 않다. 2차산업인 제조업은 이미 그 역할을 다해 가고 있기 때문이다. 이제 문화산업, 정보산업이 시대의 주인공산업으로 나서고 있다.

"2006 경남고성공룡 세계엑스포"는 용역회사의 보고에 의하면 약 7,000명의 고용창출 효과를 가져온다고 한다. 얼마나 큰 공장을 고성에 유치해서 이만큼의 고용창출 효과를 가져오겠는가? 우리는 이 7,000명의 고용창출 효과가 우리 고성에 나타날 수 있도록 최선을 다해야 할 것이다.

유동인구와 정착인구를 증가시킨다

공룡엑스포로 인해서
유동인구가 증가되고,
유동인구 증가로 인해서
정착인구가 증가되는 과정을
이처럼 눈으로 그려볼 수 있다.

전남 함평의 예를 또 다시 들지 않을 수 없다. 함평은 이름 없는
작은 한 농촌군에 불과했다. 내 자신도 함평군의 정확한 위치를 몰
랐다. 부끄러운 이야기지만, 나는 함평군이 전라도에 있는지, 충청
도에 있는지조차도 잘 몰랐다. 아마 우리나라의 대부분 사람들은 나
와 비슷한 정도로 함평군에 대한 지식을 가지고 있었을 것이다. 그
만큼 함평은 지명도가 낮은 작은 농촌군이었다.

그러나 나비축제가 우리나라의 대표적인 저역축제로 자리매김 되
면서 함평은 그 이름이 전국적으로 알려지게 되었다. 나비를 소재로
한 "나르다"라고 하는 상표가 개발되었다. 나비쌀이 인기 절정을 이
루면서 친환경쌀로 잘 팔려 나가게 되었다.

전남 함평은 우리 국민들의 머릿속에 한번 가보고 싶은 곳으로 자리 잡았다. 많은 사람들이 함평을 찾았다. 이렇게 함평을 찾는 사람들을 우리는 함평을 찾는 관광객이라 부르며 함평의 유동인구(流動人口)라고도 부른다. 연 30만명 정도에 불과하던 함평의 관광객, 즉 유동인구가 지금은 연 300만명에 이른다고 한다. 나비축제의 성공 덕택이다.

대신 그 지역에 주소를 두고 사는 사람들의 수를 우리는 정착인구(定着人口)라고 부른다. 지난 30년 동안 제조업은 정착인구를 증가시키는 데 큰 역할을 했다. 제조업 발달로 인해서 도시인구는 증가되었고 농촌 인구는 감소되었다. 그러나 공장 자동화로 인해서 제조업의 일자리가 감소되면서 그 효과는 점점 줄어들고 있다.

제조업과는 달리, 문화산업, 관광산업은 그 지역의 유동인구를 증가시키는 데 큰 역할을 하게 된다. 에펠탑이 있는 프랑스는 세계에서 가장 많은 유동인구를 가지고 있는 나라다. 1년에 프랑스를 찾는 인구가 4,000만 명에 이른다고 한다. 이렇게 유동인구가 많게 되면 이들 유동인구를 대상으로 하는 산업, 예를 들면 요식업, 숙박업, 판매업 등이 발달하게 된다. 이들 산업의 발달은 그 지역의 정착인구를 증가시키는 데 큰 기여를 하게 된다.

2006 경남고성공룡 세계엑스포는 우리 고성을 "스쳐 지나가는 지역"이 아닌 "찾아오는 지역, 머무는 지역"으로 만들기 위한 인프라를 구축하게 된다는 이야기를 이미 언급한 바 있다.

고성에 볼 만한 것이 없고 흥미를 끌 만한 것이 없으면 고성은 스쳐 지나가는 지역으로 남아 있을 수밖에 없다. 그러나 우리 고성에 공룡과 관련된 여러 가지 볼거리, 먹거리, 흥밋거리가 있게 되면 많은 사람들이 고성을 찾게 될 것이며 머무르게 될 것이다.

따라서 2006 경남고성공룡 세계엑스포는 우리 고성의 유동인구를 증가시키는 역할을 하게 될 것이다.

경남 하동은 녹차산지로서 널리 알려져 있다. 이 지역에 들어서면 바로 이곳이 녹차의 고장임을 알 수 있다. 들과 산이 온통 차밭이다. 음식점에서 내어놓는 물도 녹차물이다.

자연경관과 잘 조화를 이룬 녹차 밭은 훌륭한 관광자원으로 활용되고 있다. 녹차 밭을 이용하여 학생들이 체험학습, 관광학습을 하기도 한다. 녹차박물관이 있다. 녹차를 주제로 한 축제를 개최하고 있다. 녹차 제조 공장이 있다.

지금은 IT(Information Technology)시대, BT(Bio Technology)시대라고 한다. 정보산업시대, 생명산업시대라는 뜻이다. 그러나 지금은 CT(Culture Technology)시대, TT(Tourism Technology), 즉 문화산업시대, 관광산업시대라고 하는 사실이 더 중요하다.

사회학자 피터 드러그는 "21세기 지방정부의 경쟁력은 문화에 있다"고 강조했다. 큰 역사의 흐름 측면에서 볼 때 우리는 지금 시대의 큰 전환기를 맞이하고 있는 것이다. 우리가 경쟁력을 가지기 위해서는, 그래서 살아남기 위해서는, 시대의 흐름에 맞추어 우리 스스로를 변화시켜야 할 것이다.

일자리 창출 역시 시대의 흐름에 따라 크게 변화되었다. 제조업의 일자리는 급격히 줄어들었다. 대신 문화산업과 관광산업의 일자리 창출 효과는 커지게 되었다.

그러나 아직도 많은 사람들은 문화산업인 엑스포가 어떻게 일자리를 창출할 수 있는지 이해하지 못하고 있다.

농촌에 있는 많은 사람들은 1차 산업에 종사해 온 사람들이다. 이 사람들을 하루 아침에 3차 산업에 종사하도록 권유한다는 것은 옳지 못하다. 2차 산업인 제조업에 종사해 온 사람들에게 하루 아침에 3차 산업인 서비스업에 종사하도록 권유하는 것 역시 옳지 못하다.

문제는 우리의 큰 방향을 어떻게 잡느냐 하는 것이다. 우리의 경쟁력을 어디에서 만들어 내느냐 하는 것이다. 이제 경쟁력은 1차 산업도 아니고 2차 산업도 아니다. 진정한 경쟁력은 3차 산업에 있다는 사실을 분명히 인식해야 할 것이다.

이해를 돕기 위해서 경남 하동의 녹차 밭을 예로서 설명하겠다. 그 녹차 밭에서 할머니, 아주머니들이 녹차 잎을 따고 있다. 1차 산업에 종사하고 있다.

녹차를 만드는 공장이 여러 곳에 있다. 많은 사람들이 이 공장에서 일하고 있다. 2차 산업에 종사하는 사람들이다.

녹차 밭이 관광지로서 활용되고 있다. 녹차 따기 대회도 한다. 관광객을 위한 음식점, 숙박업소가 있다. 모두 3차 산업이다.

말하자면 하동은 녹차라고 하는 테마로서 1차 산업, 2차 산업, 3차 산업을 모두 아우르고 있다.

"2006 경남고성공룡 세계엑스포"도 마찬가지다. 문화산업이고 관광산업인 엑스포지만 1차 산업과 2차 산업도 함께 아우르게 될 것이다. 우리는 "2006 경남고성공룡 세계엑스포" 공식지정 농산물과 수산물을 선정하였다. 이들 농산물과 수산물은 엑스포를 대비하여 잘 관리되고 생산될 것이다. 친환경적인 농산물과 수산물로서 관광객들에게 선보일 것이다. 즉 엑스포 개최로 인해서 1차 산업이 발달하게 될 것이다.

고성에서 만들어지는 농산제품, 수산제품도 엑스포 공식품목으로 지정되어 관리될 것이다. 예를 들어, 미숫가루, 밀음식, 굴제품 등이 만들어져 홍보되고 판매될 것이다. 이는 2차 산업의 발달을 의미한다.

공룡엑스포에 많은 관광객들이 찾아올 것이다. 이들 관광객들로 인해서 숙박업이 성황을 이루게 될 것이며 식당이 붐비게 될 것이다. 관광 상품이 잘 팔릴 것이다. 택시업계도 오랜 불황으로부터 탈피할 것이다. 관광객들을 안내할 안내요원이 많은 활동을 하게 될 것이다. 이들은 모두 3차 산업의 발달을 의미한다.

공룡엑스포로 인해서 유동인구가 증가되고, 유동인구 증가로 인해서 정착인구가 증가되는 과정을 이처럼 눈으로 그려볼 수 있다.

자신감을 심어 준다

두려움이 컸던 만큼 우리가 가지게 되는 자신감은 더 클 것이다.
고성군민과 우리 직원들은 우리 고성이
"경남고성"이 아니라 "세계고성"으로
당당히 발돋움할 수 있다는 자신감을 가지게 될 것이다.
어떤 일도 해낼 수 있다는 자신감을 가지게 될 것이다.

'자신감'이 얼마나 중요한가를 설명할 때 나는 늘 해군사관생도 시절의 '원영'을 이야기한다. 해군사관학교에서의 원영은 내게 자신감을 심어준 내 인생의 스승이기 때문이다.

나는 어릴 때 동네 앞을 흐르는 개울가에서 발가벗고 물놀이 하면서 수영을 익혔다. 조금 더 자란 후 동네 저수지를 처음 횡단하게 되었을 때 대단한 수영 실력이 있는 것처럼 으스대었던 기억이 난다. 저수지 횡단 거리는 겨우 200m 거리였으니 그 수영 실력을 가히 짐작할 수 있을 것이다. 말하자면 내 수영 실력은 우물 안의 개구리 실력이었다.

그런 개구리 수영 실력의 소유자인 내가 해군사관학교에서 혹독

한 수영훈련을 받은 후 8km의 원영을 해내었다. 원영을 끝내고 나서부터 수영에 대해서 "자신감"을 가지게 되었다. 두렵게 느껴지던 8km의 원영을 성공적으로 해낸 그 순간을 지금도 잊을 수가 없다.

나는 속으로 이렇게 외치고 있었다.

"원영을 하지 않은 사람은 수영에 대해서 말하지 말라."

원영은 나를 바꾸어 놓았다. 그렇게 두렵게 느껴지던 원영을 성공해 내었으니 이제 어떤 어려운 일도 해낼 수 있다는 자신감을 가지게 되었다.

우리 고성은 경남의 작은 농촌군이다. 거제, 통영, 사천, 진주, 마산, 진해 등 여섯 개시에 둘러싸여 위축될 대로 위축되어 있다.

재정자립도 15%의 가난한 농촌군이다. 도 단위 행사도 제대로 해보지 못한 우물 안의 개구리 고성이었다. 기껏해야 군민체육대회, 소가야 문화제, 당항포 대첩제 등 우리끼리의 행사가 전부였다.

그러던 중 공룡나라 축제를 국가축제로 지정받아 3회에 걸쳐 치러 왔다. 그러나 공룡나라 축제는 그 테마를 공룡으로 하지 못하고 백화점식의 축제라는 평가를 받으면서 국가축제에서 탈락되고 말았다. 말하자면 정식 수영을 하지 않고 개헤엄 동작으로 수영대회에 참가했다가 망신을 당한 꼴이 되었다.

그러나 우리는 '국가축제'에서 탈락된 공룡축제를 '세계축제'로 만들었다. 아이러니컬한 이야기다. 국가축제에서 탈락된 축제가 세계축제로 인정받게 되었으니 말이다.

그러나 공룡연구 및 공룡축제는 정부 차원에서 관심을 가져야 하는 자연사적 의미를 가지고 있다. 세계축제가 되어야 하는 당위성을 가지고 있다.

문제는 이 세계축제를 어떻게 준비하고 어떻게 치러내느냐 하는 것이다. 경남 110년사에 처음 치르는 세계엑스포다. 우리나라 최초의 자연사 엑스포다. 이 큰 행사를 가난한 농촌군에서, 세계 행사는 커녕 국가 행사도 치러본 경험이 없는 우리 고성이 준비하고 있다.

군민들이 두려워한다. 우리 직원들이 겁을 낸다. 두려움과 겁이 불평으로 터져 나오기도 한다. 중앙정부에서도, 경남도에서도 우려의 목소리를 보내온다.

솔직히 말해서, 나도 겁이 난다.

해군사관생도 시절의 원영 생각이 난다. 사관학교 1학년 시절 원영을 앞두고 무섭고 두렵던 기억이 난다. '저 먼 바다를 어떻게 헤엄쳐 다녀올까?'

그러나 나는 8km의 원영을 해내었다. 그 원영 후 나는 수영에 대한 두려움을 완전히 떨쳐 버리게 되었다. 태평양 바다 한가운데에 나를 떨어뜨려 놓아도 살아남을 수 있다는 자신감을 가지게 되었다. 수영뿐만 아니라 어떤 어려움 앞에서도 헤쳐 나갈 수 있다는 배짱을 가질 수 있게 되었다.

"2006 경남고성공룡 세계엑스포"를 성공시킨 후 우리 고성군민은, 우리 고성군 직원들은 어떤 세계 행사도 치러낼 수 있다는 자신감을 가지게 될 것이다.

두려움이 컸던 만큼 우리가 가지게 되는 자신감은 더 클 것이다.

고성군민과 우리 직원들은 우리 고성이 "경남고성"이 아니라 "세계 고성"으로 당당히 발돋움할 수 있다는 자신감을 가지게 될 것이다. 어떤 일도 해낼 수 있다는 자신감을 가지게 될 것이다.